KB020283

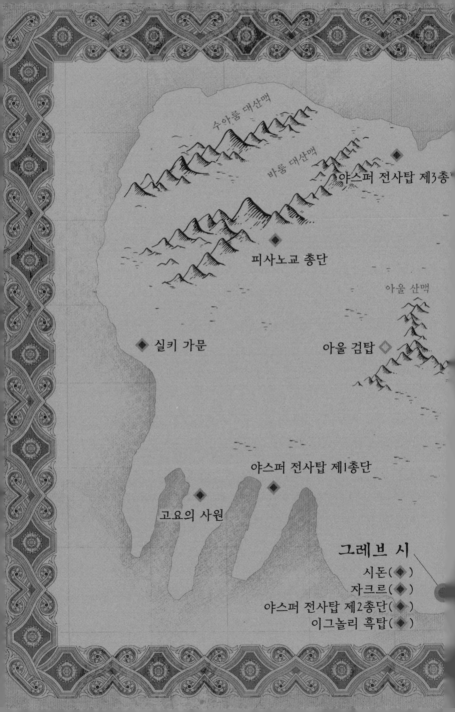

ETAN 이탄

ORIGINAL FANTASY STORY & ADVENTURE

쥬논 판타지 장편소설

dream
books
드림북스

이탄 14 흐나흐 일족과의 인연

초판 1쇄 인쇄 2021년 11월 9일
초판 1쇄 발행 2021년 11월 23일

지은이 쥬논
발행인 오영배
편집 편집부
일러스트 필연
표지 · 본문 디자인 오정인
제작 조하늬

펴낸 곳 (주)삼양출판사 · 드림북스
주소 서울시 강북구 도봉로 173
대표 전화 02-980-2112 **팩스** 02-983-0660
편집부 전화 02-987-9393 **팩스** 02-980-2115
블로그 blog.naver.com/dreambookss
출판등록 1999년 3월 11일 제9-00046호

ISBN 979-11-283-7112-7 (04810) / 979-11-283-9990-9 (세트)

드림북스는 (주)삼양출판사의 판타지 · 무협 문학 브랜드입니다.

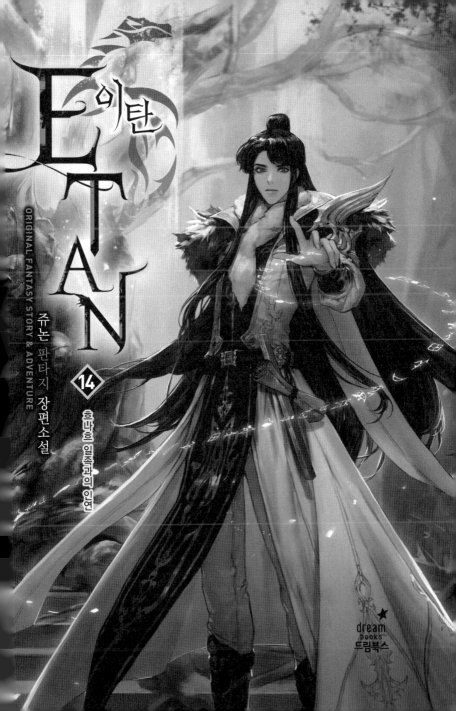

목차

사대신수

『성혈의 바하문트』

—신수: 날개 달린 사자

—상징: 공포

—속성: 흙(土), 피(血)

『불과 어둠의 지배자 샤피로』

—신수: 광기의 매

—상징: 탐욕

—속성: 불(火), 어둠(暗), 나무(木)

『포식자 하라간』

—신수: 투명 마수

—상징: 타락, 나태

—속성: 얼음(氷), 균(菌), 물(水)

『둠 블러드 이탄』

—신수: 냉혹의 뱀

—상징: 파멸

—속성: 금속(金), 빛(光)

발췌문

그것은 기회의 시작이었다. 최소한 나는 그리 생각하였다.

본디 우리 몬스터들은 음차원의 마나를 사용하여 신체를 변형하거나, 마법을 발휘하거나, 또는 영혼을 조종하는 족속들이다.

그런데 음차원의 마나가 어느 날 갑자기 자취를 감추었다. 우리들의 세상은 하루아침에 대혼란에 빠졌다.

마법 전사는 더 이상 마법을 사용할 수 없었다. 영력 전사는 영혼을 컨트롤 할 방도를 잃어버렸다. 신체변형도 불가능해졌다. 전사들뿐 아니라 귀족과 왕의 재목들도 모두 당혹스럽기는 마찬가지였다.

물론 우리들의 세계에는 음혼석이라는 것이 있기에 당분간은 이것으로 음차원의 마나를 대체할 수 있으리라.

하지만 음혼석의 수명이 다한다면? 그때 과연 우리들은 어떻게 될 것인가?

리노의 왕.

구아로의 왕.

씨클롭의 왕.

츄루바의 왕.

그리고 나 쁠브의 주인.

세상 5대강족의 왕들이 이 화두를 해결하기 위해서 한자리에 모였다. 그 결과 나를 포함한 5명의 왕들은 다른 차원으로 건너가 음차원의 마나가 끊긴 원인을 찾아보고 해결책을 마련하기로 하였다. 차원 전체의 위기를 맞아 우리들 다섯 왕이 모처럼 의기를 투합한 셈이었다.

하지만 세상에 괴변이 일어난 것은 큰일이로되, 원래 큰위기의 뒤에는 큰 기회가 뒤따르게 마련이 아닌가. 그것이 세상의 정한 이치인 것이다.

나는 이번 괴변을 이용하여 나머지 4명의 왕들을 잡아먹을 생각이다. 그리하여 나 홀로 그릇된 차원의 주인이 되리라. 과거의 늙은 왕들이 그러하였듯이, 나 홀로 오롯해지리라.

우후후후후후.

—뻘브의 왕이 남긴 독백 가운데 발췌

제1화
신왕의 토템을 찾아서

Chapter 1

로셰—랍 일족, 즉 바위게 일족의 마을은 독특한 건축 양식을 자랑했다. 이들 종족은 곱게 빻아서 구운 조개껍질로 벽을 세우고 그 위에 주홍빛 기와를 덮어서 건물을 올렸다. 특히 원추형의 주홍색 기와지붕이 특징이었다.

이탄 일행이 로셰—랍 노인의 뒤를 따라 마을 뒷동산에 도착할 무렵, 마을의 분위기는 스산했다. 거리엔 그 어떤 인적도 보이지 않았다. 붉은 비까지 세차게 퍼부어 분위기는 더욱 을씨년스러웠다.

물론 그 덕분에 이탄 일행, 즉 토템탈환대를 추적할 만한 그 어떤 이동 증거나 증인도 발생하지 않은 점은 다행이었다.

[휴우우.]

8명의 토템탈환대는 로셰―랍 노인의 집으로 들어와서야 겨우 한숨을 돌렸다.

[거기서 좀 쉬고 있게. 내가 따뜻한 차라도 내오지.]

로셰―랍 노인이 탈환대를 응접실로 안내했다.

[그러죠. 감사합니다.]

탈환대장 오스트가 대원들을 대표해서 대답했다. 그 사이 대원들은 로브를 뒤로 젖히고는 흥건하게 젖은 머리카락부터 털었다.

콰콰쾅! 콰쾅!

원형의 창문 밖에서는 벼락 몇 줄기가 또 떨어졌다. 뒤이어 붉은 빗줄기가 더욱 세차게 기승을 부렸다.

땅바닥을 때린 빗방울이 다시 위로 튀어 오르면서 뿌연 물안개가 되었다.

그 날 저녁 대원들은 로셰―랍 노인이 대접한 차를 한 잔씩 마셔서 몸을 녹인 다음, 각자의 방으로 들어가서 휴식을 취했다.

하릴없이 이틀이 흘렀다.

지난 이틀 동안 토템탈환대의 대원들은 식사 때만 모일 뿐 따로 대화를 나누지는 않았다. 칼날 위를 걷는 듯한 긴

장감이 대원들 사이에 감돌았다.

대원들 대부분은 눈을 감고 마음을 다스리거나, 혹은 기름 먹인 천으로 무기를 닦으면서 정신을 집중했다.

로셰—랍 일족의 노인은 이 기간 동안 종종 집을 비우고 어딘가를 다녀왔다. 그러다 노인은 8월 14일 오전에 다시 대원들을 한 자리에 불러 모았다.

[이제 출발할 시간이 되었네. 가세.]

[다음 길잡이에게 가는 겁니까?]

오스트가 노인에게 물었다.

[그렇다네.]

노인은 대답과 함께 회색빛 액체를 대원들 앞에 내어 놓았다.

오스트가 노인의 눈을 뚫어져라 응시했다.

[이게 뭡니까?]

[그 회색 액체를 자네들의 얼굴과 손에 바르게. 약 성분이 피부에 촉촉하게 밸 정도로 듬뿍 발라야 해. 그래야 로셰—랍 일족처럼 보이지.]

[알겠습니다.]

오스트는 비로소 노인의 말에 수긍했다. 대원들은 로셰—랍 노인이 시키는 대로 회색 액체를 피부 위에 꼼꼼히 발랐다.

잠시 후, 이탄을 비롯한 대원들의 피부가 회색 빛깔의 암석 표면처럼 바뀌었다. 로셰—랍 노인이 히죽 이빨을 보였다.

[명심하게. 이제부터 자네들은 로셰—랍 일족이야. 혹시 누가 묻거든 로셰—랍 일족이라고 대답해야만 해.]

[무슨 말씀인지 알겠군요.]

탈환대 대원들이 노인을 향해 고개를 끄덕여 보였다.

노인이 먼저 자리를 털고 일어났다.

[자, 이제 출발하세.]

대원들은 붉은 로브를 입고 소지품을 챙긴 뒤, 서둘러 노인의 뒤를 따랐다.

로셰—랍 일족의 마을은 산을 등지고 강을 앞에 두었다. 마을 입구에서 200미터만 걸어가면 강가였다.

노인은 대원들을 강 앞으로 안내했다.

탁한 붉은색의 강물이 눈앞에서 굼실굼실 흘렀다. 요 며칠간 계속 비가 내린 탓에 강물의 수위는 꽤 높아졌다. 로셰—랍 노인은 10명 남짓 태울 법한 배를 강에 띄운 뒤 대원들에게 턱짓을 했다.

대원들이 노인의 배에 차례로 올라탔다.

[웃차.]

노인은 배의 후미에 장승처럼 우뚝 서서 천천히 노를 저

었다. 배가 강을 거슬러 상류로 올라가기 시작했다. 로셰
―랍 노인의 노 젓는 속도는 그리 빠른 것 같지 않았건만
의외로 배는 쾌속하게 움직였다.

2시간 남짓 배를 타고 항해를 하자 강 한 복판의 삼각주
지형이 등장했다. 삼각주 위에는 원뿔처럼 뾰족하게 생긴
탑이 솟아 있었는데, 로셰―랍 노인은 원뿔 탑 아래쪽의
부두에 배를 정박했다.

노인이 닻을 내릴 무렵, 탑의 꼭대기 층에서 뇌파가 들렸
다.

[촌장.]

[예?]

노인이 고개를 위로 들었다.

주둥이가 툭 튀어나온 사내가 탑 위에서 로셰―랍 노인
에게 말을 걸었다.

[저들이 로셰―랍 일족의 실험 자원자들인가?]

사내는 몸에 붉은 로브를 걸치고 오른손에 기다란 지팡
이를 움켜쥔 모습이었다.

[마법사님, 그렇습니다요.]

로셰―랍 노인이 사내를 향해 허리를 굽실거렸다.

마법사라 불린 사내가 탑 위에서 이탄 일행을 하나씩 뜯
어보았다. 그러다 주름지고 가느다란 손가락으로 탑 아래

쪽을 가리켰다.

[마탑의 문을 열어줄 터이니 안으로 들어와라.]

[예, 마법사님.]

로셰―랍 노인은 굽실거리며 마법사의 지시를 따랐다. 그에 따라 토템탈환대 일행은 원뿔 탑의 입구로 자리를 옮겼다. 입이 튀어나온 마법사가 어느새 원뿔 탑의 꼭대기에서 내려와 입구에서 일행을 기다렸다. 마법사는 불룩한 눈알을 위아래로 굴리며 대원들 한 명 한 명을 꼼꼼하게 살폈다.

'흑.'

대원들이 살짝 긴장했다.

그때 로셰―랍 노인이 끼어들어 마법사에게 머리를 굽실거렸다.

[마법사님, 이들은 모두 다 마법 내성이 뛰어나고 몸뚱어리가 튼튼합니다. 제가 나름 골라 뽑았으니 써보시면 만족하실 겁니다.]

이것이 로셰―랍 노인의 주장이었다.

Chapter 2

노인의 말에 토템탈환대 대원들이 얼굴을 구겼다.

'으윽. 대체 이 노친네가 우리를 어디다 팔아먹는 게 야?'

'실험 자원자라고? 혹시 우리를 재료로 사용해서 마법 실험을 하려는 겐가?'

대원들이 끔찍한 상상을 하는 동안, 마법사는 곰곰이 생각을 하다가 로셰―랍 노인에게 주머니 하나를 건네주었다.

노인이 주머니를 냉큼 챙겼다.

[어이쿠, 감사합니다.]

[감사할 건 없지. 제값을 치르는 것뿐이니까.]

마법사는 퉁명스레 내뱉고는 토템탈환대원들을 원뿔 탑 안으로 데리고 들어갔다. 로셰―랍 노인도 어그적 어그적 그 뒤를 따랐다.

잠시 후 대원들이 도착한 곳은 푸르스름한 빛을 뿌리는 이송 마법진 앞이었다.

[안으로 들어가라.]

마법사가 턱으로 이송 마법진을 가리켰다.

[말씀 못 들었나? 어서들 원 안으로 들어가.]

로셰―랍 노인이 내원들의 등을 떠밀었다.

대원들은 불안해하면서도 주춤주춤 마법진 안으로 들어갔다. 마법사와 로셰―랍 노인도 스스럼없이 그들과 동행했다.

마법사가 마법진 내부의 오목한 홈 다섯 곳에 하급 음혼
석들을 꽂았다. 그 즉시 마법진이 발동했다.

번쩍!

빛이 뿜어지고 토템탈환대 전원의 모습이 그 자리에서
꺼지듯이 사라졌다.

이윽고 대원들이 도착한 곳은 수천 개의 동굴이 거미줄
처럼 촘촘하게 연결된 지하도시 한 복판이었다.

미로처럼 복잡한 동굴 속을 허리가 긴 여우가 빠르게 오
갔다. 머리부터 엉덩이까지 길이만 100미터가 넘는 긴 허
리 여우의 등에는 두 종류의 아인종이 타고 있었다.

이 가운데 3분의 1은 붉은 털 여우의 머리에 사람의 몸
뚱어리를 가진 흐나흐 족 몬스터들이었다.

나머지 3분의 2도 당연히 흐나흐 족이었다. 하지만 이들
은 여우 머리 수인족의 모습 대신 사람처럼 변신한 상태였
다.

'알블—롭 일족이 긴 허리 늑대를 대중교통처럼 이용하
더니, 흐나흐 일족은 긴 허리 여우를 탈것으로 사용하네?
두 종족은 원수 사이임에도 불구하고 서로 공통점이 많구
나.'

이탄은 흥미로운 표정으로 긴 허리 여우를 살폈다.

입이 툭 튀어나온 마법사가 이탄의 상념을 깨뜨렸다.

[모두 따라오너라.]

마법사가 무표정하게 앞장섰다.

[다들 따르랍신다.]

로셰―랍 노인이 대원들의 등을 떠밀었다. 토템탈환대 대원들은 치밀어 오르는 긴장감을 억누른 채 흐나흐 족 마법사를 뒤따랐다.

이윽고 대원들이 도착한 곳은 울퉁불퉁한 흙탑의 앞이었다. 흙으로 빚어졌음에도 불구하고 탑의 높이는 어마어마했다.

이 흙탑은 지하도시 정중앙에 위치했으며, 탑의 상층부는 지하 광장의 천장을 뚫고 까마득한 위쪽의 지상까지 일직선으로 뻗은 모습이었다. 사방 수백 개의 동굴에서 뻗어 나온 반투명한 튜브가 탑의 각 층으로 복잡하게 연결되었다.

그 모습이 마치 거대한 나무의 뿌리는 보는 듯했다.

'저 탑이 중앙의 두꺼운 뿌리이고, 동굴과 연결된 수백 개의 튜브는 중앙 뿌리에 돋아난 잔뿌리 같구나.'

이탄은 고개를 90도 뒤로 젖혀서 탑의 아득한 상층부를 올려다보았다. 이탄의 시선이 미치는 곳까지의 높이가 대략 100층 정도로 보였다. 그것보다 더 위층은 지하 광장의 천장에 가로막혀서 보이지도 않았다.

이탄이 한눈을 팔고 있을 때 마법사가 이탄에게 호통을 쳤다.

[이놈! 따라 들어오지 않고 뭐하는 게냐?]

이탄이 고개를 돌려 보니 다른 대원들은 모두 마법사를 좇아서 탑에 발을 들인 상태였다. 오직 이탄만이 탑의 외관을 구경하느라 뒤처졌다.

[아아.]

이탄은 서둘러 탑 안으로 뛰어 들어갔다.

마법사는 못마땅한 표정으로 이탄을 나무랐다.

[멍청한 놈이 게으르기까지 하구나. 로세―랍 특유의 단단한 껍질만 믿고 수련도 하지 않아 배만 불룩 나온 꼴이라니. 쯧쯧쯧.]

'큭.'

이탄은 속으로 부아가 치밀었으나 아무 소리도 하지 못했다.

한편 오스트는 가슴이 두근두근 뛰었다. 흙탑에 들어온 순간부터 오스트의 가슴 깊숙한 곳에 숨겨둔 마법나침반이 뱅글뱅글 회전을 했기 때문이었다.

이 마법나침반의 바늘은 삼신녀가 암컷 늑대 토템의 표면을 조금 떼어내서 만든 특수한 아이템이었다. 삼신녀의 설명에 따르면, 마법나침반의 바늘이 수컷 늑대 토템에게 반응할 것이라고 하였다.

'오오오! 진짜로 반응을 한다. 마법나침반이 반응을 해. 이곳 흙탑에 신왕님의 늑대 토템이 보관되어 있는 게 틀림없어.'

오스트의 눈이 결연한 빛으로 물들었다. 오스트는 이곳에서 자신의 목숨을 던지는 한이 있더라도 반드시 늑대 토템을 탈환할 각오였다.

알블―롭의 다른 귀족들도 오스트의 신호를 받았다. 다들 주먹을 불끈 쥐고 침을 꿀꺽 삼켰다.

거대한 흙탑의 내부에는 나선형의 계단이 자리했다. 이 계단은 지하 밑바닥부터 시작해서 탑의 최상층까지 연결되었다.

나선형의 계단을 타고 긴 허리 여우가 빠르게 흙탑을 오르내렸다. 긴 허리 여우의 등에는 여지없이 흐나흐 족인들이 타고 있었다.

의외로 흙탑의 경계는 허술했다. 탑의 입구에도, 계단 앞에도, 출입자의 신분을 확인하는 경비병이 없었다.

대신 긴 허리 여우가 경비병 역할을 했다.

마법사가 손을 들자 긴 허리 여우 한 마리가 추루룩 다가왔다. 여우는 마법사의 몸에 코를 대고 킁킁 냄새를 맡았다.

후각을 통해 흐나흐 일족 여부를 확인하는 절차였다.

긴 허리 여우가 마법사의 가슴에서 코를 떼고 로셰―랍 노인의 가슴팍에 코를 가져다 대었다.

마법사가 긴 허리 여우의 귀를 쓰다듬었다.

[이 자들은 로셰―랍 일족이니라. 실험 자원자들이지.]

긴 허리 여우는 말귀를 알아들은 듯 고개를 한 번 끄덕인 다음, 로셰―랍 노인과 대원들을 차례로 탐색했다.

다행히 대원들이 몸에 바른 회색 액체가 신분을 숨겨주었다. 긴 허리 여우는 별 의심 없이 마법사 앞에 납죽 엎드렸다.

[타라.]

마법사가 턱으로 지시했다.

이탄을 포함한 8명의 탈환대원들은 긴 허리 여우의 등에 올라탔다.

Chapter 3

슈와아악―.

긴 허리 여우는 무시무시한 속도로 탑의 위층으로 올라갔다. 그 속도가 알블―롭의 긴 허리 늑대보다도 두 배는 더 빨랐다.

오스트의 품속에서 마법나침반이 또다시 격렬한 반응을 보였다. 오스트의 얼굴이 살짝 밝아졌다.

'옳거니. 신왕님의 토템이 위층에 있구나. 올바른 방향으로 가고 있어.'

오스트가 오른 주먹을 불끈 쥐었다.

그것도 모르고 흐나흐 족의 마법사는 긴 허리 여우의 맨 앞에 탑승한 채 정면만 바라보았다.

바로 그때 일이 터졌다.

쿠와아아앙!

어마어마한 충격과 함께 흙탑 전체가 뒤흔들렸다.

아무래도 탑의 상층부에 타격을 받은 모양이었다. 흙탑 위쪽으로부터 흙 부스러기가 와르르 낙하했다. 사람의 머리통만 한 돌덩이도 우수수 떨어졌다. 나선형 계단이 와르르 뒤틀렸다.

끼양! 꺙!

계단을 오르내리던 긴 허리 여우들이 비명을 지르며 옆으로 고꾸라졌다. 여우 등에 타고 있던 흐나흐 족인들은 계단에 나뒹굴거나 계단 밖으로 튕겨나가 수백 미터 아래로 추락했다.

[뭐, 뭐얏?]

주둥이가 튀어나온 마법사가 깜짝 놀랐다.

삐이이이잉! 삐이이이잉!

흙탑 내부에는 시끄럽게 경고등이 울렸다.

'혹시 우리의 정체가 발각된 겐가?'

오스트는 지레 놀라서 주변을 경계했다.

쿠와아아아앙!

그때 흙탑에 두 번째 충격이 가해졌다. 흙탑을 보호하는 마법 방어막이 붉은 번개와 함께 일어나서 충격을 감쇄시켰다.

그러나 방어막도 모든 충격을 다 막아내지는 못했다. 흙탑의 상층부에서 무수히 많은 돌덩이들이 낙하했다. 그 가운데는 1미터가 넘는 거대한 건물 조각도 섞여서 떨어졌다.

[끄악.]

[케엑.]

돌에 얻어맞아 피를 질질 흘리는 자, 암반에 깔려 비명을 지르는 자 등등등. 흙탑 내부가 순식간에 아수라장으로 변했다.

매캐한 흙먼지가 뿌옇게 피어올랐다. 긴 허리 여우들 가운데 상당수가 낙하하는 돌에 얻어맞아 목숨을 잃었다. 여우의 등에서 떨어진 흐나흐 족인들이 허물어진 난간에 아

슬아슬하게 매달려 살려달라고 아우성을 쳤다. 뻥 뚫린 흙
탑 천장 너머엔 붉은 하늘이 어렴풋이 보였다.

그 하늘로부터 거대한 물체가 날아와 흙탑을 후려쳤다.

쿠와아아앙!

세 번째 충격이 흙탑을 가격했다.

흙탑을 보호하던 마법 방어막은 세 차례의 공격 만에 완
전히 찢어져서 더 이상 가동되지 않았다. 흙탑 최상층부가
통째로 허물어지면서 나선형 계단이 엿가락처럼 기괴하게
뒤틀렸다. 그리곤 계단 위쪽부터 차례로 뜯겨나가더니 계
단 전체가 뒤로 쓰러졌다.

계단이 뜯겨나갈 때, 계단을 오르내리던 긴 허리 여우들
도 단체로 추락했다. 여우들은 수백 미터 아래로 떨어져 머
리로 바닥을 들이받고 죽었다. 여우와 함께 추락한 흐나흐
족 수인족들도 모두 즉사했다.

흙탑 최상층부가 붕괴한 여파는 거기서 끝나지 않았다.

흙탑은 이곳 지하도시의 척추에 해당하는 건축물이었다.
이 거대한 탑은 지하도시 중심부로부터 솟구쳐 올라가 지
하 광장 천장을 관통한 뒤 지상까지 높이 치솟아 있었다.

이러한 흙탑이 타격을 받자 지하 광장 천장 전체에 악영
향을 끼쳤다. 광장 천장에 실금이 쩍쩍 가면서 지하도시가
붕괴 위험에 직면했다.

[으아아악, 도시가 무너진다.]

[모두 피햇.]

깜짝 놀란 흐나흐 족들이 사방에서 튀어나왔다. 수인족들은 비명을 지르며 피할 곳을 찾아 헤맸다.

금이 간 광장 천장으로부터 흙 부스러기가 조금씩 떨어지기 시작했다.

흐나흐 족들은 더 큰 패닉에 빠졌다. 지하도시가 온통 혼란의 소용돌이에 파묻혔다. 거리로 우르르 몰려나온 흐나흐 족 피난민들은 서로 뒤엉켰다. 교통이 엉망이 되었다. 도시 기능이 완전히 마비되었다.

주둥이가 튀어나온 마법사는 지팡이로 계단을 쾅 찍었다. 그리곤 중급 음혼석을 하나 꺼내서 손에 꽉 움켜쥐었다.

후오옹!

음혼석에서 흘러나온 음차원의 마나가 마법사의 손을 거쳐서 끈적끈적한 마법의 실로 변했다. 이 실 덕분에 계단의 붕괴 속도가 다소 늦춰졌다.

마법사는 마법의 실로 붕괴하는 계단을 칭칭 감은 뒤, 그 자신도 한 가닥의 끈적끈적한 실을 타고 바닥에 착지했다.

오스트를 비롯한 알블―롭의 귀족들이 각자의 방법으로 위험을 회피했다.

몸이 날랜 아일라와 티핀 가모는 천장에서 낙하하는 돌덩이를 발로 밟으며 바닥까지 안전하게 내려왔다.

의외로 테슘도 몸이 민첩했다. 뚱뚱한 체형의 테슘은 아일라나 티핀보다도 더 사뿐하게 바닥에 안착했다.

오스트와 슈이림, 카이림은 마법의 힘을 사용하여 낙하 속도를 늦추었다. 그들은 바람을 타고 안착하는 민들레 홀씨처럼 부드럽게 몸을 회전하면서 하강했다.

코벨은 영력늑대를 소환하여 위기를 피했다.

한편 로셰─랍 노인도 둔탁한 소리와 함께 바닥에 낙하했다.

노인은 계단에서 떨어지는 도중에 돌덩이와 충돌하면서 이리저리 튕기다가 결국엔 바닥에 거미줄 모양의 크랙을 만들면서 거칠게 내리꽂혔다.

그러고도 노인은 끄떡도 없었다. 로셰─랍 일족 특유의 단단한 껍질 덕분이었다.

흐나흐 족 마법사가 그 모습들을 보고는 깜짝 놀랐다.

[네놈들 뭐냣? 단순한 실험 자원자가 아니잖아?]

마법사가 막 비상 알람을 올리려 할 때였다.

뻐억!

둔탁한 소음과 함께 마법사의 두개골이 으스러졌다. 마법사는 꽥 소리를 한 번 내지르고는 바닥에 엎어졌다.

쓰러지는 마법사의 뒤에서 이탄이 으스스하게 몸을 일으켰다. 이탄의 오른손은 하얀 뇌수와 시뻘건 피로 흥건했다.

Chapter 4

[이게 어디서 감히 산통을 깨려고 들어.]

이탄이 죽은 마법사를 향해 으르렁거렸다.

이탄의 서슴없는 행동에 토템탈환대원들은 뒷골이 서늘해졌다. 특히 테숨의 눈꺼풀이 미미하게 떨렸다. 테숨은 이탄이 언제 마법사의 뒤로 접근하여 상대를 해치웠는지 제대로 파악도 하지 못했다.

다들 놀라는 가운데 오스트가 황급히 마법나침반을 꺼냈다. 지금 탈환대원들에게는 무너지는 흙탑에서 탈출하는 것보다 신왕의 늑대 토템을 찾는 일이 훨씬 더 중요했다.

[위쪽. 저 위로 올라가야 해.]

오스트가 손가락으로 탑의 상층부를 가리켰다.

와르르르ー.

오스트의 손가락이 가리킨 곳에서는 점점 더 많은 양의 건물 잔해가 쏟아지는 중이었다. 더군다나 계단도 끊긴 상태라 알블ー롭의 귀족들이 본래 실력을 드러내지 않고서는 올라갈 방도가 없었다.

코벨이 이를 악물었다.

[이왕 이렇게 된 거, 지금처럼 혼란스러운 상황이 우리에게는 오히려 기회일 수 있습니다.]

코벨은 말을 마치기도 전에 영력늑대를 소환하여 그 등에 올라타고는 단숨에 위로 날아올랐다.

나머지 알블―롭의 귀족들도 중급 음혼석을 손에 꽉 움켜쥐고는 마법의 힘을 발휘하였다.

슈이림과 카이림이 회색 소용돌이로 변하여 빠르게 상승했다. 오스트는 육중한 해머 위에 올라타더니 한 손으로 해머의 손잡이를 잡고는 벼락처럼 위로 솟구쳤다. 티핀과 아일라는 낙하하는 돌덩이들을 발로 박차며 메뚜기처럼 날렵하게 점프했다. 테숨은 두 발로 바닥을 쾅 내리찍고는 그 반동을 이용하여 단숨에 위로 쏘아져 올라갔다.

이탄은 다른 이들보다 한발 늦게 출발했다.

파앙!

이탄은 날개 달린 늑대를 이용하는 대신 신발형 비행 법보를 구동하여 알블―롭 귀족들의 뒤를 쫓았다.

그렇게 토템탈환대원들이 50 미터 높이까지 솟구쳤을 때였다.

쿠와아아앙!

네 번째 충격이 흙탑의 최상층부를 완전히 허물어뜨렸다. 엄청난 굉음을 동반한 충격에 탑을 떠받치는 기둥들이 좌굴 현상을 일으켰다. 이제는 건물 잔해가 쏟아지는 수준을 넘어서 수십 미터 크기의 거대한 조각들이 마구 낙하했다. 그 광경이 어찌나 살벌했던지 알블—롭의 귀족들마저 숨을 제대로 쉬지 못했다.

[이이익, 뚫어버릴 테다.]

코벨이 영력늑대 서른여섯 마리를 최대한으로 소환하여 허공에서 떨어지는 건물 조각을 부쉈다. 그리곤 자신의 단단한 몸뚱어리를 믿고서 쏟아지는 파편 사이로 뛰어들었다. 코벨의 온몸은 파란 기운으로 둘러싸였다. 쏟아지는 돌덩이들이 코벨의 파란 기운과 부딪쳐 사방으로 튕겨 나갔다.

슈이림과 카이림도 코벨과 마찬가지로 정면돌파를 선택했다. 그들은 회색 소용돌이로 건물 조각을 날려버리면서 점점 더 위로 상승했다.

오스트와 테숨은 몸 전체에 파란 보호막을 두른 채 힘으로 돌파하려 들었다.

티핀의 작전은 다른 이들과 달랐다. 그녀는 엄청나게 빠른 몸놀림으로 낙하 중인 파편 하나하나를 전부 다 피했다.

아일라는 이와 반대로 자신의 온몸을 물안개로 흐트러뜨려 돌 파편 사이로 스며들 듯 상승했다.

그렇게 탈환대원들이 70미터 높이까지 솟구친 순간이었다. 붕괴한 흙탑의 위쪽에 노란 눈알이 갑자기 나타났다.

직경 1킬로미터가 넘는 거대한 눈알의 주변으로 시뻘건 뇌전이 쩌저적! 쩌저적! 뛰놀았다. 눈알은 뻥 뚫린 구멍을 통해 흙탑 내부를 들여다보았다. 이 눈알을 마주한 것만으로도 알블―롭의 귀족들은 뇌가 문드러지는 듯한 충격을 받았다.

[크헉.]

선두에서 길을 열던 코벨이 피를 왈칵 토하며 고꾸라졌다. 코벨의 영력늑대들이 순간적으로 졸도하여 추락했다.

[까악.]

지그재그로 상승 중이던 티핀도 외마디 비명과 함께 정신을 잃었다.

[아아악.]

아일라도 신체변형이 강제로 깨지면서 머리가 핑그르르 돌았다.

테슘은 심한 두통과 함께 방향을 잃고 날아가더니 결국 흙탑 벽에 머리를 들이받았다.

슈이림과 카이림도 회색 소용돌이가 강제로 해제되어 다시 원래의 늑대형 수인족 몸뚱어리로 돌아왔다. 그들은 낙하 중인 건물 잔해에 머리를 얻어맞아 피를 흘렸다.

거대한 눈알이 흙탑 천장에 뚫린 구멍 가까이 다가왔다가 다시 멀어졌다. 이어서 눈알의 주인이 휘두른 거대한 흉기가 흙탑의 최상층부를 뚫고 안으로 파고들었다.

이 흉기는 길쭉한 몽둥이처럼 생겼다. 몽둥이의 표면에는 상대적으로 크기가 작은 눈알 수천 개가 박힌 흉측한 모습이었다. 작다고는 하여도 눈알 하나의 크기가 직경 1 미터는 족히 되었다. 이 눈알들이 깜빡거릴 때마다 기괴한 파동이 일어나 주변 모든 생명체에게 끔찍한 고통을 안겨주었다.

[끄아악.]

미처 몸을 피하지 못하고 탑의 상층부에 숨어서 벌벌 떨고 있던 흐나흐 일족들이 양손으로 자신들의 머리를 감싸 쥐면서 나뒹굴었다.

이 가운데 체력이 약한 일반 몬스터들은 그대로 뇌가 터졌다. 그들은 귀와 코, 눈과 입에서 동시에 피를 흘리며 즉사했다.

[우웨에에엑.]

흐나흐 일족 전사급 몬스터들도 고통에 겨워 몸부림쳤다. 그들은 오늘 먹은 것을 다 게워놓았다.

눈알의 주인이 휘두른 흉기는 흙탑 안으로 쑥 파고들어 왔다가 다시 까마득한 상공으로 멀어져갔다.

이제 흙탑의 천장에 뚫린 구멍은 훨씬 더 크게 확장되어서 하늘이 훤히 보일 정도였다. 그 하늘로부터 거대한 얼굴이 빠르게 하강했다. 얼굴 중앙에 박힌 노란 눈알이 붉은 뇌전을 쩌저적 일으키며 흙탑 안쪽을 훑어보았다.

[끄억.]

거대 노란 눈알이 가까이 접근한 것만으로도 흐나흐 일족 전사들은 뇌가 곤죽이 되어 죽었다.

그저 존재하는 것만으로도 전사급 실력자를 죽일 수 있다는 것이 얼마나 무서운 일인지 알블―롭의 귀족들은 잘 알았다.

[으으으. 이건 왕의 재목이다. 아니, 그 수준을 이미 넘어섰어. 왕의 재목을 뛰어넘어 왕에 거의 근접한 존재야. 으으으으.]

테숨이 흙탑 벽면에 찰싹 달라붙어 부들부들 떨었다.

오스트도 당황하여 어쩔 줄 몰랐다.

Chapter 5

[허억, 노란 눈의 외눈박이! 설마 우주의 5대강족 가운데 하나인 씨클롭의 초강자가 이곳에 쳐들어왔단 말인가?]

오스트의 말에 알블—롭의 귀족들이 바짝 얼어붙었다. 귀족들은 조금 전의 충격으로 추락하여 이미 큰 부상을 입은 상태였다. 그 와중에 상대가 씨클롭 일족의 왕, 혹은 왕의 재목이라고 생각하자 맞서 싸울 용기가 싹 사라졌다.

거대 눈알이 다시 까마득한 하늘로 멀어졌다. 대신 뭉툭한 흉기가 무지막지한 속도로 떨어져 흙탑을 강타했다.

쿠와아아아앙!

드디어 흙탑이 반으로 쪼개졌다.

흙탑과 연결된 지하 광장 천장에도 거미줄처럼 균열이 퍼졌다. 천장에서 떨어지는 돌들이 흐나흐 일족의 지하도시를 쾅쾅 때렸다.

[아아악, 살려줘.]

[으아아아, 안 돼애—. 제발.]

세상이 함몰되는 듯한 충격에 흐나흐 족은 완전 패닉 상태가 되었다.

흙탑에 뚫린 구멍은 이제 직경 10 킬로미터가 넘을 정도로 확장되었다. 거대한 머리통이 그 구멍 속으로 쑥 들어왔다. 머리통에 박힌 노란 눈알이 흙탑 안을 좀 더 가까이서 훑어보았다.

[끄아악.]

노란 눈알이 가까이 접근하는 것만으로도 수십 명의 생

명체가 사망했다. 흙탑 구석구석에 숨어 있던 흐나흐 족 전사들도 온몸이 피곤죽이 되어 고꾸라졌다.

알블—롭의 귀족들도 예외는 아니었다. 그들 모두가 휘청거리다가 엉덩방아를 찧었다. 알블—롭 귀족들의 입에서 헛구역질 소리가 새어나왔다.

놀랍게도 로셰—랍 노인은 노란 눈알이 뿜어내는 파동을 견뎠다. 노인이 돌을 깎아서 만든 피리를 하나 꺼내서 빠르게 불었다.

삘릴리, 삘릴릴릴리~.

얼마 지나지 않아 흐나흐 족의 여인 한 명이 흙탑 상층부에서 그대로 뛰어내려 노인의 곁으로 빠르게 접근했다.

여인은 티핀 가모에 못지않게 날렵했다.

로셰—랍 노인이 여인에게 서둘러 뇌파를 보냈다.

[여기 이분들이 바로 세 갈래 나무 님이 보낸 이들이외다.]

[알겠소. 여기서부터는 내가 길을 안내하리다.]

여인이 다급히 대꾸했다.

흙벽에 바짝 붙어 있던 오스트가 해머를 타고 로셰—랍 노인 앞으로 날아 내렸다. 테숨도 70미터 높이에서 풀쩍 뛰어내려 오스트의 곁에 섰다. 나머지 대원들도 앞다투어 노인 앞에 집결했다. 이탄도 어느새 대원들 사이에 끼어들었다.

씨클롭의 초강자는 토템탈환대원들은 거들떠보지도 않았다. 그저 수천 개의 눈알이 박힌 흉기를 마구 휘둘러 흙탑의 구멍을 점점 더 넓혀갈 뿐이었다.

콰앙, 쾅, 쾅, 쾅.

흉기가 날아들 때마다 폭음이 터졌다. 건물 파편이 사방으로 튀었다.

흐나흐 족 여인이 대원들을 휙 훑었다.

대원들은 불신에 가득한 눈빛으로 눈앞의 여인을 노려보았다.

'설마 이 흐나흐 족 여인이 삼신녀님께서 안배하신 두 번째 길잡이란 말인가?'

'대체 이게 어찌 된 일이냐? 우리가 과연 어찌 이 흐나흐 족 계집을 믿는단 말인가.'

대원들의 불신을 아는지 모르는지 흐나흐 족 여인이 빠르게 앞장섰다.

[나를 따라와요. 탑이 언제 무너질지 모르니 서둘러야 해요.]

대원들은 지금 이게 어떤 상황인지 파악도 되지 않았다. 그들은 로셰―랍 노인을 따라서 흐나흐 족의 지하도시로 들어왔을 뿐인데, 공교롭게도 그때를 맞아 씨클롭의 초강자가 등장하여 흐나흐 일족의 흙탑을 때려 부쉈다. 이어서 두 번째 길잡이가 등장하였는데, 그 길잡이가 하필이면 흐나흐 일족의 여인이었다.

'이 여우족 계집의 말을 믿어야 하나?'

대원들은 쉽게 판단을 내리지 못했다. 그저 서로의 얼굴만 마주 볼 뿐이었다.

앞장서서 몸을 날리던 흐나흐 족 여인이 손톱으로 흙벽을 찍어 기어오르다 말고 아래쪽을 내려다보았다.

[길잡이가 필요 없나 보군요. 그럼 당신들 마음대로 해요.]

흐나흐 일족의 여인은 이 말 한 마디만 남긴 채 더욱 신속하게 벽을 탔다.

오스트가 대원들을 대표하여 결정을 내렸다.

[일단 저 여자를 따라가 보지.]

[알겠습니다.]

대원들은 오스트의 결정을 따랐다.

로세―랍 노인은 여기서 토템탈환대원들과 작별을 고했다.

토템탈환대가 10층 높이까지 기어 올라왔을 때였다. 씨클롭의 초강자가 다시 한번 흉기를 휘둘렀다.

쿠와아앙!

반으로 쪼개진 흙탑이 결국 지하 광장 천장에서 떨어져

나오더니 요란한 굉음과 함께 쓰러지기 시작했다.

대원들은 죽을힘을 다해 흙탑 벽에 매달렸다.

[으아아아아─.]

카이림이 자신도 모르게 비명을 질렀다.

거대한 탑이 쓰러지면서 지하도시를 짓뭉갰다. 뿌연 흙 먼지가 수백 미터 높이로 솟구쳐 지하 광장을 가득 메웠다.

흙탑이 바닥과 부딪치면서 만들어낸 충격파가 토템탈환 대원들을 강타했다. 대원들은 피를 토하며 나뒹굴었다.

쿠웅!

대원들로부터 100미터쯤 떨어진 곳에 씨클롭 초강자의 거대한 발이 내리 찍혔다. 그 즉시 암반에 방사형으로 금이 갔다. 암반 위에는 씨클롭 초강자의 발자국 모양이 도장처 럼 깊이 새겨졌다.

씨클롭의 초강자는 흙탑을 부수고 지하 광장 천장에 거 대한 구멍을 만들고 나더니, 기어이 흐나흐 일족의 지하도 시로 내려왔다.

씨클롭 초강자의 몸뚱어리가 어찌나 거대하였던지, 그의 발이 지하도시를 밟고 일어서는데 지하 광장의 천장은 초 강자의 허리 어림에도 미치지 못하였다. 씨클롭의 초강자 는 하반신만 지하도시에 담그고 상체는 지상에 둔 채 흉기 를 마구 휘둘렀다.

쿠왕! 쾅! 쾅! 쾅!

행성의 지반이 붕괴하면서 지하 광장 천장이 큼지막 큼지막하게 부서졌다. 지하도시는 한 마디로 말해서 아수라장이 되었다.

Chapter 6

[으아아악.]

[살려 줘.]

사방에서 비명이 난무했다. 초강자의 발에 밟혀 죽은 자가 부지기수였다. 지하 광장의 천장이 붕괴하면서 파묻혀 죽은 자들도 헤아릴 수 없이 많았다. 씨클롭의 초강자가 몸을 한 번 움직일 때마다 수백 명 이상의 생명체가 으스러졌다.

대혼란의 와중에도 토템탈환대는 아직까지 무사했다.

[서둘러야 해요.]

흐나흐 일족 여인이 탑의 잔해를 뚫고 빠르게 앞장섰다.

대원들은 그 뒤를 바짝 쫓아 몸을 날렸다.

물론 흐나흐 족 여인이나 대원들도 아주 무사하지는 못했다. 다들 흙탑이 무너질 때 타격을 입어 피투성이였다.

그럼에도 불구하고 토템탈환대원들은 앓는 소리 한 번 없었다. 흐나흐 족 여인도 입을 꾹 다물고 길 안내에 전념했다.

여인의 뒤를 따라갈수록 마법나침반의 진동은 더욱 격렬해졌다.

'이쪽 방향이 맞는구나. 저 길잡이가 제대로 안내를 하고 있어.'

오스트는 이제 절반쯤은 흐나흐 일족의 여인을 신뢰하게 되었다.

흙탑 안, 반쯤 쪼개진 밀실 속으로 흐나흐 족 여인이 풀쩍 뛰어들었다. 그 뒤를 이어 8명의 대원들이 곡물에 달려드는 메뚜기 떼처럼 날아들었다.

원래 이 밀실은 흐나흐 족이 수집한 마법아이템들을 보관하는 장소였다. 당연히 방어마법진도 몇 겹으로 설치되어 있었고, 밀실을 지키는 경비병들도 다수였다.

그러던 곳이 지금은 구멍이 뻥 뚫렸다.

방어마법진은 흙탑이 쓰러질 때 함께 박살났다. 밀실을 지키던 병사들은 배가 터지고 뇌가 곤죽이 되어 바닥에 나뒹굴었다. 어찌 보면 씨클롭 초강자의 급습이 토템탈환대의 입장에서는 뜻밖의 호재가 된 셈이었다.

[여기다. 여기에 있어.]

오스트가 벼락처럼 몸을 날렸다. 오스트는 커다란 나무 상자 앞으로 달려가 상자를 껴안았다.

오스트의 품속에서는 마법나침반이 웅웅 소리를 내면서 울었다. 엄밀하게 말하자면, 나침반이 우는 게 아니라 나침반에 달린 바늘, 즉 암컷 늑대 토템의 껍질이 나무 상자 속에 보관된 수컷 늑대 토템에 반응하여 진동하는 것이었다.

테숨이 수문장처럼 나무 상자 앞을 가로막았다. 테숨은 흐나흐 족 여인과 이탄을 동시에 경계했다.

코벨이 오스트의 곁을 지켰다.

슈이림과 카이림, 티핀, 아일라도 신왕의 토템이 들어 있는 나무 상자를 빙 둘러싼 채 혹시 모를 사태에 대비했다.

토템탈환대가 드디어 목표물을 찾았다. 이제 이 귀중한 토템을 알블—롭의 나무 군락으로 운송하는 일만 남았다.

'이걸 어떻게 운송하지?'

'이 상자를 들고 흐나흐 놈들의 플래닛 게이트까지 가야 하나?'

'적들의 플래닛 게이트를 탈취한 뒤, 게이트를 조작하여 알블—롭 행성으로 복귀해야 할 게야.'

대원들이 탈출방법을 고민할 때였다. 오스트가 갑자기 마법나침반을 번쩍 치켜들어 나무 상자에 콱 박아넣었다.

웅.

마법나침반의 바늘이 팽그르르 회전하면서 주변의 공간이 강하게 일그러졌다. 동시에 마법나침반이 위아래로 딸깍 분리되었다.

'어라? 저것은!'

이탄이 흠칫했다.

마법나침반 위쪽이 떨어져 나가면서 그 아래쪽에서 이탄의 눈에 익숙한 물건이 드러났다. 납작한 육각형의 아이템, 즉 휴대용 플래닛 게이트였다.

이탄이 빙그레 웃었다.

'아하! 그러면 그렇지. 알블―롭 일족이 토템을 탈취한 뒤 자신들의 군락지로 가져갈 방법을 고민하지 않았을 리 없지. 역시 알블―롭 일족도 휴대용 플래닛 게이트를 하나 숨겨두고 있었던 거야.'

이탄이 이런 생각을 하는 도중이었다. 육각형의 휴대용 플래닛 게이트가 휘황찬란한 광채를 내뿜었다.

쩌저저저적!

휴대용 플래닛 게이트로부터 파란 번개가 휘몰아쳐 나오면서 주변 공간을 찢어발겼다. 그렇게 찢어진 공간의 틈새가 아득히 먼 행성과 하나로 연결되었다. 그 속에서 여인 한 명이 툭 튀어나왔다.

놀랍게도 삼신녀였다.

[삼신녀님을 뵙습니다.]

오스트가 기다렸다는 듯이 한쪽 무릎을 꿇었다.

[오오오, 삼신녀님.]

테숨도 황급히 삼신녀를 향해서 무릎을 꿇었다.

다른 귀족들도 일제히 행동을 함께했다.

2명의 길잡이에 이어서 토템탈환대의 마지막 11번째 대원, 즉 광대의 정체는 다름 아닌 삼신녀 본인이었던 것이다.

삼신녀는 등장과 함께 떨리는 눈으로 나무 상자를 보았다.

[이것이 바로 신왕님의 유품이로구나.]

[그렇사옵니다. 삼신녀님, 서둘러 신왕님의 유품을 알블—롭의 군락지로 가져가소서.]

오스트가 울먹거리는 뇌파로 외쳤다.

삼신녀가 손을 좌우로 펼쳤다.

후오오옹!

삼신녀의 몸에서 흘러나온 막대한 양의 음차원의 마나가 휴대용 플래닛 게이트로 흘러들었다. 육각형 모양의 플래닛 게이트로부터 조그만 스톤들이 불쑥불쑥 솟구쳤다. 이 6개의 스톤들은 황금빛 문자를 내뿜으며 빙글빙글 회전했다.

바로 그 순간에 방해꾼이 등장했다.

[건방진 놈들. 그 물건을 썩 내놓거라.]

뇌를 짓뭉개버릴 듯한 쩌렁쩌렁한 뇌파와 함께 거대한 손이 밀실의 벽면을 뜯어내었다. 씨클롭의 초강자는 노란 외눈을 희번덕거리며 토템탈환대원들을 굽어보았다. 그 노란 눈에서 붉은 번개가 쩌저적 일렁거렸다.

[허억? 삼신녀님, 빨리 피하십시오.]

오스트가 비명을 질렀다.

[이이이익.]

삼신녀는 플래닛 게이트를 향해서 죽을힘을 다해 음차원의 마나를 밀어 넣었다.

우우우우웅!

덕분에 휴대용 플래닛 게이트의 가동 속도가 한층 증가했다. 게이트 안쪽에서 발생한 소용돌이가 나무 상자와 삼신녀를 포함한 인근 수 미터 공간에 영향을 미쳤다.

Chapter 7

씨클롭의 초강자가 분노를 터뜨렸다.

[이것들이 감히 어딜 도망치려고?]

씨클롭의 초강자가 휘두른 흉기가 삼신녀의 머리 위로 떨어졌다.

[안 돼.]

[막앗.]

알블—롭의 귀족들이 삼신녀를 보호하기 위해서 일제히 날아올랐다.

그 전에 삼신녀가 펄쩍 재주를 넘었다.

광대가 텀블링을 하듯이 펄쩍, 펄쩍, 펄쩍.

흐나흐 족의 길잡이 여자도 삼신녀와 보조를 맞춰서 똑같은 동작으로 재주를 넘었다.

이때 이미 흐나흐 족 여자의 눈동자는 몽롱하게 풀려 있는 상태였다. 보아하니 이 흐나흐 족 여자는 삼신녀의 마법에 걸려서 꼭두각시처럼 이용을 당한 듯했다.

늑대족과 여우족이 함께 재주를 넘으면서 서로의 몸이 교차했다. 2개의 원이 스쳐 지나가면서 아주 독특하면서도 고차원적인 마법이 발휘되었다. 공간을 바꿔치기하는 놀라운 마법 말이다.

순간적으로 공간이 뒤바뀌면서 삼신녀와 토템탈환대원들, 그리고 나무 상자가 150미터 저편으로 이동했다.

대신 150미터 밖의 건물 잔해가 삼신녀가 원래 서 있던 자리에 나타났다.

서로 뒤바뀐 공간 속에서 오직 이탄만이 열외로 남겨졌다.

　콰앙!

　씨클롭의 초강자가 휘두른 흉기는 조금 전까지 삼신녀가 서 있던 곳을 으깨고 땅속 깊숙이 틀어박혔다.

　그때 이미 육각형의 휴대용 플래닛 게이트는 활성화 단계를 완전히 끝마쳤다.

　번쩍!

　눈부신 광휘의 폭발과 함께 모든 것이 자취를 감추었다. 삼신녀도, 토템탈환대원들도, 눈이 풀린 흐나흐 족 길잡이 여자도, 신왕의 토템이 들어 있는 나무 상자도 싹 다 사라졌다. 그들은 모두 우주 저편의 알블—롭 일족 나무 군락으로 이동해 버렸다.

　오직 이탄만이 이 자리에 홀로 버려졌다.

　푹 파묻힌 땅 속에서 이탄이 오른손으로 거대한 흉기를 붙잡았다. 흉기에 빼곡하게 돋아 있는 1 미터 크기의 눈알들이 기괴한 파동을 마구 내뿜었다. 흉기가 바르르 떨리면서 이탄을 단숨에 짓뭉개 버리려고 들었다.

　하지만 흉기는 이탄의 손에 막혀서 단 1 밀리미터도 앞으로 나가지 못하였다.

　"훗. 어이가 없네."

이탄은 기가 막혀서 헛웃음이 나왔다.

한편 알블—롭 일족의 7번 나무 군락 인근.

[허억, 헉, 헉, 헉.]

오스트가 땅바닥에 엎드려 거칠게 숨을 토했다. 오스트의 입에서 흘러나온 끈적끈적한 침이 땅바닥 길게 이어졌다.

오스트의 옆에는 슈이림과 카이림이 드러누워 헐떡거렸다.

코벨의 상태도 엉망이었다.

티핀은 씨클롭의 초강자를 마주했던 것이 충격이었던 것인지 몸을 잔뜩 웅크린 채 벌벌벌 떨었다.

아일라가 비틀거리는 몸으로 삼신녀에게 기어갔다.

[헉헉헉, 허억. 삼신녀님, 이탄 님이 빠졌습니다. 이탄 님이 아직 그곳에 남아 있습니다. 허허헉.]

삼신녀가 이마를 찌푸렸다.

[나도 알아요.]

[헉헉헉. 이 일을 어떻게 합니까? 우리 알블—롭 일족에게는 이탄 님의 도움이 절실하지 않습니까?]

[나도 그대의 말에 동의해요. 평소 같았으면 당연히 그 이방인을 함께 이곳에 데려왔겠죠. 하지만 조금 전에는 도저히 어쩔 수 없는 상황이었단 말이에요.]

[네에?]

아일라가 눈을 동그랗게 떴다. 삼신녀의 말뜻은, 일부러 이탄을 그곳에 남겨두었다는 것처럼 들렸다.

삼신녀가 좀 더 깊게 이마를 찌푸렸다.

[아일라 가모, 노란 눈을 가진 씨클롭의 포식자들은 공간을 우그러뜨리는 최상위의 마법종이 아니던가요? 설마 그걸 모르는 것은 아니겠죠?]

[그건……, 삼신녀님의 말씀이 맞습니다.]

아일라가 떨떠름하게 대답했다.

삼신녀가 말을 이었다.

[씨클롭의 그 괴물에게 아주 약간의 틈만 주었어도 공간 마법에 의해서 휴대용 플래닛 게이트가 망가지고 우리들은 탈출도 꿈꾸지 못했을 거예요. 당연히 신왕님의 늑대 토템도 씨클롭의 괴물에게 빼앗겼을 테죠.]

[아아아.]

[그런 상황에서 누군가는 씨클롭의 포식자를 막아야 했어요.]

[아아아아아.]

[아일라 가모. 우리가 이방인 이탄과 계약한 바가 무엇인가요? 그 이방인은 위급한 상황에서 우리를 위해 나서주기로 계약했단 말이에요. 강적을 대신 막아내어 우리를 돕는

게 바로 이방인 이탄의 역할이죠.]

[아아아아아아아.]

아일라의 얼굴에 핏기가 가셨다.

결국 삼신녀는 일부러 이탄을 그곳에 남겨둔 거였다. 씨클롭의 초강자가 공간 마법을 발휘하여 플래닛 게이트를 망가뜨리는 대신 이탄을 먼저 공격하도록 유도하고, 그 틈에 알블―롭 일족은 무사히 도주하겠다는 것이 삼신녀의 계획이었다.

'이건 아니야. 이건 아니라고.'

아일라의 눈동자가 좌우로 흔들렸다.

삼신녀가 그런 아일라를 우려스러운 눈빛으로 바라보았다.

[아일라. 네년의 눈동자가 참으로 불손해 보이는구나. 지금 감히 삼신녀님께 따지는 게냐? 위급한 상황에서 이방인을 왜 구하지 않았느냐고 따지는 게냔 말이다.]

삼신녀의 등 뒤에서 테슘이 거칠게 콧김을 뿜었다.

아일라가 고개를 좌우로 흔들었다.

[제가 어찌 감히 삼신녀님께 그런 무례를 범하겠습니까? 저는 다만 우리 알블―롭 일족에게 이탄 님의 도움이 꼭 필요하다 여겼을 뿐입니다.]

[하아아. 나도 알아요. 어지간한 상황이었다면 나도 당연

히 이방인 이탄을 구했을 테죠. 우리는 그의 힘이 필요하니까요. 하지만 조금 전의 그 짧은 순간, 나는 선택을 해야만 했어요. 신왕님의 토템을 되찾는 것과 이방인을 살리는 것. 이 두 가지 가운데 오직 하나만 선택할 수밖에 없었죠. 하아아.]

삼신녀가 한숨을 포옥 내쉬었다.

아일라도 결국 삼신녀의 선택에 수긍할 수밖에 없었다. 알블—롭 일족에게는 이탄보다 신왕의 토템이 당연히 더 중요했다.

Chapter 8

같은 시각.

이탄은 씨클롭의 흉기를 가볍게 손에 쥐고는 낮게 으르렁거렸다.

"햐아. 이런 쌍년을 보았나. 나를 시간벌이용으로 던져주고 지들만 도망을 가? 나 원 참. 어이가 없네."

조금 전 이탄은 삼신녀가 벌인 행동을 낱낱이 파악했다.

이탄은 정상 차원의 시간을 자유롭게 주무르는 언령의 주인, 혹은 신격 존재였다. 다른 한편으로 이탄은 만자비문의 주인이자 마격 존재이기도 했다. 그런 이탄이 아무것도 모르고 삼신녀에게 뒤통수를 맞을 리 없었다.

솔직히 말해서 조금 전에 이탄이 마음만 먹었으면 시간을 아주 느리게 만든 뒤, 삼신녀를 다시 이탄의 곁으로 끌어당겨 놓을 수도 있었다. 혹은 휴대용 플래닛 게이트가 발동되지 못하도록 상급 음혼석들을 모조리 깨뜨리는 것도 가능했다. 그것도 아니면 이탄은 삼신녀를 가볍게 찢어 죽여도 그만이었다.

하지만 이탄은 그런 짓을 저지르지 않았다.

굳이 그러고 싶지 않아서였다.

"신녀라고 불리는 그 꼬맹이는 괘씸하지. 하지만 나머지 알블—롭 일족과는 정도 들었고 별로 해치고 싶지도 않아."

이탄은 삼신녀가 벌인 수작을 빤히 알면서도 그냥 당해 주었다.

대신 이탄은 이것으로 알블—롭 일족과의 정을 뗐다.

"이제 그만 알블—롭 일족을 떠날 때가 된 것 같아. 기억의 바다를 마저 탐색하지 못한 점이 아쉽기는 하지만, 그 정도 공백쯤은 유추의 권능을 통해서도 얼마든지 메꿀 수 있지. 아하아암. 이참에 흐나흐 일족 행성이나 둘러볼까?"

이탄은 왼손으로 입을 두드리며 하품을 했다. 그러면서 오른손으로는 씨클롭의 흉기를 조몰락거렸다.

그때마다 씨클롭의 흉기가 이탄의 손끝에서 푸스스 바스러졌다.

수 킬로미터 안쪽으로 접근하는 것만으로도 기괴한 파동을 발산하여 생명의 기운을 앗아가는 것이 바로 씨클롭의 흉기였다. 이 끔찍한 무기는 강도도 엄청나게 높아서 산악을 통째로 으깨고도 흠집 하나 남지 않았다.

그래 봤자 이탄 앞에서는 다 소용없었다.

푸스스스.

이탄의 손아귀 안에서 씨클롭의 흉기가 과자처럼 부스러졌다. 주홍빛 눈알들이 흉기에서 떨어져 나와 팍팍 터졌다.

[끄이이잇?]

씨클롭의 초강자가 바닥에 박힌 흉기를 다시 뽑기 위해 팔뚝에 힘을 주었다.

당연히 결과는 실패였다. 이탄의 손에 붙잡힌 흉기가 그리 쉽게 뽑힐 리 없었다. 씨클롭의 초강자는 양 손바닥에 침을 퉤퉤 뱉은 뒤 다시 한 번 흉기를 잡아당겼다.

[끼우우우웃. 끄응차.]

이번에도 또 실패였다.

결국 씨클롭의 초강자는 노란 눈알로부터 진득한 마법의

힘까지 발산하여 흉기를 다시 뽑으려고 시도했다.

또 실패했다. 땅바닥에 박힌 흉기는 꿈쩍도 하지 않았다.

한편 이탄은 이탄대로 짜증이 났다.

"쳇. 흉기가 너무 크잖아. 이렇게 깔짝깔짝 부수다가는 언제 끝나겠어?"

물론 이탄이 마음만 먹으면 얼마든지 다 부술 수 있었다.

비단 흉기뿐만이 아니었다. 비록 씨클롭의 초강자가 아찔할 정도로 거대하다지만, 이탄이 마음만 먹으면 이 씨클롭의 초강자를 번쩍 들어서 메다꽂는 것은 일도 아니었다. 혹은 이탄은 상대방의 몸을 뚫고 내부로부터 차근차근 박살내는 것도 가능했다.

이탄이 고개를 가로저었다.

"아니야. 그런 방법들은 별로 내키지가 않아. 단숨에 상대방의 양팔을 붙잡아 좌우로 벌려서 찢어버리고 손가락을 독수리 발톱처럼 모아서 상대의 눈깔을 단숨에 적출해 버려야 통쾌하지. 그게 바로 내 스타일이라고."

이런 일이 가능하려면 방법은 하나였다.

상대방을 이탄의 크기로 축소시키든가, 아니면 이탄이 상대방만큼 커지든가.

전자는 불가능했다.

대신 후자는 가능할 것도 같았다.

이탄은 머릿속으로 '거신강림대진'을 떠올렸다. 동차원의 음양종에서 배운 이 진법을 사용하면 거신을 강림시킬 수 있는데, 이탄이 생각하기에 그 거신의 크기가 얼추 이씨클롭의 초강자와 비슷할 것 같았다.

"어디 한번 해보자."

이탄은 우선 술법의 힘을 발휘하여 자신의 분신을 1천 명이나 만들어내었다.

이 1천 명의 분신들이 땅 위로 툭툭 튀어나오더니 서로 조합하여 거신 소환을 위한 진법을 형성했다.

우선 50명의 분신이 2열 종대로 늘어서서 거신의 오른팔을 구성했다.

또 다른 분신 50명이 역시 2열 종대로 늘어서서 거신의 왼팔을 만들었다.

마찬가지 방법으로 각각 50명의 분신들이 거신의 오른 다리와 왼 다리를 구성했다.

여기에 관절을 담당할 분신 100명이 추가로 투입되었다.

이상 총 300명의 분신들이 '거신의 육체'를 이루었다.

그와 동시에 이탄의 분신이 100명 단위로 뭉쳐서 둥그런 구체를 형성했다. 이러한 구체 3개가 '거신의 삼중핵'이 되었다.

이 핵들은 거신의 가슴과 복부, 사타구니에 박혔다.

다른 한편으로 350명의 분신들이 모여서 거신의 머리 부분, 즉 '거신의 무력'이 되었다. 특이하게도 거신은 머리가 모든 공격의 핵이었다.

마지막으로 50명의 분신들이 '거신의 갑주'에 투입되었다.

일반적으로 음양종에서는 거신의 무력에 수도자 200명, 거신의 갑주에도 수도자 200명을 투입하곤 했다. 공격과 방어의 균형을 맞추기 위함이었다.

이탄은 방법을 달리했다.

공격에 350.

수비에 50.

수비에 치중하기보다는 압도적인 공격을 퍼붓는 것이 이탄의 취향이기 때문이었다.

이제 거신의 머리(거신의 무력)와 거신의 가슴, 배, 사타구니(거신의 삼중핵), 그리고 거신의 팔다리(거신의 육체)에 이르기까지 모두 다 뼈대를 잡았다.

그 위에 거신의 갑주가 덧씌워졌다.

이탄의 분신들은 거신강림대진 속에 들어앉아 법력관을 꽉 움켜잡았다. 분신들이 뿜어낸 법력이 법력관을 통해 거신의 삼중핵으로 밀려들었다.

Chapter 9

후옹! 후옹! 후옹!

거신의 가슴과 배꼽, 그리고 사타구니 부위에서 휘황찬란한 빛이 터졌다. 핵을 담당한 이탄의 분신들은 온 사방에서 밀려드는 법력을 다시 나눠서 거신의 온몸에 공급했다. 넘쳐흐르는 법력이 거신을 일으켜 세웠다.

꽈르릉!

어느새 상공에는 붉은 구름이 모여들었다. 그 구름으로부터 새빨간 낙뢰가 미친 듯이 내리쳤다.

1천 명이나 되는 이탄의 분신들을 머금은 채 거대한 신이 이 세상에 강림을 시작했다. 고대의 시절 세계를 지배했을 법한 상고의 신이 어마어마한 세월과 공간을 뛰어넘어 그릇된 차원에 등장하였다.

우르르르—.

거신의 두 다리가 힘차게 뻗어 대지에 박혔다.

우르르르—.

거신의 두 팔에 붙은 근육은 태고적 산맥이 융기하듯 울룩불룩 솟구쳤다.

우르르르, 우르르—.

거신의 상체가 산을 허물고 바다를 가르며 천지를 개벽

할 듯이 거창하게 일어섰다.

우르르르, 우르르르, 우르르—.

거신은 오른팔로 땅을 짚고 거대한 몸을 일으켰다.

[뭐, 뭐얏?]

씨클롭의 초강자가 깜짝 놀랐다. 씨클롭 초강자의 노란 눈알이 당혹스러운 빛을 머금었다. 씨클롭의 초강자는 자신도 모르게 한 발자국 뒤로 물러섰다.

거신이 씨클롭의 초강자를 힐끗 보았다.

[너는 또 뭐냐?]

씨클롭의 초강자가 거신에게 쏘아붙였다.

거신은 대답이 없었다. 그저 양 주먹을 꽉 움켜쥐었다가 좌우로 뻗었을 뿐이었다.

백팔수라 제1식 수라초현 작렬!

거신의 머리가 어느새 18개로 늘어났다. 거신의 팔뚝은 36개로 변하여 부채꼴 모양으로 촤라락 펼쳐졌다. 거신의 다리도 36개로 늘어났다.

이것은 거신과 괴물수라가 하나로 합쳐진 결과였다.

쿠콰콰콰—.

거신이 한 발을 내딛자 36개의 다리가 구름을 일으켰다. 무지막지한 기세에 휘말려 흐나흐 족의 지하도시는 가루로 쓸려나갔다.

[어어엇?]

씨클롭의 초강자가 피하고 말고 할 새도 없었다. 엄청난 괴력이 씨클롭의 초강자를 그대로 휩쓸었다. 거신은 여러 개의 손을 동시에 뻗어서 상대의 두 팔을 붙잡고는 양옆으로 쭉 잡아당겼다.

부우욱, 부욱!

끔찍한 소리와 함께 씨클롭 초강자의 양팔이 그대로 찢겨져 나갔다.

[끄아아아악—.]

씨클롭의 초강자는 뇌가 찢어지는 듯한 비명을 질렀다.

폐허가 된 지하도시 위로 초강자가 상체를 내밀고 마구 몸부림쳤다. 거신의 상체도 덩달아 지하 광장을 벗어나 지상으로 솟구쳤다.

쫘릉!

하늘에서는 또다시 붉은 번개가 떨어졌다.

거신의 손 2개가 씨클롭 초강자의 목을 양옆에서 꽉 움켜잡았다. 위에서 뻗어 내려온 거신의 세 번째 손이 상대의 머리카락을 우악스럽게 잡아챘다. 그렇게 상대의 머리통을 꽉 고정한 상태에서 거신, 아니 이탄은 손가락 5개를 하나로 모았다.

서슬 퍼렇게 모인 손가락들이 씨클롭 초강자의 하나뿐인

눈알을 향해 다가왔다. 씨클롭의 초강자는 미칠 듯한 공포
감에 휩싸였다.

[으아아, 안 돼. 안 돼애애애, 제발. 끄아악.]

원래 씨클롭 일족은 눈알이 생명이었다. 눈알이 그들 종
족이 가진 힘의 원천이자 마력의 근원이었다.

목숨보다 소중한 눈알이 산 채로 잡아 뽑히는 것이 얼마
나 큰 고통인지 씨클롭의 초강자는 비로소 체험하게 되었
다. 이탄이 씨클롭의 초강자에게 참교육을 시켜준 셈이었
다.

[끄아아아악.]

씨클롭의 초강자가 온몸을 바들바들 떨었다.

거신, 아니 이탄이 상대를 다독였다.

[가만있어. 네 녀석의 그 샛노란 눈깔을 예쁘게 뽑아줄
테니까 가만히 좀 있으라고. 자자, 이제 거의 다 끝났어.]

자상하게 다독이는 이탄 뇌파가 오히려 윽박지르는 것보
다 더 무서웠다. 이탄의 말이 끝나기도 전에 1 킬로미터 크
기의 노란 눈알이 꾸욱 뽑혀 나왔다. 씨클롭 초강자의 눈
부위에서 신혈이 콸콸콸 터졌다.

[끄어어어어어. 끄허허헝.]

씨클롭의 초강자가 울부짖었다.

[잘했어. 이제 편히 보내줄게.]

이탄은 8개의 손바닥으로 상대의 머리를 붙잡아 그대로 으깨버렸다.

빠각!

뼈 으스러지는 소리와 함께 상대의 두개골이 터졌다. 대량의 뇌수가 거신의 팔뚝을 타고 주르륵 흘러내렸다.

그렇게 이탄은 눈 깜짝할 사이에 씨클롭 초강자의 양팔을 찢고, 눈알을 뽑고, 머리를 터뜨렸다.

그리곤 후회했다.

"이런 젠장. 내가 왜 이랬을까. 이곳 그릇된 차원에선 상위 포식자의 시체가 엄청 비싼 값을 받던데. 아우, 빌어먹을."

이탄이 10개의 손으로 머리를 벅벅 긁었다.

쏴아아아─.

하늘에서는 붉은 비가 장대처럼 쏟아졌다.

"어우. 이미 저지른 일은 어쩔 수 없지. 앞으로는 상대의 가치를 봐가면서 찢어야겠다."

이탄은 이렇게 중얼거린 다음, 씨클롭 초강자의 시체의 파편들을 주섬주섬 주워서 한 곳에 모아두었다. 이 파편들이 워낙 커서 어디다 보관해야 할지는 알 수 없었으나, 이 대로 버려두기는 아까웠다.

더불어서 이탄은 상대의 시체를 뒤져서 아공간과 관련된

아이템부터 탐색했다.

"오! 여기에 있었구나."

이탄은 상대의 왼쪽 귀에 걸린 황금빛 귀고리가 범상치 않음을 한눈에 알아보았다.

Chapter 10

이탄이 상대의 귀를 부욱 찢어서 귀고리를 강제로 떼어 내었다. 순간 황금빛 귀고리는 수만, 아니 수십만 분의 1로 크기가 축소되었다.

이탄도 거신강림대진을 해제한 뒤 본래의 모습으로 돌아왔다.

이탄은 손바닥에 덩그러니 놓인 아공간 귀고리를 초롱초롱한 눈으로 내려다보았다.

"여기에는 과연 뭐가 들었을까? 룰루룰룰루~."

이탄이 콧노래를 흥얼거리면서 아공간의 귀고리를 강제로 개방했다. 아공간 안쪽에서 희귀한 보물들이 우수수 쏟아졌다.

원래 씨클롭 일족의 눈은 등급에 따라 색깔이 달랐다. 최상급 눈알은 노란색, 상급 눈알은 주홍색, 중급 눈알은 붉은색과 같이 말이다.

씨클롭 초강자의 아공간 귀고리 속에서는 우선 노랗게 빛나는 최상급의 씨클롭 눈알이 4개나 튀어나왔다.

이 눈알 하나하나의 크기가 1 킬로미터부터 5 킬로미터까지 다양했다.

이상 4개의 눈알에다가 이탄이 조금 전에 직접 뽑아낸 눈알까지 더하면 최상급 눈알만 5개가 모인 셈이었다.

이탄은 5개의 눈알을 일단 자신의 아공간 박스 안에 옮겨 담았다.

아공간 귀고리 속에서는 거무튀튀한 방패도 하나가 튀어나왔다.

직경이 수 킬로미터가 넘는 이 방패는 최상급 토트 족의 등껍질을 주재료로 사용하고, 방패 둘레에 최상급 구아로의 발톱 18개를 붙여서 공격도 겸비하도록 만들었으며, 방패 중앙에는 최상급 씨클롭의 눈알을 하나 박아 넣어서 마법 능력까지 부여한 대단한 보물이었다.

방패에 들어간 재료만 해도 굉장했다. 만약 다른 이들이 방패를 보았다면 그대로 눈이 뒤집힐 만큼 어마어마한 아이템이었다.

그럼에도 이탄은 시큰둥했다.

"쳇. 이딴 게 뭔 쓸모가 있겠어? 나중에 필요한 재료와 맞바꾸든가 해야지. 아니면 구아로의 발톱 18개와 토트 족의 등껍질을 뽑아서 쓸까?"

이탄의 중얼거림이 기분 나빴던지 방패가 웅웅웅 울었다.

이탄이 인상을 팍 썼다.

"가만히 있어라. 수틀리면 그냥 빠개버리는 수가 있다."

방패는 이 말도 또 알아들었는지 갑자기 잠잠해졌다.

이탄은 방패도 자신의 아공간 박스 속에 밀어 넣었다.

아공간 귀고리에서 튀어나온 세 번째 보물은 리노 일족의 시체였다.

최상급 리노의 뿔과 500개가 넘는 최상급 리노의 비늘로 뒤덮인 이 시체는 한눈에 보기에도 감탄이 나올 만큼 보존 상태가 좋았다. 그 귀한 시체가 유리관 속에서 팔을 X자로 모은 채 조용히 눈을 감고 있었다.

이탄은 얼마 전 블랙마켓에서 리노 일족 귀족의 시체를 본 기억을 떠올렸다.

당시 블랙마켓의 크라포 족 상인은 [리노 귀족의 시체를 이용하여 언네드 괴뢰를 만들면 전쟁터에서 아주 유용하게 쓰일 겁니다.]라고 권유했었다.

그런데 지금 이탄 눈앞의 시체는 블랙마켓에서 보았던 시체보다 한 등급 위였다.

"이건 귀족이 아니라 왕의 재목이로구나. 리노 일족 왕의 재목이 죽어서 이 유리관에 들어간 거야."

이 시체는 참으로 귀한 보물이었으나 이탄에게는 별 쓸모가 없었다. 이탄은 언데드 괴뢰를 만들고 싶은 마음은 눈곱만큼도 없었다. 이탄은 괴뢰를 부리는 것보다 자신이 직접 적을 때려 부수는 편이 더 적성에 맞았다.

"내가 직접 쓰지는 않더라도 나중에 비싼 값에 팔리기는 하겠지. 아니면 뿔과 비늘을 뽑아서 재료로 쓰든가."

이탄은 리노 일족의 시체가 남긴 유리관을 아공간 박스안에 잘 챙겨두었다.

아공간 귀고리에서 쏟아진 네 번째 보물도 유리관이었다. 관 안에는 수십 개의 다리를 가진 뿔브의 귀족이 들어 있었다.

아공간 귀고리에서 쏟아진 다섯 번째 보물도 역시 유리관이었다. 관 안에는 흉포하게 생긴 구아로 귀족의 시체가 보였다.

귀고리 속 여섯 번째 보물도 유리관이었으며, 그 속에는 이탄이 한 번도 들어보지 못한 시체가 누워 있었다. 이것은 몸에 화려한 비늘이 돋아 있고 머리 모양이 뱀을 닮은 몬스터 일족의 시체였다.

이탄은 뱀을 닮은 몬스터의 시체를 물끄러미 보았다.

시체가 주는 느낌이 다소 묘했다.

이어서 이탄이 발견한 일곱 번째 보물 역시 유리관이었다. 관 안에는 까만 털로 뒤덮인 몬스터가 눈을 감고 누워 있는 모습이었다. 털의 길이나 색깔로 보았을 때 이 시체는 츄루바 일족의 귀족 같아 보였다.

"허어. 이번엔 츄루바 귀족의 시체라고? 녀석은 시체 모으는 게 취미였나?"

이탄이 고개를 절레절레 내저었다.

어쨌거나 이탄은 뻘브, 구아로, 정체불명의 뱀 일족 시체, 그리고 츄루바의 시체를 차례로 자신의 아공간 박스 안에 옮겨 담았다.

다음으로 이탄은 여덟 번째 보물인 허리띠를 살펴보았다.

기다란 허리띠에는 최상급 음혼석 2개와 최상급 구아로 족의 이빨 3개, 최상급 구아로 족의 발톱 11개, 그리고 최상급 토트 족의 등껍질 3개가 꽂혀 있는 상태였다.

"오오. 이건 직접적으로 쓸모가 있네."

이탄이 히죽 웃었다.

아공간 귀고리 안에서는 불룩한 주머니도 2개가 튀어나왔다. 이탄이 왼쪽 주머니를 열자 그 안에 담긴 상급 음혼석 1천 개가 푸르스름한 빛을 뿌렸다. 오른쪽 주머니에선 적린석 1천 개가 붉은 광채를 토했다.

"녀석, 꽤나 부자였구나. 하하하."

이탄의 미소가 한층 더 진해졌다.

이탄이 씨클롭의 아공간 귀고리로부터 획득한 열 번째 보물은 다름 아닌 휴대용 플래닛 게이트였다.

"에이. 이건 나도 하나 있잖아. 뭐, 그래도 하나가 더 있으면 좋지."

이탄은 새로 입수한 휴대용 플래닛 게이트도 자신의 아공간 박스 속으로 옮겨 담았다.

아공간 귀고리 속에서 튀어나온 열한 번째 보물은 다름 아닌 크라포 시스템의 신분패와 100개의 눈이 박힌 가면이었다.

"어랍쇼? 요 씨클롭 녀석도 크라포 시스템의 회원이었네?"

이탄은 잠시 고민하다가 상대의 신분패와 눈알이 100개 박힌 가면도 아공간 박스 속에 담았다.

"나중에 이 신분패와 가면을 써먹을 수 있을지는 모르겠네. 하지만 일단은 챙겨둬야지. 룰룰루~."

마지막으로 이탄은 씨클롭의 초강자가 휘두르던 거대한 흉기를 손에 들었다. 흉기에 박힌 수천 개의 눈알이 두려움에 떨었다. 이탄은 그 거대한 흉기를 아공간 박스 속에 꾸욱 눌러 담았다.

산맥처럼 거대했던 흉기가 아공간 박스 속에 들어갈 때는 수십만 분의 1 크기로 줄어들었다.

씨클롭 초강자의 시체도 나중에 쓸모가 있을 것 같아서 아공간 박스에 넣었다. 이 시체도 아공간 박스 속에 들어갈 때는 크기가 조그맣게 축소되었다.

이제 아공간 귀고리 속에서는 더 이상 나오는 것이 없었다. 이탄은 귀고리를 발로 밟아 으스러뜨린 다음, 자신의 박스 속을 하나하나 되짚어 보았다.

Chapter 11

아공간 박스 속에 가지런히 정리된 7개의 슬롯이 이탄의 눈에 들어왔다.

이 가운데 첫 번째 슬롯과 두 번째 슬롯, 그리고 세 번째 슬롯에는 이탄이 차원이동 통로를 만들기 위한 재료들로 채워졌다.

우선 이탄이 첫 번째 슬롯에 보관 중인 최상급 재료로는 리노의 뿔 2개, 리노의 비늘 10개, 구아로의 이빨 4개, 구아로의 발톱 13개, 토트의 등껍질 12개, 그리고 수프리 나무의 뿌리 3개가 있었다.

이어서 이탄이 두 번째 슬롯에 보관 중인 상급 재료를 살펴보면, 리노의 뿔 한 개를 시작으로, 리노의 비늘 100개, 토트의 등껍질 65개, 수프리 나무의 뿌리 18개, 쁠브의 눈물 2 리터, 그리고 이탄이 쥐어짜서 얻어낸 쁠브의 체액 한 바가지가 눈에 띄었다.

이탄의 아공간 박스 속 세 번째 슬롯에는 흑금 9,100 킬로그램, 청금 4,750 킬로그램, 적금 450 킬로그램, 백금 500 킬로그램, 그리고 적린석 1,210개가 꽉 들어찼다.

아공간 박스 속 네 번째 슬롯은 이탄이 아직까지 용도를 정하지 못한 물건들이었다.

예를 들어서 뿔 2개가 돋아난 여우 두개골이라든가, 다크 샌드 한 줌이라든가, 조금 전에 획득한 수천 개의 눈알이 박힌 흉기라든가, 씨클롭의 초강자가 아껴두었던 값비싼 방패라든가 하는 것들 말이다.

여기에 더해서 시체 시리즈도 눈에 띄었다.

리노 일족 왕의 재목의 시체, 쁠브 귀족의 시체, 구아로 귀족의 시체, 츄루바 귀족의 시체, 정체불명의 뱀 일족 시체, 그리고 이탄이 예전에 구해 놓았던 흐나흐 귀족의 시체가 바로 그것들이었다.

물론 여기에 더해서 시체가 하나 더 포함되었다. 이탄이 조금 전에 죽인 씨클롭 일족 왕의 재목의 시체였다.

다만 이 시체는 온전하지는 않았다. 시체로부터 두 팔이 뜯겨나가고, 눈알이 뽑혔으며, 머리통이 파괴되어 없는 것이 아쉬웠다.

"쳇. 이럴 줄 알았으면 녀석을 찢어버리지 말고 얌전하게 목만 졸라서 죽일걸."

이탄이 혀를 찼다.

하지만 이미 엎질러진 물을 다시 담을 수는 없었다.

이탄은 츄루바의 최상급 털 1미터와 최상급 씨클롭의 눈알 5개, 상급 씨클롭의 눈알 한 개도 '용도 불명 슬롯'으로 구분했다.

이 밖에도 이탄은 벨린다의 오행주 두 알, 불새 한 마리, 유바의 털 20가닥, 여우 두개골 하나, 여우 꼬리 10개, 정체불명의 파란 액체 5분의 2병, 원숭이 가면들을 갈아 넣어서 만든 검은 실 한 가닥, 그리고 플라모 일족의 노파 루꼴로부터 빼앗은 눈알 달린 지팡이도 가졌다.

이탄은 일단 이것들을 용도 불명 슬롯에 넣어두었다.

이탄은 휴대용 플래닛 게이트 2개를 아공간 박스 속 다섯 번째 슬롯에 보관했다. 이탄이 따로 슬롯을 마련한 이유는 간단했다.

"플래닛 게이트를 언제든지 손쉽게 꺼내서 쓰려면 다른 재료들과 구별하여 보관하는 편이 좋겠지?"

이탄은 나름 이런 전략에 따라 아공간 박스 속의 구획을 나눈 것이다.

크라포 시스템의 신분패 2개—이탄이 오늘 씨클롭의 초강자로부터 빼앗은 것까지 포함해서 2개—와 가면 2개도 마찬가지 이유로 새로운 슬롯에 보관되었다. 이탄은 신분패와 가면을 위해서 여섯 번째 슬롯을 열어두었다.

마지막 일곱 번째 슬롯은 이탄에게 별 필요가 없는 보물들을 담았다. 이 보물들은 나중에 이탄이 필요한 재료와 물물교환하기 위해서 남겨둔 것들이었다.

예를 들어서 이탄이 오늘 획득한 최상급 음혼석 2개도 이 슬롯에 들어갔다. 이 밖에도 직경 50 센티미터 크기의 퍼플 스톤 한 개, 직경 30 센티미터 퍼플 스톤 3개, 직경 10 센티미터 크기의 퍼플 스톤 2개, 중급 씨클롭의 눈알 5개, 상급 음혼석 8,200개, 중급 음혼석 1,525개, 중급 구아로의 이빨 12개, 중급 토트의 등껍질 20개가 아공간 박스 속 일곱 번째 슬롯에 차곡차곡 쌓였다.

"하하하. 이 정도면 나도 꽤나 부자가 되었는걸. 하하하하."

이탄은 아공간 박스를 채운 진귀한 보물들을 내려다보면서 마음이 뿌듯했다.

그 무렵, 완전히 허물어진 지하도시 상공에 일단의 무리들이 나타났다.

붉은 구름을 밟고 서 있는 사내는 분홍색 옷을 입고 뒷머리를 위로 틀어 올렸다가 다시 아래로 둥글게 퍼트린 모습이었다.

사내의 나이는 대략 30대 후반으로 보였다. 사내는 눈빛이 깊었으며 조각상처럼 외모가 수려했다.

사내 왼쪽에 떠 있는 여인도 역시 분홍색 옷을 입었다.

여인은 머리를 위로 끌어올려 둥그런 도넛 형태로 모양을 만들었는데, 그 주변에 알록달록한 보석을 장식했다.

이 여인도 겉보기 나이는 사내와 엇비슷해 보였다.

한 쌍의 사내와 여인 뒤쪽에는 붉은 갑옷을 입은 자들 12명이 호위하듯 자리했다.

이탄이 보아하니 이 14명 모두 흐나흐 일족인 듯했다.

'저 분홍 옷 사내와 여인은 귀족의 수준을 넘어섰군. 왕의 재목이라고 일컫기에는 조금 미흡해 보이지만, 확실히 귀족보다는 강해.'

반면 붉은 갑옷을 입은 자들은 이 한 쌍의 남녀보다는 확연히 실력이 떨어졌다.

'저들은 흐나흐의 귀족들이겠구나.'

이탄은 D—3,451번 행성에서 거래를 했던 흐나흐 족들을 머릿속에 떠올렸다.

'당시에 흐나흐 족의 대표를 맡았던 자가 이름이 시칸이라고 했었지? 그 녀석의 무력이 지금 허공에 떠 있는 갑옷을 입은 자들과 엇비슷한 수준이었어.'

이탄의 눈은 정확했다.

허공에 떠 있는 한 쌍의 남녀, 즉 샤룬과 샤론은 흐나흐 일족의 미래를 떠받칠 왕의 재목들이었다.

또한 샤룬, 샤론 남매를 호위 중인 12명은 흐나흐 귀족들이었다.

샤룬, 샤론 남매는 원래 이곳 행성이 아니라 흐나흐 일족이 다스리는 주행성에 머무르던 중이었다.

그런데 이곳의 흙탑이 씨클롭의 초강자로부터 공습을 받았다는 소식을 듣고는 부랴부랴 플래닛 게이트를 통해서 날아오던 중이었다.

솔직히 샤룬, 샤론 남매는 씨클롭의 초강자를 감당할 자신이 없었다. 흐나흐 일족도 이들 남매가 씨클롭의 포식자와 맞서 싸우다가 죽는 것은 원치 않았다.

하여 샤룬, 샤론 남매는 씨클롭의 초강자를 잘 구슬려서 최대한 흐나흐 일족에게 피해가 적도록 외교적인 해결책을 모색하려 했었다.

한데 웬걸?

두 남매가 막 현장에 도착했을 무렵, 씨클롭의 초강자는 어마어마하게 거대한 체격에 팔다리가 각각 36개나 되고 머리가 18개인 괴물에 의해 비참하게 찢겨 죽었다. 그리고 그 괴물은 여유롭게 씨클롭 초강자의 아공간 귀고리를 털어서 그 안에 들어 있던 보물들을 모조리 챙겼다.

제2화
흐나흐 일족의 주행성

Chapter 1

샤룬과 샤론 남매는 이 괴물(이탄)의 무시무시한 무력에 기가 질려서 감히 다가오지도 못하였다.

두 남매만 질린 것이 아니었다. 남매를 호위하는 흐나흐의 귀족들도 다들 이탄의 무력에 놀라서 몸을 벌벌벌 떨었다.

이탄이 샤룬, 샤론 남매를 힐끗 올려다보았다.

샤룬, 샤론 남매가 움찔했다.

[너들은 뭐냐?]

이탄이 보낸 뇌파가 두 남매와 흐나흐 귀족들의 뇌 속에 나직하게 울렸다.

샤룬이 놀란 가슴을 겨우 진정시킨 다음, 정중하게 여쫬다.

[그렇게 말씀하시는 분은 누구십니까?]

[…….]

이탄이 대답이 없자 샤룬은 한층 더 조심스럽게 대화를 시도했다.

[저와 제 여동생은 흐나흐 일족의 대표자들입니다. 그리고 이곳은 저희 흐나흐 일족이 다스리는 행성이고요.]

[…….]

이탄은 여전히 말이 없었다.

샤룬의 뇌파가 더더욱 기어들어 갔다.

[저기…… 이 행성에 씨클롭 일족의 강자께서 방문하셨다는 소식을 듣고 저희가 부지런히 달려왔습니다. 그러다가 조금 전의 그…… 굉장한 전투 장면을 목격하게 되었습니다.]

샤룬은 조금 전 거신과 씨클롭 초강자의 전투를 떠올리다가 자신도 모르게 말문이 막혔다. 샤룬이 침을 크게 꿀꺽 삼켰다.

오빠가 긴장한 듯하자 이번에는 여동생인 샤론이 나섰다.

[저희의 신분을 모두 밝혔습니다. 그러니 혹시 귀빈께서 어떤 종족이신지, 그리고 저희 흐나흐 일족의 행성을 방문하신 이유가 무엇인지 여쭤보아도 될는지요?]

이탄은 잠시 머리를 굴렸다.

'어차피 알블―롭 일족과는 헤어진 마당이잖아. 이번에는 한번 흐나흐 일족과 부대끼면서 살아봐?'

어차피 이탄이 차원의 통로를 개방하려면 아직도 모아야 할 재료가 많았다. 그 재료들을 구하려면 부유한 종족에 기대어 있는 편이 유리했다.

이탄은 흐나흐의 귀족 시칸을 죽이고 흐나흐의 보물들을 왕창 빼앗았던 사실은 이미 머릿속에서 지워버렸다.

이탄이 천천히 대답했다.

[나는 우주의 끝, 머나먼 외곽에서 왔다.]

[아아!]

[오오오, 외계 성역의 분이셨군요.]

샤룬과 샤론 남매가 동시에 탄성을 터뜨렸다. 두 남매의 표정이 눈에 띄게 밝아졌다.

[과연 외계 성역에서 오신 분 같았습니다.]

샤론이 활짝 피어나는 꽃봉오리처럼 웃었다.

[역시 외계 성역 분이셨구나.]

샤룬도 흥분에 찬 눈빛이었다.

샤룬, 샤론 남매의 호의적인 반응은 이탄이 다분히 의도한 바였다.

이탄이 기억의 바다에서 획득한 지식에 따르면, 이곳 그릇된 차원의 외계 성역에는 능력이 잘 알려지지 않은 소수의 강족들이 뿔뿔이 흩어져 있으며, 그 하나하나가 왕의 재목 이상의 권능을 지녔다고 했다.

그릇된 차원을 다스리는 5대강족들 가운데 츄루바 일족은 직접 외계 성역에 한 발을 걸치고 있었으며, 나머지 네 종족, 즉 쁠브, 구아로, 리노, 씨클롭 일족은 외계 성역의 숨은 강자들을 늘 경계하고 두려워하였다.

그럴 만도 한 것이, 오래 전 신왕 프사이를 단숨에 잡아 먹었던 늙은 왕 나라카가 바로 이 외계 성역 출신이었다. 또 다른 늙은 왕 닉스나 츠롭클도 모두 이 외계 성역의 무시무시한 존재들이었다.

이율배반적이게도 그릇된 차원의 몬스터들은 외계 성역의 존재들을 무척 두려워하면서도 다른 한편으로는 그들과 가까이하기를 원했다.

왜냐하면 이 외계 성역의 강자들 대부분은 오랜 세월 독립적으로 살아가지만, 그 가운데 외로움을 느낀 일부는 내우주로 들어와서 각 종족들과 어울려 살기도 하기 때문이었다.

이렇게 내우주로 들어온 외계 성역의 강자들은 여러 일족들이 서로 모셔가려고 애썼다. 단 한 명의 외계 성역 강자만 포섭해도 일족의 힘이 확 늘어나는 판국이었다. 그러니 어떤 종족이 이들을 거부하겠는가.

샤론이 조심스럽게 이탄의 의중을 떠보았다.

[조금 전에 씨클롭 일족의 강자가 저희 흐나흐 일족의 도시를 공격하였습니다. 저희는 영문도 모르고 이 일을 처리하기 위해 달려왔는데, 그러다 은인님께서 씨클롭의 강자를 물리쳐주시는 모습을 보았습니다. 송구하지만 제가 은인님이라 불러도 되겠는지요?]

흐나흐 일족은 여우족의 성향을 지녔다. 그들은 속마음이 어떻든지 간에 될 수 있으면 외부인을 친절하게 대하고 겸손한 모습을 보이려고 애썼다.

그러다 상대가 자신들보다 약자라고 확신이 들면 영혼까지도 탈탈 털어버리는 것이 흐나흐 일족의 특징이었다.

대신 상대가 자신들보다 강자라고 느끼면 산이라도 빼어줄 것처럼 굴어서 어떻게든 아군으로 만들어 버리는 것이 흐나흐 일족이었다.

샤론은 이탄이 강자들 중의 최강자, 즉 왕급 존재라고 여겼다.

'씨클롭 일족 왕의 재목을 불과 몇 초 만에 찢어버렸으니 당연히 왕이겠지. 왕의 재목을 넘어선 왕 말이야.'

그러니까 샤론이 이탄을 극진히 대하는 것은 어쩌면 당연한 일이었다. 샤론은 여우같게도 이탄을 '은인님'이라고 칭하면서 살갑게 굴었다.

[은인이라…….]

이탄이 말꼬리를 흐렸다.

샤론은 이탄이 거부감을 느낄까 봐 살짝 긴장했다.

다행히 이탄은 은인이라는 표현에 싫은 감정이 없었다.

'어차피 내가 당분간은 흐나흐 녀석들과 섞여서 살기로 마음먹었잖아? 그럴 바에는 은인이라고 대접을 받는 편이 더 낫겠지?'

사실 이탄도 흐나흐 일족의 뺨을 칠 만큼 여우였다. 이탄만큼 손익 계산이 빠른 자도 드물 것이었다.

게다가 엄밀하게 따지고 보면 지금 이 순간만큼은 이탄이 흐나흐 족의 은인이 맞았다. 신왕의 토템을 훔쳐간 것은 엄연히 이탄이 아니라 알블—롭 일족이었다. 이탄은 그 와중에 우연히 싸움에 휘말려서 씨클롭의 초강자를 짓뭉개 버렸다. 그러니 결과적으로는 이탄이 씨클롭의 초강자로부터 흐나흐 족을 보호한 셈이었다.

Chapter 2

이탄이 다시 고개를 들었다.

[따지고 보면 내가 그대들의 은인이 맞겠군.]

[오오오, 역시 그러셨군요.]

샤론이 박수를 쳤다.

[역시 은인님이셨어. 은인님이셨다고.]

샤론은 얼굴을 활짝 폈다.

두 남매의 뒤쪽에 둥실 떠 있던 흐나흐의 귀족들도 모두 안도의 한숨을 내쉬었다.

이제 샤론은 좀 더 적극적으로 이탄을 끌어들이려 시도했다.

[하오면 은인님께서는 저희에게 시간을 잠시 내어주실 수 있으신지요? 저희 흐나흐 일족은 은혜는 열 배로 갚고 원수는 100배로 갚는 종족이랍니다. 만약 은인님께서 저희에게 기회를 주시면 저희들의 주행성으로 꼭 한번 모시고 싶습니다.]

[주행성?]

이탄이 고개를 갸웃했다.

샤론이 냉큼 손가락을 들어 동쪽 하늘을 가리켰다.

[이곳은 저희가 다스리는 여러 행성들 가운데 하나일 뿐입니다. 저기 저 멀리 반짝이는 별이 저희 흐나흐 일족의 주행성입니다. 혹시 저희가 은인님을 저곳으로 모셔도 되겠는지요?]

[저기 저곳 말인가?]

이탄이 먼 동쪽 하늘 너머의 별을 올려다보았다.

[그렇습니다.]

샤론과 샤룬 남매가 열심히 고개를 끄덕였다.

하늘에 붉은 구름이 끼고 피처럼 붉은 비가 쏟아지는 중이건만 이탄의 초월적인 시력은 두꺼운 구름을 뚫고 먼 곳을 별을 또렷이 보았다. 사실 이탄의 능력으로 이 정도를 꿰뚫어 보는 것은 일도 아니었다.

그 날 이탄은 흐나흐 일족이 설치해 놓은 플래닛 게이트를 타고 흐나흐 일족의 주행성으로 이동했다.

폐허가 된 지하도시를 떠나기 전, 샤룬은 부하 귀족에게 명을 내렸다.

[너희들은 이곳에 남아서 지하도시의 생존자들을 구출하고 사태를 수습하라.]

[명을 받들겠나이다.]

하얀 옷을 입고 수염이 풍성한 귀족 노인이 샤룬을 향해 고개를 푹 숙였다.

또한 샤룬은 이탄 몰래 또 다른 귀족에게도 속삭였다.

[그 토템을 꼭 찾아내라. 망가졌으면 파편이라도 찾아내야 해.]

[넵, 샤룬 님.]

붉은 머리카락의 흐나흐 귀족이 샤룬의 명을 곧장 받들었다.

'흠.'

이탄은 샤룬의 뇌파를 엿들었으나, 일부러 모르는 척했다.

흐나흐 일족 주행성의 크기는 알블―롭 일족이 머무는 행성보다 수십 배는 더 거대했다. 행성의 중심부에는 수십 킬로미터나 되는 산봉우리가 하나 솟구쳐 있었는데, 그 산꼭대기로부터 하얀 연기가 뭉게뭉게 솟구쳐서 구름이 되었다.

그렇게 생성된 구름은 긴 치맛자락이 마룻바닥을 뒤덮는 것처럼 원뿔형의 산기슭을 타고 스르륵 내려와서 대지 위를 뒤덮었다.

하얀 구름 사이로 언뜻언뜻 2개의 태양이 보였다. 나란히 흘러가는 태양 가운데 하나는 크고 다른 하나는 작았다.

주행성의 식물들은 2개의 태양으로부터 공급되는 에너지를 받아서 싱싱하게 자랐다. 대지는 푸르고 공기는 신선했다.

'알블―롭의 행성은 평탄한 평지의 숲 위주인데 비해서, 이곳은 산과 계곡, 강과 바다가 골고루 어우러져 있구나.'

이탄은 호기심 어린 눈빛으로 흐나흐 일족 주행성의 자연풍경을 관찰했다.

단지 자연 환경만 다른 것이 아니었다. 흐나흐 일족의 주 거지역도 알블—롭 일족과는 확연히 구분되었다.

알블—롭의 나무늘대족이 대형 나무 군락을 자신들의 거주지로 삼는다면, 흐나흐의 여우 일족은 지하로 굴을 파고 그 속에 거대한 도시를 건설하였다.

허리의 길이가 100미터가 넘는 여우 한 쌍이 바람처럼 빠르게 초원을 지나서 땅굴 속으로 파고들었다.

이 두 마리 여우들은 이탄이 기존에 보았던 긴 허리 여우와 달리 털 색깔이 눈처럼 새하얗게 빛났다.

순백색의 여우 두 마리 가운데 어느 한쪽 여우의 등에는 샤룬과 샤론 남매가 앉아 있었다. 그리고 또 다른 여우의 등에는 이탄이 앉아서 도도하게 팔짱을 꼈다.

긴 허리 여우 두 마리는 초원을 달릴 때보다 땅굴 속을 내달릴 때가 훨씬 더 빨랐다. 순백색의 여우들은 눈 깜짝할 사이에 땅굴을 가로지르더니, 어마어마한 규모의 지하도시에 도착했다.

행성의 플래닛 게이트로부터 지하도시에 이르기까지 걸린 시간은 꼬박 반나절이었다. 지금 시각은 이미 자정을 넘겨 한밤중이 되었다.

그래도 지하도시는 전혀 밤 같지가 않았다. 도시 곳곳에 일정한 간격으로 박혀 있는 암석형 발광벌레들 덕분이었다. 이 벌레들은 먹지도 않고 잠도 자지 않으며 24시간 꽁무니로부터 밝은 빛을 뿜어대었다.

빰빠라밤~ 빰빰빰빰.

긴 허리 여우 두 마리가 지하도시에 도착하기 무섭게 도시의 외성벽 위에서 팡파르가 울려퍼졌다. 아치형의 커다란 철문이 좌우로 철컹 열리며 길을 터주었다.

순백색의 긴 허리 여우는 열린 문 안으로 빠르게 내달렸다.

처처척!

성문 안쪽에 도열해 있던 흐나흐 족 전사들 수천 명이 발목을 척 붙이고 창대로 바닥을 쿵 찍었다.

[샤룬 님의 귀환을 환영합니다.]

[샤론 님의 귀환을 환영합니다.]

전사들이 우렁차게 외쳤다. 남전사들은 샤룬을, 여전사들은 샤론을 각각 추앙했다.

순백색의 긴 허리 여우들은 전사들 사이를 사열을 받듯이 지나갔다.

단지 외성벽의 전사들만 샤룬, 샤론 남매에게 경의를 표한 것이 아니었다. 남매를 태운 순백색의 여우가 도로를 내달리자 그 일대의 모든 교통수단들, 즉 붉은 털의 긴 허리 여우들이 일제히 발걸음을 멈추고 그 자리에 엎드렸다. 여우의 등에 타고 있던 흐나흐 백성들도 재빨리 땅바닥에 내려서 머리를 조아렸다.

덕분에 샤룬, 샤론 남매는 단 한 번의 교통체증도 겪지 않고 내성까지 단숨에 도착했다.

내성의 성문도 샤룬, 샤론 남매의 앞길을 막지는 못했다.

Chapter 3

빰빠라밤~ 빰빰빰빰.

순백색의 긴 허리 여우가 멀리 나타나자마자 내성벽 위에서 팡파르가 힘차게 터졌다. 도개교가 스르륵 내려와 내성벽의 안과 밖을 연결하는 반투명한 튜브를 이었다.

순백색의 긴 허리 여우 두 마리는 튜브 속으로 곧장 뛰어들어 내성 안쪽의 높디높은 탑으로 직진했다.

튜브 밖에선 내성벽을 지키는 수비병들이 창으로 바닥을 찍고 군홧발을 착 붙여서 샤룬, 샤론 남매에게 경의를 표했다.

이윽고 샤룬, 샤론 남매와 이탄이 도착한 곳은 황금빛으로 번쩍번쩍 빛나는 거대한 탑이었다.

이 황금탑은 신왕의 토템이 보관되어 있던 흙탑과 생김

새는 비슷하였으나, 재질은 완전히 달랐다. 흙탑과 달리 황금탑은 온통 황금 벽돌로 이루어져 있었다. 황금탑에 설치된 방어 마법도 흙탑의 것보다 훨씬 더 강력해서 왕의 재목들도 이 황금탑을 쉽게 공략하지는 못할 듯했다.

순백색의 긴 허리 여우들은 탑 내부에 설치된 나선형의 계단을 타고 빠르게 위층으로 올라갔다.

새하얀 여우들이 나타나자 탑의 위층과 아래층을 오가던 붉은 여우들은 일제히 발놀림을 멈추고 옆으로 비켜섰다.

황금탑의 199층.

드디어 순백색의 긴 허리 여우들이 발걸음을 멈췄다. 샤룬과 샤론 남매가 여우의 등에서 내려서 옷자림을 단정하게 정돈했다.

그때 199층 계단 앞에 황금 갑옷으로 중무장한 흐나흐 귀족들과 전사들이 나타나 샤룬 남매의 앞을 빽빽하게 가로막았다.

처처척.

황금 갑옷을 입은 전사들은 창을 겨드랑이에 끼고서 철벽처럼 주변을 둘러쌌다.

[여왕폐하께서 안에 계시느냐?]

샤룬이 턱을 살짝 들고 물었다.

백금 갑옷을 입은 귀족이 나타나 샤룬 앞에 한쪽 무릎을 꿇었다.

[샤룬 님을 뵙습니다.]

[여왕폐하께서 안에 계시느냐 물었다.]

[예. 폐하께오선 안에 계십니다. 하지만 지금 잠을 청하시느라 알현이 힘들 것이옵니다.]

샤룬이 눈을 찌푸렸다.

[어허. 내가 이미 여왕폐하께 보고를 올렸느니라.]

[하오나 폐하께오선 소신에게 취침을 할 것이니 아무도 들이지 말라 명하셨나이다.]

백금 갑옷 귀족이 조심스럽게, 그러면서도 완강하게 샤룬을 막았다.

이번에는 오빠 대신 샤룬이 나섰다.

[급한 일이니라. 고이칸 공이 다시 한번 여왕폐하께 여쭈어 보거라.]

백금 갑옷을 입은 귀족, 즉 고이칸은 끝까지 고집을 부렸다.

[샤룬 님, 그것은 아니 될 일이옵니다. 저는 감히 취침에 드신 폐하를 방해할 수 없사옵니다.]

[허어. 이거 참.]

샤룬이 난감한 듯 이탄을 돌아보았다.

[이이익.]

샤론은 화가 난 듯 입술을 꾸욱 깨물었다.

이탄이 한쪽 눈을 살짝 크게 떴다. 그러면서 이탄은 머릿속으로 생각했다.

'이게 지금 무슨 상황이지? 샤룬과 샤론 남매는 흐나흐 일족의 후계자, 즉 왕의 재목들이잖아. 그런데 왕의 재목을 한낱 귀족 따위가 가로막아?'

그릇된 차원은 다른 무엇보다 무력이 우선하는 세계였다. 이곳의 몬스터들은 이탄이 처음 예상했던 것보다는 훨씬 더 문명이 발달하였고 인간 세상과 별다를 바가 없었지만, 그래도 이들의 뿌리가 몬스터라는 점은 변하지 않았다.

그릇된 차원에서 강자는 약자를 잡아먹고, 억누르며, 짓밟을 권리를 지녔다. 약자가 감히 강자의 앞을 가로막는다는 것은 불가능했다.

'그런데 고이칸이라는 녀석은 간이 배 밖으로 나왔나? 아니면 뒤에 뭔가 믿는 구석이 있나?'

이탄이 샤론의 어깨너머로 고이칸을 훑어보았다.

마침 고이칸도 탐색하는 눈빛으로 이탄을 응시했다.

둘의 시선이 허공에서 맞부딪쳤다.

의외로 먼저 눈을 피한 이는 이탄이었다. 이탄이 고개를 홱 돌리고 긴 허리 여우의 등에 올라탔다.

[다음에 다시 오지.]

이게 이탄의 뜻이었다.

[허어, 이거 귀한 손님을 모셔놓고 정말 면목이 없습니다.]

샤룬이 당황하여 이탄에게 사과부터 했다.

'뭐지? 외계 성역의 왕께서 왜 한낱 귀족의 눈빛을 피하시지?'

샤론은 이탄이 먼저 고개를 돌린 이유를 몰라서 미미하게 이마를 찌푸렸다.

반면 고이칸은 입꼬리를 씨익 끌어올렸다.

'홋. 샤룬 님과 샤론 님이 외부에서 강자를 영입했나 싶어서 내심 걱정했었는데, 이제 보니 별거 아니잖아?'

고이칸은 이탄과의 눈싸움에서 이겼다고 여기고는 내심 우쭐한 마음이 들었다.

오늘 흐나흐 일족이 다스리는 행성 가운데 한 곳이 씨클롭의 초강자로부터 피습을 당해 비상이 걸렸다.

흐나흐 일족 왕의 재목인 샤룬과 샤론 남매가 씨클롭의 초강자를 달래기 위해서 부랴부랴 피습당한 행성으로 파견을 나갔다.

한데 그에 대한 뒷수습 이야기는 들리지 않았다. 대신 샤룬, 샤론 남매가 외부의 강자 한 명을 영입하여 주행성으로 데려온다는 연락만 급하게 전해졌을 뿐이었다.

고이칸은 우려스러운 마음으로 샤룬과 샤론 남매의 앞을 가로막았다. 그리곤 이탄과 기싸움을 해보았는데, 의외로 상대가 강단이 약한 것 같아 비웃음이 나왔다.

'후훗. 샤룬 님과 샤론 님도 이제 인재를 알아보는 눈이 낮아지셨군. 게다가 많이 조급하셨나 봐. 고작 저런 녀석을 귀빈으로 영입하다니 말이야. 후후훗. 하긴, 조급하실 만도 하지. 자신들의 세력은 점점 떨어져 나가고 마그리드 님의 세력은 하루가 다르게 불어나는 중이니까 말이야. 후후훗.'

고이칸의 불경스러운 비웃음을 눈치챘는지 샤론이 뒤를 홱 돌아보았다.

'이크.'

고이칸이 찔끔하여 입매를 바로 했다.

샤론은 백금 갑옷을 입은 고이칸을 무섭게 노려보았다.

[샤론아, 돌아가자.]

샤룬이 동생을 불렀다.

[끄으응. 알았어요. 오라버니.]

샤론은 마지못해 눈에 어린 살기를 풀고는 긴 허리 여우의 등에 올라탔다.

샤룬과 샤론 남매가 거주하는 곳은 이곳 지하도시가 아니었다. 순백색의 긴 허리 여우 두 마리는 벼락처럼 빠른 속도로 내달려서 지하도시를 벗어났다. 그 다음 불과 한 시간 만에 수십만 킬로미터 밖의 또 다른 지하도시에 도착하였다.

이 지하도시도 조금 전 황금탑이 세워진 지하도시에 못지않게 번성했다. 이 도시에 거주하는 주민들 숫자도 2억 명이 훌쩍 넘었다.

Chapter 4

[여기가 저희 남매의 집입니다.]

샤룬이 자랑스럽게 도시를 소개했다.

샤론이 말을 보탰다.

[은인님, 오늘 밤은 여기서 편히 쉬시고, 내일 다시 여왕 폐하를 뵈러 가시지요.]

샤룬과 샤론 남매는 이탄에게 화려한 별궁을 하나 통째로 내주었다.

이들 남매가 다스리는 도시는 비록 거대한 황금탑은 없었지만, 대신 백금으로 지어진 커다란 궁전이 쌍둥이처럼 나란히 건축되었다.

남매가 이 2개의 궁전을 하나씩 사용했다. 오빠인 샤룬이 왼쪽, 여동생 샤론이 오른쪽 궁전을 차지한 것이다.

이탄은 쌍둥이 궁전 뒤쪽의 아름다운 별궁으로 안내를 받았다.

별궁 또한 온통 백금으로 치장되어 있었는데, 백금으로 이루어진 기둥에는 역삼각형 모양의 여우 문양이 규칙적으로 새겨져 있었다.

별궁의 뒤쪽에는 지하 온천이 솟구쳐서 뿌연 물안개를 형성했다. 온천 주변은 남청색의 대나무 숲이 군락을 이루었다.

대나무 숲을 관통하여 지나가면 100 미터 높이의 조그만 산봉우리가 하나 보였다. 별궁에 속한 산봉우리라 외부인은 출입이 금지되었고 오로지 별궁의 주인만이 자유롭게 산책을 할 수 있는 장소였다.

산에는 온갖 아름다운 꽃들과 순한 동물들이 자생했다.

"경치가 꽤 괜찮네."

이탄은 이 별궁이 마음에 들었다.

다음 날.

샤룬과 샤론 남매가 이탄에게 아침 식사를 함께하겠느냐고 청했다.

[나는 식사를 자주 하지 않는다.]

이탄은 단호하게 남매의 청을 거절했다.

[알겠습니다.]

[그러시군요.]

샤룬, 샤론 남매도 이해한다는 듯이 이탄을 귀찮게 하지 않았다.

그릇된 차원의 여러 몬스터들 가운데는 1년에 딱 한 번만 포식하고 그 외에는 일절 곡기를 끊는 종족들도 간혹 있었다. 사실 이런 종족일수록 내부에 무서운 힘을 숨기고 있는 경우가 많았다.

샤룬, 샤론 남매는 이탄이 이러한 종족 중 하나일 것이라고 짐작했다.

오전 10시 무렵, 샤룬, 샤론 남매가 다시 한번 별궁을 방문했다.

[은인님, 여왕폐하께 다시 기별을 넣었습니다. 저희 남매와 함께 가서 폐하를 뵈시지요.]

샤론이 이탄에게 정중히 요청했다.

별궁 앞에는 지난밤에 이탄을 태워주었던 순백색의 긴 허리 여우가 땅바닥에 납죽 엎드려 대기 중이었다.

이탄은 별말 없이 궁 밖으로 나왔다.

순백색의 긴 허리 여우는 정말 빨랐다. 그들은 이탄과 샤룬, 샤론 남매를 태우고는 수십만 킬로미터를 불과 한 시간

만에 주파했다.

빰빠라밤~ 빰빰빰빰.

이번에도 남매가 성문을 통과할 때 성벽 위에서 팡파르가 요란하게 울렸다. 순백색의 긴 허리 여우는 단 한 번도 달리기를 멈추지 않고 단숨에 황금탑으로 뛰어들었다.

웅장하고 화려하게 건축된 황금탑 199층.

순백색의 긴 허리 여우가 드디어 발놀림을 멈췄다.

두 마리 여우는 199층 바닥에 납죽 엎드려 두 다리 사이에 뾰족한 주둥이를 묻고는 혀를 길게 빼어 물었다.

샤룬과 샤론이 여우의 등에서 내렸다.

이탄은 남매의 등 뒤에 섰다.

이번에도 어김없이 황금 갑옷을 입은 귀족들과 전사들이 나타났다. 그들은 창을 겨드랑이에 끼고 샤룬, 샤론 남매의 앞을 가로막았다.

백금 갑옷을 걸친 고이칸이 부하들 사이에서 뚜벅뚜벅 걸어 나왔다. 고이칸은 샤룬, 샤론 남매 앞에 한쪽 무릎을 꿇었다.

샤룬이 턱을 살짝 들었다.

[여왕폐하를 뵐 것이다.]

고이칸이 공손히 머리를 숙였다. 그 정중한 태도와 달리 고이칸의 대답은 거부였다.

[샤룬 님, 송구하오나 폐하께오선 지금 다른 일이 있으십니다.]

빠직!

샤룬의 이마에 핏대가 섰다.

[그게 무슨 소리냐? 내가 이곳에 오기 전에 여왕폐하께 직접 영력으로 보고를 올렸느니라. 귀빈을 모시고 알현을 청한다고 말이다.]

[하오나 폐하의 윤허를 받지는 못하셨을 것입니다. 폐하께오선 지금 다른 일정이 있으시니까요.]

고이칸이 고개를 들고 대꾸했다.

고이칸의 태도가 불손하다고 느꼈던 것일까? 아니면 이탄 앞에서 체면을 구겼다고 생각한 것일까?

[이놈이 감힛.]

샤룬의 손 주변에 시퍼런 불꽃이 화르륵 일어났다. 공간을 일그러뜨릴 정도로 강력한 음차원의 마나가 불꽃과 함께 솟구쳤다.

[으읏.]

고이칸의 등에 진땀이 흘렀다.

그러나 고이칸은 두려움을 꾸욱 견디고는 당당히 가슴을 폈다.

[샤룬 님, 소신은 감히 샤룬 님의 뜻을 거스를 마음이 없

습니다. 그렇다고 해서 폐하의 뜻을 거스를 수는 더더욱 없습니다. 샤룬 님께서 소신을 불태워 죽이신다고 하셔도 소신은 감히 반항할 수 없을 것이오나, 그렇다고 하여 소신이 폐하의 윤허도 없이 대전의 문을 열 수는 없는 법이옵니다.]

[이 노옴!]

샤룬이 오른손을 번쩍 들었다. 샤룬의 손에 어린 푸른 불꽃은 더욱 거세게 타올랐다. 불꽃의 주변에는 새파란 전하가 번쩍 번쩍 뛰놀았다.

그때 샤론이 끼어들었다.

[오라버니, 잠시만요.]

샤론은 고이칸을 향해 내리찍으려던 손을 멈췄다.

Chapter 5

샤론이 오빠 대신 나섰다.

[고이칸.]

[말씀하십시오, 샤론 님.]

[여왕폐하께오서 어떤 일정이 있으신가?]

[예?]

[고이칸. 말 돌리지 말고 똑똑히 고해. 두 시간 전에 오라버니가 여왕폐하께 알현을 청하였고, 그 청이 분명히 폐하께 올라갔단 말이야. 그런데 여왕폐하께서 나와 오라버니의 청을 무시하고 다른 일정을 잡으셨다? 우리 흐나흐 왕국에 어떤 중대한 일이 발생했기에 폐하께서 우리 남매의 청을 거절하신 게지?]

머리 위로 틀어 올린 샤론의 머리카락이 빠직 빠직 튀어나와 하늘을 향해 곤두섰다. 샤론에게서 뿜어지는 칼날 같은 기세가 고이칸을 빙 둘러쌌다. 만약 샤론이 마음만 먹으면 고이칸은 그대로 난도질당해 죽을 판국이었다.

실제로 고이칸이 입고 있는 백금 갑옷이 투명한 칼날에 베이기라도 한 것처럼 슥슥 상처를 입었다. 백금 갑옷에 새겨놓은 방어마법은 기세에 눌리기라도 한 것처럼 제대로 동작도 하지 않았다.

'샤룬 님보다 오히려 샤론 님이 더 강하다더니, 과연 그 소문이 사실이었구나.'

고이칸은 다시 한번 침을 목구멍으로 넘겼다. 고이칸의 등에 소름이 쫙 돋았다.

샤론이 한 걸음 앞으로 내디뎠다. 그녀가 뿜어내는 기세가 어찌나 살벌했던지 황금 갑옷을 입은 전사들이 일제히 뒷걸음질 쳤다.

고이칸이 그 기세를 감당하지 못했다.

[샤론 님, 지금 폐하께오선 마그리드 님을 알현 중이십니다.]

고이칸은 결국 사실을 털어놓았다.

[마그리드라고?]

샤론의 눈동자 깊은 곳에서 시뻘건 불똥이 튀었다.

오빠인 샤룬의 입가는 푸들푸들 떨렸다.

[뭐야? 마그리드가 대전에 들었단 말이냐? 분명히 내가 먼저 여왕폐하께 알현을 청했건만 누가 감히 알현 순서를 바꿨어? 어엉?]

[샤룬 님, 황송하오나 마그리드 님께서 폐하를 뵙고자 한 것은 어제 오후부터였습니다. 그러니까 마그리드 님께서 더 빨리 알현을 청하신 겁니다.]

고이칸이 마그리드의 편을 들었다.

[크읏. 네놈이 정녕.]

샤룬과 샤론 남매의 표정이 악귀처럼 일그러졌다. 그들 남매가 뿜어내는 기세가 어찌나 흉악했던지 대전을 지키는 전사와 귀족들의 피부가 쩍쩍 갈라졌다. 몸에서 피가 흘렀다.

고이칸도 예외일 수 없었다. 실제로 칼에 베인 것도 아닌데 그의 백금 갑옷이 찢어지고, 피부가 터졌다.

[끄으윽. 샤룬 님, 샤론 님. 제발 고정하소서. 이곳은 폐하께서 계시는 대전입니다.]

고이칸이 두 주먹을 꽉 움켜쥐었다. 일부러 그랬는지 고이칸의 쩌렁쩌렁한 뇌파가 황금탑 199층 전체를 떨어 울렸다.

덜컹 소리와 함께 199층 저 안쪽의 대전 문이 활짝 열렸다. 대전 안에서 고혹적인 뇌파가 흘러나왔다.

[그쯤 하지. 여왕폐하께서 계신 곳에서 이 무슨 무례야?]

샤룬, 샤론 남매를 꾸짖은 자는 다름 아닌 마그리드였다.

[마그리드.]

샤룬과 샤론이 고이칸을 홱 밀치고는 대전을 향해 쿵쿵 걸어갔다.

후웅! 후웅! 후우웅!

남매의 몸에서 솟구쳐 오른 기세가 수십, 수백 마리의 영력여우가 되어 황금탑 199층을 꽉 채웠다. 희끄무레한 여우의 형상들이 마치 유령처럼 사방을 헤집으며 날아다녔다.

대전 안에서 또다시 뇌파가 울렸다.

[흐응. 너희 남매는 정말 예의라고는 눈곱만큼도 모르는구나. 이곳은 여왕폐하께서 계신 곳이거늘 어디서 감히 패악질인가.]

대전 안에서 흘러나온 기세가 투명한 막이 되어 영력여우들을 막았다.

캬오오—, 캬오오오.

분노한 여우들이 송곳니를 드러내며 투명 막을 마구 물어뜯었다. 그러자 오히려 막이 점점 두꺼워지면서 영력여우들을 뒤로 밀쳤다.

[흥.]

샤론이 오른손을 수평으로 쓸었다. 샤론의 손목에 채워진 팔찌로부터 음차원의 마나가 뭉텅으로 일어났다. 팔찌 한복판에 박힌 최상급 음혼석이 샤론에게 막대한 양의 마나를 공급해주었다.

샤론은 그 마나를 영력으로 바꿔서 영력여우들에게 공급했다.

영력여우들이 쩌저적 금빛 번개를 몸 주변에 두르더니 한층 거세게 투명 막에 부딪쳐 갔다. 조금 전까지만 해도 영력여우들은 투명 막을 뚫지 못할 것 같았으나, 몸 주변에 금빛 번개를 두르자 파워가 달라졌다. 샤론의 여우들이 부딪칠 때마다 투명 막은 치이익 소리를 내면서 조금씩 녹기 시작했다.

샤룬도 가만히 있지 않았다. 샤룬이 두 손을 가슴께에 모아서 복잡한 모양을 그렸다. 샤룬의 목에 걸린 목걸이로부터 휘황한 빛이 터졌다.

이 목걸이 또한 최상급 음혼석이 박힌 보물이었다.

샤룬의 마법이 더해지자 그가 소환한 영력여우들 주변에는 주홍색 실이 돋아났다. 타오르는 듯이 빛나는 주홍색 실은 이내 정육면체의 테두리가 되어 영력여우의 몸에 한 겹 덧씌워졌다.

키요오오!

주홍색 정육면체를 몸에 두른 영력여우들이 기괴한 괴성을 지르며 투명 막에 달려들었다. 그보다 한 발 앞서 주홍색 정육면체가 투명 막 안으로 투영되듯이 스몄다.

그 즉시 투명 막 표면에 주홍빛 균열이 쩌저적 생겼다. 영력여우들은 영리하게도 균열이 시작된 곳을 집중 공략하여 구멍을 점점 넓혀갔다.

대전 안에서 한 번 더 코웃음 소리가 들렸다.

[흥! 정말 가당치도 않은 녀석들이군. 감히 여왕폐하께서 계신 곳에서 무력을 풀가동할 셈이냣?]

섬뜩한 뇌파와 함께 투명 막이 벌겋게 달아올랐다. 마치 투명 막 속에 용암이라도 솟구치는 것처럼 막 전체가 붉은 빛을 뿌렸다.

그와 동시에 루비처럼 붉은 막의 표면이 녹아서 엉겨 붙었다. 그 바람에 주홍빛 균열도 다시 메꿔졌다.

붉은 막의 표면에서는 이루 말할 수 없는 열기가 솟구쳤다. 막을 들이받던 영력여우들이 초고온을 견디지 못하고 흐물흐물 녹았다.

샤론은 독하게 입꼬리를 끌어올렸다.

[마그리드. 그러는 너야말로 여왕폐하께서 계신 황금탑을 통째로 녹여버릴 셈이냐? 이곳에서 루비 도메인(Ruby Domain)을 사용하다니 말이다.]

샤론은 한 번 더 오른손을 수평으로 쓸었다. 그녀의 팔찌에서 뿜어진 음차원의 마나가 그녀의 온몸을 한 바퀴 두른 다음 뒤편으로 몰려갔다.

스륵, 스륵, 스르륵.

샤론은 잔뜩 빨아올린 음차원의 마나를 이용하여 1단계 신체변형을 이루었다.

샤론의 분홍빛 치마 안쪽에서 6개의 분홍색 꼬리가 자라나더니 샤론의 머리 위 1미터 높이까지 풍성하게 떠올랐다. 6개의 꼬리는 공작새의 그것처럼 부채꼴로 퍼지면서 좌우로 살랑거렸다.

Chapter 6

"호오? 6개의 꼬리잖아?"

이탄은 한 가닥의 호기심을 품고서 샤론의 변신을 지켜

보았다.

샤론이 1단계로 신체를 변형하여 6개의 꼬리를 만들어 내면, 이 여섯 꼬리 하나하나가 샤론의 마력을 두 배로 증폭시켜준다. 눈 깜짝할 사이에 샤론의 마력이 열두 배나 폭증하는 셈이었다.

쩌저적, 쩌저저저적!

이제는 샤론의 몸 주변에 금빛 뇌전이 강하게 둘러쌌다.

단단한 암석도, 강철과 같은 금속도 치즈처럼 녹여버리는 것이 이 금빛 뇌전의 위력이었다. 샤론이 서 있는 주변 2미터 공간이 금빛 뇌전에 녹아서 츠르륵 사라졌다.

샤론은 금빛 뇌전으로 이루어진 구체 속에 둥실 떠올라 양 손바닥을 위로 들었다. 샤론의 두 눈으로부터 금색 물결이 해일처럼 일렁였다.

샤론은 그 상태에서 곧장 대전으로 진격했다.

대전 문 앞을 가로막은 루비 도메인과 온몸에 금빛 뇌전을 두른 샤론이 정면으로 충돌했다.

콰차창—, 빠카카카캉!

감히 눈을 뜰 수 없는 강렬한 빛이 사방으로 터졌다.

금빛 벼락이 파편이 되어 튕겨나가면서 황금탑을 지탱하는 기둥들을 치즈처럼 녹였다. 루비처럼 붉은 막도 충돌의 여파로 인하여 파편으로 흩어졌다. 초고온의 파편이 지나갈 때마다 화르륵 화염이 일어났다. 황금벽돌이 녹아서 엉겨 붙었다.

[샤론. 정말 한번 해보자는 거냣?]

대전 안에서 날카로운 뇌파가 터졌다. 우아하게 웨이브가 진 붉은 머리카락을 휘날리면서 미녀 한 명이 대전 문 안에서 뛰어나왔다.

적발의 미녀는 샤론과 마찬가지로 엉덩이에 6개의 꼬리를 달고 있었으며, 몸 주변엔 홍옥처럼 붉은 막으로 휩싸인 모습이었다.

이 붉은 막이 바로 루비 도메인이었다. 흐나흐 일족이 자랑하는 10대 마법 가운데 공수의 균형이 가장 잘 잡혀 있다는 마법 말이다.

루비 도메인 안에서 빛이 마구 굴절하면서 붉고 영롱한 광채를 토했다. 그 모습이 마치 커다란 보석 덩어리가 허공에 떠 있는 것 같았다.

[마그리드.]

샤론이 붉은 머리카락 여자를 향해 으르렁거렸다. 그러면서 샤론은 금빛 뇌전구 속에 양손을 벌리고 둥실 떠올랐다.

[샤론.]

마그리드도 숙적인 샤론을 향해 숨길 수 없는 적의를 드러내었다.

그때였다. 오빠인 샤룬이 마그리드와 여동생 사이에 뛰어들었다.

[마그리드, 네 상대는 나다.]

샤룬은 타오르는 듯한 주홍색 실로 정이십면체를 만들더니 그 복잡한 입체도형으로 온몸을 보호한 채 마그리드의 루비 도메인과 맞부딪쳤다.

콰차앙—.

빛이 폭발했다.

쩌저적, 쩌저저적.

이어서 강렬한 충격파가 온 사방을 휩쓸었다.

대전 문은 이미 촛농처럼 흐물흐물 녹아서 바닥을 흥건하게 적셨다. 대전 안의 황금 기둥들도 쥐가 파먹은 치즈 조각처럼 형편없이 뭉개졌다.

[이야압—.]

샤룬이 그 틈을 노려서 마그리드에게 달려들었다. 루비 도메인과 금빛 뇌전구가 다시 한번 충돌했다.

샤룬도 울컥 치밀어 오른 핏물을 억지로 되삼킨 다음, 여동생과 보조를 맞춰서 루비 도메인을 향해 달려들었다.

'이이익. 이 지긋지긋한 연놈들 같으니라고. 정말 예의도 모르고 막무가내로구나.'

마그리드가 얼굴을 잔뜩 구겼다. 놀랍게도 마그리드는

샤룬, 샤론 남매의 공격을 동시에 받고도 거뜬히 버텨내었다.

샤론의 금빛 뇌전구나 샤룬의 정이십면체는 흐나흐 일족이 수십만 년의 세월 동안 가다듬고 만들어낸 10대 마법 가운데 하나였다. 이 두 마법도 마그리드의 루비 도메인에 못지않은 위력을 지녔다.

아니, 솔직히 말해서 10대 마법 가운데 가장 오묘하고 난해한 것이 바로 이 정이십면체 마법이었다. 만약에 샤룬이 정이십면체 마법을 완벽하게 사용할 능력이 있었다면 그는 단숨에 마그리드를 제압했을 것이다.

아쉽게도 샤룬은 정이십면체 마법을 완벽하게 체득하지 못하였다. 그 탓에 3명의 흐나흐 족 사이에 굳이 무력의 순위를 매기자면, 마그리드가 가장 강하고 그 다음이 샤론, 그리고 샤룬이 세 번째였다.

대신 샤룬과 샤론 남매는 늘 힘을 합쳐서 마그리드를 상대했다. 이들 남매가 작정을 하고 동시에 덤벼들면 마그리드도 한 발 물러설 수밖에 없었다.

콰차아—앙!

또 한 번의 강렬한 충돌이 터졌다. 뇌전과 열기가 뒤섞여서 동심원 모양의 파동을 만들었다.

[피햇.]

저 아래쪽에서 고이칸이 비명을 질렀다.

고이칸을 비롯한 여왕의 친위대 귀족들은 이미 190층까지 몸을 피한 상황이었다. 친위대의 전사들은 그보다 10층은 더 아래로 피신했다. 샤룬, 샤론 남매가 타고 다니는 순백색의 긴 허리 여우는 아예 수십 층 아래쪽으로 내려갔다.

처음에는 이 정도면 충분할 줄 알았다.

한데 왕의 재목들이 본격적으로 맞붙으면서 199층부터 190층까지 통째로 이글이글 녹았다.

[더 내려가. 더 아래로 내려가라고.]

고이칸 등은 더 아래쪽으로 서둘러 도망쳤다. 강자들의 싸움이 계속되다가는 황금탑 전체가 파손될 것 같았다.

보다 못해 여왕이 나섰다.

[다들 그만두세요.]

여왕의 몸에서 순백색의 실이 돋아나 허공으로 스르륵 올라왔다. 그 실이 정이십면체를 이루었다.

후오웅!

정이십면체의 12개 꼭짓점이 신비로운 빛을 뿌렸다. 여왕의 정이십면체는 샤룬의 정이십면체와 달리 공간을 분리하는 권능을 발휘했다.

Chapter 7

여왕의 권능이 3명의 왕의 재목들에게 영향을 끼쳤다.

[어엇?]

루비 도메인에 둘러싸인 마그리드가 여왕의 대전 안쪽 공간으로 분리되어 옮겨갔다.

[헉?]

금빛 뇌전구를 두른 샤론은 황금탑 밖 1 킬로미터 동쪽의 빈 허공으로 옮겨져 버렸다.

[크으윽.]

마지막으로 샤론은 주홍색 정이십면체와 함께 황금탑 1층 바닥에 처박혔다.

흐나흐 일족의 여왕은 은빛 머리카락을 찰랑이면서 양손을 휘저었다.

여왕의 손길이 지나갈 때마다 금색의 뇌전 파편이 회수되었다. 초고온의 붉은 파편도 사르륵 녹아서 없어졌다.

여왕의 실력은 확실히 3명의 왕의 재목들보다 한 수 위였다.

하지만 여왕에게는 심각한 문제가 있었다.

[쿨럭.]

여왕은 과도하게 힘을 쓴 탓에 입에서 피를 토했다.

[여왕폐하.]

마그리드가 황급히 날아와 여왕을 부축했다.

[폐하, 괜찮으십니까?]

1 킬로미터 밖으로 내팽개쳐졌던 샤론도 어느새 탑 안으로 다시 돌아와 여왕의 안위를 살폈다.

[여왕폐하.]

황금탑의 1층에 처박혔던 샤룬도 여왕의 앞으로 공간이동을 했다.

[쿨럭, 쿨럭, 쿨럭.]

여왕이 몸을 들썩이며 기침을 했다. 한 번 기침을 할 때마다 여왕의 입에서 새빨간 피가 뿜어졌다.

[여왕폐하, 몸과 마음을 다스리소서.]

[저희가 잘못했으니 이제 그만 고정하소서.]

[부디 안정을 되찾으소서.]

마그리드, 샤룬, 그리고 샤론이 동시에 여왕 앞에 무릎을 꿇었다.

여왕은 골치 아픈 듯 3명을 돌아보다가 이탄에게 시선을 주었다.

이탄은 루비 도메인과 금빛 뇌전구, 주홍색 정이십면체가 맞부딪치는 중에도 몸을 피하지 않고 199층에 머물렀다. 왕의 재목들이 전력을 다해 싸우는 장면을 가까이서 지켜볼 수 있다는 것은, 그만큼 이탄의 무력이 뛰어남을 의미했다.

여왕이 이탄에게 관심을 두자 샤룬이 냉큼 아뢰었다.

[여왕폐하, 지난밤 제가 영력으로 보고를 올리지 않았습니까. 바로 이분을 여왕폐하께 소개하겠노라고 말입니다.]

옆에서 샤론이 말을 보탰다.

[그렇습니다. 지난밤 오라버니와 제가 이분 은인님을 황금탑으로 모셔왔었습니다. 여왕폐하께 소개시켜 드리려고요.]

[은인님?]

여왕이 샤론에게 시선을 한 번 주었다가 다시 이탄에게 눈동자를 고정했다. 여왕 특유의 탐색의 권능이 발휘되어 이탄을 위아래로 꼼꼼히 스캔했다. 알블―롭 일족의 삼신녀와 마찬가지로 흐나흐 일족의 여왕도 진실을 간파하는 눈을 지닌 것이다.

여왕이 발휘한 탐색의 권능은 이탄에게 통하지 않았다. 흐나흐 일족의 여왕은 아득한 벽을 마주하기라도 한 것처럼 이탄으로부터 아무런 정보도 읽지 못했다. 여왕의 등에 식은땀이 주륵 흘렀다.

여왕이 샤론을 돌아보았다.

[샤론, 그대는 이분을 은인님이라고 부르더군요. 그 이유

가 무엇인가요?]

샤론이 여우처럼 방긋 웃었다.

[그야…… 은인님께서 씨클롭의 초강자로부터 우리 흐나
흐 일족의 행성을 지켜주었으니까요.]

[씨클롭의 초강자라고요?]

여왕의 눈이 휘둥그레졌다.

무슨 생각을 했는지 여왕이 마그리드를 휙 돌아보았다.

[폐, 폐하…….]

순간적으로 마그리드가 당황했다.

샤론은 더욱 짙은 미소를 뿌렸다.

[어머. 여왕폐하께오선 아무런 보고도 받지 못하셨나 보
군요.]

[무슨 보고 말인가요?]

여왕이 냉랭하게 물었다.

[어제 씨클롭의 초강자, 즉 씨클롭 왕의 재목이 10번 흙
탑에 쳐들어와서 탑을 부수고 지하도시를 완전히 폐허로
만들었답니다.]

샤론은 어제 있었던 일들을 간략하게 축약해서 여왕에게
전했다.

[헛? 그게 정말인가요?]

여왕이 헛바람을 집어삼켰다. 여왕은 진짜로 아무것도

모르는 눈치였다.

[오라버니와 저는 이 비보를 전해 듣자마자 플래닛 게이트를 타고 10번 흙탑으로 날아갔지요. 어떻게든 일을 수습해야만 하니까요.]

샤론은 여기까지 보고를 한 뒤 오빠에게 눈짓을 보냈다. 이후부터는 샤룬이 여동생을 대신하여 설명했다.

[여왕폐하, 제가 이어서 말씀을 올리겠습니다. 여왕폐하께서도 아시다시피 씨클롭 왕의 재목은 저희 남매의 힘만으로는 도저히 감당할 수 없는 포식자입니다. 바로 그 위기의 상황에서 은인님께서 등장하셔서 그 포악한 자를 물리쳐 주셨습니다.]

[오오오!]

여왕이 새삼스레 이탄을 바라보았다.

샤룬은 기회를 놓치지 않고 곧바로 역공을 펼쳤다.

[여왕폐하, 이것 또한 제가 영력 메시지를 통해서 여왕폐하께 보고한 내용입니다. 그런데 여왕폐하께서는 처음 들으시는 모양입니다. 혹시 중간에 누군가가 끼어들어서 감히 폐하께 올라가는 보고를 누락시키기라도 한 겁니까?]

여왕의 차가운 눈이 마그리드에게 향했다.

[흐으음. 아무래도 이 부분은 마그리드가 설명을 해야 할

것 같군요.]

[여왕폐하, 그것이······.]

마그리드의 눈동자 속에 얼핏 당혹스러운 기운이 스쳐지나갔다.

'요 싸가지 없는 년, 어디 한번 곤욕 좀 치러봐라.'

'호호호호, 이것 참 고소하구나.'

샤룬과 샤론 남매는 마그리드의 낭패한 표정을 놓치지 않았다.

[마그리드.]

여왕이 엄한 눈으로 마그리드를 재촉했다.

마그리드가 고개를 푹 숙였다.

[여왕폐하, 송구하옵니다. 보고 체계에 심각한 결함이 있었던 모양입니다. 제가 친위대장 고이칸을 비롯하여 담당자들을 문책할 터이니 그만 노여움을 푸소서.]

친위대장 고이칸은 마그리드의 수족이었다. 그동안 마그리드는 고이칸을 이용해서 여왕의 친위대를 장악한 뒤, 여왕의 주변을 물 샐 틈 없이 둘러쌌다.

그 탓에 샤룬, 샤론 남매는 여왕과 접촉도 제대로 하지 못하고 대화의 통로가 막혔었다.

Chapter 8

[흥. 개새끼가 무슨 죄가 있겠어. 개새끼의 주인이 문제지.]

샤론이 콧방귀를 뀌었다.

[뭐라고?]

마그리드의 이마에 핏대가 빠직 곤두섰다. 마그리드의 등 뒤에 붉은 기운이 섬뜩하게 일어나 보석처럼 영롱하게 뭉쳤다. 루비 도메인이 다시금 발휘되려 했다.

그 즉시 샤론은 주홍색 실을 일으켜 정이십면체 도형을 뽑아낼 준비를 했다. 샤론도 금빛 뇌전을 서서히 일으켰다.

여왕이 뽀얀 손을 들었다.

[그만. 3명 모두 그만두세요. 정말 내 앞에서 이럴 거예요? 귀빈을 앞에 두고 이게 무슨 무례한 짓들이죠?]

여왕은 진심으로 노여워했다.

샤론이 이탄의 눈치를 힐끗 본 다음 자중했다.

[송구합니다.]

[저노 잘못했습니다.]

마그리드도 순순히 잘못을 시인했다.

여왕이 상황을 정리했다.

[일단 이렇게 하죠. 샤룬과 샤론이 모처럼 귀한 손님을

모셔왔으니 둘은 귀빈과 함께 대전에 들어요. 나와 차나 한 잔 나누죠.]

이건 샤룬, 샤론 남매가 바라던 바였다.

[여왕폐하, 시간을 내주셔서 감사합니다.]

[현명하신 판단이십니다.]

여왕은 마그리드에게도 명을 내렸다.

[마그리드.]

[예, 여왕폐하.]

마그리드는 마음속으로 한 가닥의 기대를 품었다.

'여왕폐하께서 귀빈을 맞아 다과를 나눌 때 나도 끼워주시겠지? 내게는 저 귀빈이 대체 누구인지, 어느 정도 실력자인지, 그리고 샤룬 남매와의 친밀도가 어느 정도인지 파악할 기회가 필요해.'

여왕은 마그리드의 기대를 여지없이 깨뜨렸다.

[그대는 친위대장을 찾아서 황금탑의 망가진 곳부터 수리해요. 그리고 중간에 보고가 누락된 점을 문책하여 다시는 이런 일이 발생하지 않도록 하세요.]

[여왕폐하, 하오나…….]

마그리드가 당황해서 고개를 번쩍 들었다.

여왕의 눈빛은 단호했다.

[마그리드. 내가 그대를 아끼는 것은 사실이에요. 하지만

그것은 그대가 우리 흐나흐 일족에게 도움이 되기 때문이에요. 만약 그대가 흐나흐 일족에게 해를 끼친다면 나는 더 이상 그대에게 호의를 베풀 수 없어요.]

[폐하……]

[자중하세요.]

여왕은 단호하게 마그리드를 내쳤다.

[예, 폐하. 반성하겠습니다.]

결국 마그리드는 힘없이 고개를 숙여야 했다.

마그리드가 대전 밖으로 나가자 본격적인 대화가 시작되었다. 이탄은 그제야 여왕의 모습을 제대로 훑어보았다.

흐나흐 일족의 여왕은 하얀 털옷을 입고 하얀 여우 꼬리로 만든 목도리를 둘렀다. 머리에는 백금으로 제작한 티아라(Tiara: 작은 왕관)를 썼다. 여왕의 머리카락은 찬란한 은빛이었으며, 손에는 30 센티미터 길이의 보홀을 들고 있었다.

여왕의 옥좌는 상아로 만들어졌는데, 그 위에 백금으로 오묘한 문양이 새겨져 있어서 우아한 느낌을 자아내었다.

40대 중반 정도로 보이는 여왕이 상아 옥좌 위에 순백의 여우 털을 풍성하게 깔고 그 위에 꼿꼿이 앉았다.

여왕의 맞은편에 흑색의 의자가 놓였다.

이탄이 그 의자에 앉아서 여왕을 마주 보았다.

이탄의 의자는 여왕의 옥좌보다 한 계단 아래에 놓였다. 그 탓에 이탄은 자연스럽게 여왕을 올려다보는 구도가 되었다.

이탄은 이 구도에 대해서 딱히 불만을 표시하지는 않았다.

한편 샤룬과 샤론 남매는 이탄 양옆의 의자에 앉아 두 손을 무릎 위에 가지런히 모았다.

여왕이 초롱초롱한 눈빛으로 이탄에게 물었다.

[듣자 하니 외계 성역에서 오셨다고요?]

[그렇소.]

이탄은 짧게 고개를 한 번 끄떡였다.

여왕이 다시 질문했다.

[저희가 은인님을 어찌 부르면 좋을까요?]

이름을 알려달라는 소리를 여왕은 빙 돌려 물었다.

[이탄이오.]

이탄은 굳이 새로운 이름을 지어내지 않았다.

알블—롭 일족의 나무 군락에 머물 당시에도 이탄은 본명을 그대로 사용했다. 만약 흐나흐 일족이 알블—롭의 주변을 파다 보면 이탄이라는 이름을 알게 될 터인데, 이탄은 그 점을 눈곱만큼도 염두에 두지 않았다.

'수틀리면 흐나흐 족도 떠나버리면 그만이지. 내가 떠나

겠다는데 누가 막을 거야.'

[이탄. 간결하면서도 어감이 강한 이름이로군요. 훌륭해요.]

그릇된 차원에서 강하다는 것은 최고의 칭찬이었다. 여왕은 이탄의 이름이 좋다고 추켜세웠다.

실제로 여왕이 이탄의 이름이 좋다고 느껴서 이렇게 말한 게 아니었다. 속마음이 어떻건 간에 무조건 상대를 칭찬하고 보는 것이 흐나흐 일족의 관습이었다.

흐나흐 일족의 여왕이 이탄에게 다른 것을 물었다.

[혹시 은인님께서는 목적지가 따로 있으신가요? 아니면 인연을 맺으신 김에 이곳에서 좀 머물러 보실 생각이신가요?]

[일단은 이곳에 좀 더 머물 예정이오.]

이탄의 대답에 샤론, 샤룬 남매의 표정이 확 밝아졌다.

Chapter 9

여왕도 환히 웃었다.

[호호호, 잘 생각하셨어요. 저희 흐나흐 일족은 사교적인 성향이라 은인님과 같은 외계 성역의 손님들을 모시고 대

접하면서 친교를 쌓는 것을 즐긴답니다. 하면 혹시 당분간 머물 곳은 마련하셨나요?]

이탄이 여왕의 질문에 대답하기도 전에 샤론이 끼어들었다.

[여왕폐하, 저희 남매가 은인님께 별궁을 내어드렸답니다. 은인님께서 불편함이 없으시도록 저희 남매가 잘 모실 것입니다.]

[그래요?]

여왕이 속눈썹을 내리깔고 샤론을 보았다.

샤론도 여왕의 눈을 피하지 않았다.

두 여자의 눈싸움이 한동안 계속되었다.

'이제 보니 샤론이 여왕을 만만하게 보고 있구나. 겉으로만 대우해주는 척하지 마음속으로 샤론은 여왕에게 충성하지 않아.'

이탄도 이제 흐나흐 일족의 역학 관계에 대해서 어느 정도 파악했다. 그가 이미 느낀 바이지만, 흐나흐 일족의 여왕은 진정한 왕이 아니었다.

'여왕의 무력은 왕의 재목 수준에 불과해. 굳이 무력을 따지자면 샤론이나 마그리드보다 약간 더 강한 정도라고나 할까? 그릇된 차원에서는 압도적 무력을 가지지 못하면 언제든지 잡아먹힐 수 있지.'

이탄은 여왕의 진정한 무력을 꿰뚫어 보았다.

이탄의 짐작이 정확했다. 여왕은 왕이 아니라 왕의 재목이었다. 그것도 마그리드보다 약간 더 강한 수준에 불과했다.

게다가 중년처럼 보이는 외모와 달리 나이도 엄청 많이 먹어서 이제 생명의 촛불이 거의 꺼져가는 중이었다.

지금 이 순간에도 여왕은 시시각각 약해지고 있었다.

'내가 더 약해져서 젊은 왕의 재목들에게 잡아먹히기 전에 후계자를 결정하고 뒷방으로 물러나 편히 여생을 보내고 싶구나.'

여왕은 이런 생각으로 후계자감을 저울질했다.

흐나흐 일족의 미래를 책임질 후계자로는 3명이 유력했다.

홍옥의 마그리드.

뇌전의 샤론.

주홍빛 샤룬.

여왕은 이들 3명의 후보 가운데 누구의 손을 들어줄 것인지 아직 결정하지 못하였다. 여왕의 결정에 따라서 세 후보자의 운명뿐 아니라 흐나흐 일족의 미래, 심지어 여왕의 노후까지 모두 걸려 있었다.

그러니 여왕의 입장에서는 신중할 수밖에 없었다.

흐나흐 일족의 귀족들도 이러한 정세를 잘 알았다. 귀족들은 각자 파벌을 이루어 세 후보 가운데 어느 한쪽에 줄을 섰다.

처음에는 샤룬, 샤론 남매가 가장 유력해 보였다. 왕의 재목 2명이 힘을 합쳤으니 당연히 마그리드보다 유리한 것이 사실이었다.

그런데 지금으로부터 150년쯤 전, 두 남매 사이에 미묘하게 엇박자가 생겼다.

샤룬은 '내가 오라비이니 당연히 내가 흐나흐 일족의 차기 왕이 되어야지.'라고 생각했다.

반면 샤론은 '머리로 보나, 무력으로 보나, 재능으로 보나 오라버니보다는 내가 더 낫지. 내가 차기 여왕의 자리에 앉고 오라버니가 나를 옆에서 보좌해주면 완벽해.'라고 판단했다.

이 균열이 문제였다.

영리한 마그리드는 이 틈새를 놓치지 않았다. 당시 마그리드는 전세를 역전시키기 위해서 총 네 가지의 전략을 구사했다.

마그리드는 우선 샤룬, 샤론 남매의 사이에 끼어들어서 이간질을 했다. 그 전략이 먹혀서 남매의 사이는 점점 더 멀어졌다.

이어서 마그리드는 여왕에게 바짝 밀착하여 친밀감을 높여 놓았다. 여왕은 마그리드가 차기 여왕이 되어야 자신의 노후가 안락할 것이라고 믿게 되었다. 여왕은 아직까지 후계자를 확정 짓지는 않았으나, 그녀의 마음은 거의 마그리드에게 기운 상황이었다.

세 번째로 마그리드는 흐나흐의 귀족과 전사들을 대거 휘하에 끌어들여 강력한 세력을 형성했다.

마지막으로 마그리드는 다른 종족의 강자들을 초빙하여 가까이 두었다.

마그리드가 섭외한 외부의 강자들은 달리 '일곱 흉성'이라 불리며 마그리드의 주변을 위성처럼 맴돌았다.

샤룬, 샤론 남매는 그제야 정신을 차렸다.

하지만 이미 형세는 마그리드에게로 기울대로 기울어 버렸다. 남매를 따르던 귀족 가문들 가운데 상당수가 마그리드에게 충성을 맹세했다. 여왕의 마음도 마그리드에게 향한 것이 확연히 느껴졌다.

샤룬, 샤론 남매는 재빨리 화해했다. 남매끼리 싸우다가는 모두 다 죽게 생겼다고 판단한 것이다.

남매는 힘만 다시 합친 것이 아니었다. 세력의 범위도 바짝 축소했다. 그들은 여러 행성에 퍼져 있던 부하들을 하나의 도시 안에 똘똘 집결시켜 놓았다. 그리곤 상처 입은 고

습도치처럼 가시를 곤두세우고 마그리드를 경계했다.

세력의 범위를 줄여서 적에게 공격 받을 만한 포인트를 축소시키자는 것은 샤론의 머리에서 나온 전략이었다.

샤론의 현명한 판단 덕분에 샤룬, 샤론 남매의 추종세력들은 마그리드로부터 각개격파를 당하지 않았다. 덕분에 이들 남매는 아직까지도 꾸역꾸역 버티면서 역전의 기회를 엿보게 되었다.

하지만 안타깝게도 판세를 뒤집을 만한 기회는 쉽게 찾아오지 않았다. 마그리드의 세력이 이미 너무 커진 탓이었다.

샤룬, 샤론 남매가 아무리 공을 들여도 흐나흐의 귀족 가문들은 그들 남매의 편에 서지 않았다.

전사들도 마찬가지였다.

'결국 꼬리를 내리고 마그리드의 밑으로 기어들어 가야 하나? 내가 그냥 항복한다고 하면 마그리드 년이 나를 받아줄 리가 없을 텐데. 어떻게 하지? 여차하면 오라버니의 머리라도 잘라서 항복의 표시로 가져가야 하나?'

샤론이 이런 고민할 때였다. 느닷없이 씨클롭의 초강자가 쳐들어왔다. 그 와중에 샤론은 이탄이라는 새로운 희망을 만났다.

'은인님은 왕의 재목을 넘어선 진정한 왕이야. 만약 은

인님께서 내 편에 서주신다면 얼마든지 마그리드를 제압하고 내가 여왕의 자리에 오를 수 있어.'

샤론의 마음속에서 다시금 야망의 불꽃이 타올랐다. 이것은 야망의 불꽃이자 거의 사그라들었던 희망의 불꽃이기도 했다. 불꽃이 한 번 꺼질 뻔했기 때문인지 샤론의 갈망은 한층 더 강해졌다.

'절대 이 기회를 놓치지 않을 거야. 어떤 짓을 해서라도 은인님을 확실하게 내 편으로 만들 거라고.'

샤론이 라이벌들을 모두 물리치려면 그 수밖에 없었다. 샤론은 먹이를 노리는 암고양이처럼 눈빛을 벼렸다.

제3화

피우림 대선인을 만나다

Chapter 1

여왕이 이탄에게 시선을 돌렸다.

[샤론의 말이 사실인가요? 은인님께서는 앞으로 계속 샤론과 샤론의 별궁에서 지내기로 하셨나요?]

[아직 정해진 건 아니오.]

[은인님!]

이탄의 말에 샤론의 눈꺼풀이 파르르 떨렸다.

반면 여왕은 기분이 좋아진 듯 속눈썹을 위로 살짝 들었다.

이탄이 뒷말을 덧붙였다.

[하지만 별궁이 꽤 좋더군. 마땅한 곳이 없으면 거기서

계속 머물 생각이오.]

[아!]

여왕은 안타까운 듯 탄식을 흘렸다.

반대로 샤론의 표정은 활짝 폈다.

그 후로도 여왕은 이탄에게 이것저것 질문했다. 그러면서 이탄이 혹시 황금탑으로 자리를 옮기거나 여왕의 편에 설 가능성이 있는지 타진해 보았다.

이탄은 교묘하게도 여왕의 기대에 부응하지도, 그렇다고 완전히 가능성을 차단하지도 않았다. 이탄은 그 중간 어디쯤에서 밀고 당기기를 반복하면서 여왕과 샤론, 샤론 남매의 애간장을 태웠다.

이렇듯 중간에서 줄타기를 능숙하게 하는 것은 상인의 기본이자 모레툼 신관들이 가장 자신 있어 하는 분야였다. 특히 이탄은 이 분야에서 천부적인 감을 타고났다.

한 시간 정도 대화를 나눈 뒤, 여왕이 이탄을 놓아주었다.

[좋은 시간이었어요. 외계 성역에서 오신 은인님과 이야기를 나누다 보니 시간 가는 줄을 몰랐네요. 혹시 다음에도 또 제 말벗이 되어주겠어요?]

여왕은 한 가닥의 끈을 이탄에게 걸어놓기를 원했다.

이탄도 여왕의 희망을 싹둑 자르지 않았다.

[나도 원하는 바입니다. 기회가 되면 또 보시죠.]

이탄이 흑색 의자에서 일어섰다.

샤룬과 샤론 남매가 이탄을 에워싸듯 함께 일어났다.

[여왕폐하, 다음에 저희 남매가 또 은인님을 모시고 함께 폐하를 찾아뵙겠습니다.]

샤론은 '함께'라는 단어를 유독 강조했다. 다음에 여왕이 이탄을 만날 때에도 그들이 옆에 꼭 같이 있겠다는 의미였다.

그 여우같은 속내를 모를 리 없건만, 여왕은 생글생글한 낯빛을 거두지 않았다.

[그래요. 우리 다 같이 또 봐요.]

여왕은 역시 노련했다.

여왕의 알쏭달쏭한 반응에 샤론은 머리가 복잡해졌다.

이탄 일행이 대전에서 물러나올 무렵, 황급탑 상층부는 충돌의 여파를 수습 중이었다. 마그리드가 수습을 지휘했다. 고이칸과 황급 갑옷을 입은 친위대원들은 여기저기 뛰어다니며 수리를 하느라 정신이 없었다.

[풉.]

샤론은 오빠와 함께 신 허리 여우의 등에 올라탄 뒤, 마그리드 등을 향해 코웃음을 쳤다.

[크윽. 저년이 감히.]

마그리드가 자존심이 상해 얼굴을 구겼다.

샤론은 그런 마그리드를 놀리기라도 하듯 손을 흔들었다.

[그럼 수고들 하셔. 나는 이만 가볼 테니까.]

[이이익.]

마그리드가 분해서 발을 쾅 굴렀다.

쩌저적!

마그리드의 발이 내리찍은 곳을 중심으로 황금탑 바닥에 거미줄 모양으로 금이 갔다. 마그리드의 이글거리는 눈길은 샤룬, 샤론 남매를 차례로 거쳐서 이탄에게 머물렀다.

이탄은 새하얀 여우의 등에 앉은 채 마그리드를 마주 보았다.

갑자기 무슨 생각을 했는지 마그리드가 이탄을 향해서 요염하게 속눈썹을 깜빡였다.

그 즉시 샤론이 발끈했다.

[뭐야? 저 헤픈 년이 감히 누구에게 꼬리를 쳐?]

샤론이 화를 낼수록 마그리드는 더욱 요염한 자태로 이탄에게 끈적끈적한 눈빛을 던졌다.

물론 이탄은 돌덩이처럼 꿈쩍도 하지 않았다.

[가자.]

샤룬이 서둘러 출발을 명했다. 순백색의 긴 허리 여우가 벌떡 일어나 몸을 날렸다.

샤론은 눈앞에서 마그리드의 얄미운 모습이 사라지고 나서야 비로소 분한 마음을 내려놓았다.

알블—롭의 나무 군락에서 머물 당시, 이탄은 알블—롭 일족을 거들어주고서 전공 점수를 산정 받았다. 이탄은 이 전공 점수를 지불하여 알블—롭 일족의 지식을 얻어냈다. 또는 필요한 재료도 구매했었다.

흐나흐 일족도 마찬가지였다. 그들도 알블—롭 일족과 비슷한 제도를 운영했다.

'공을 세우면 점수를 주고, 이 점수를 차감하여 원하는 물건을 손에 넣게 하는 방법이야말로 타 종족의 강자들을 끌어들이기에 딱 좋은 미끼로구나.'

이탄은 그릇된 차원의 전공 점수 제도에 대해서 거듭 감탄했다.

아쉽게도 흐나흐 일족에게는 '기억의 바다'와 같은 것은 없었다. 대신 흐나흐 일족은 정보 각인이 가능한 스톤 안에 자신들의 마법이나 영력 지식을 새겨놓았다.

샤론은 이탄에게 흐나흐 일족의 스톤에 대해서 설명해주었다.

[은인님께서 스톤에 담긴 지식을 열람하기 위해서는 전공 점수가 필요하답니다. 그런데 은인님께서는 얼마 전 씨

클럽의 포식자로부터 저희 흐나흐 일족을 보호해주셨잖아요? 이에 대한 보답으로 제가 전공 점수 10,000점을 드릴게요.]

샤론은 이탄에게 제법 큰 점수를 부여했다. 샤론이 이탄에게 내민 동그란 돌조각에는 10,000점에 해당하는 숫자가 박혀서 반짝반짝 점멸을 거듭했다.

이탄이 샤론에게 물었다.

[오호라. 그대가 직접 전공 점수를 산정해줄 수 있는 거요?]

[호호호호. 그럼요. 저와 제 오라버니는 점수를 나눠줄 수 있는 권한을 가지고 있답니다. 물론 점수를 무제한으로 마구 드릴 수는 없지만요.]

이탄이 다시 물었다.

[10,000점이면 어느 정도의 가치요? 예를 들어서 황금탑에서 그대가 보여주었던 금빛 뇌전구 말이오. 그 정도 레벨의 마법이 새겨진 스톤을 열람하려면 어느 정도의 전공 점수가 필요한 거지?]

샤론이 쓴웃음을 지었다.

[당시에 저와 제 오라버니가 발휘했던 마법은 저희 흐나흐의 선조들이 오랜 세월에 걸쳐서 가다듬고 발전시켜온 10대 마법 가운데 하나랍니다. 그러므로 은인님이 전공 점

수를 아무리 많이 모아도 10대 마법을 열람하기란 불가능하지요.]

[음.]

그 말에 이탄의 표정이 굳었다.

Chapter 2

샤론이 황급히 설명을 덧붙였다.

[다만 10대 마법 바로 아랫단계의 마법이라면 5,000점의 전공 점수를 차감하여 보실 수 있습니다.]

[5,000점.]

[전공 점수는 스톤 열람뿐 아니라 다른 용도로도 많이 사용된답니다. 이를테면 은인님께서 필요로 하시는 재료들을 전공 점수로 구매하실 수도 있고요, 또 상급의 음혼석을 살 수도 있지요.]

[음.]

이탄이 가만히 고개를 끄덕였다.

이탄은 마음속으로 다른 생각에 골몰했다.

'내게는 알블―롭 일족의 전공 점수가 5,000점이나 남아 있잖아. 한데 그걸 다 쓰지도 못하고 알블―롭 일족을

떠나게 되어서 큰 손해를 보았네. 나중에라도 그 점수를 사용할 방도를 찾아봐야지.'

이렇게 결심한 뒤, 이탄은 샤론에게 궁금한 사항 몇 가지를 더 물어보았다.

[이곳 도시에도 시장이 있소? 물건을 사고팔 수 있는 시장 말이오.]

[물론이죠. 말이 나왔으니까 말씀드리는 건데, 사실 저와 제 오라버니가 다스리는 이 도시야말로 흐나흐 일족의 전 행성을 통틀어서 최고의 상업 도시랍니다. 여기 시장은 정말로 없는 물건이 없어요. 볼거리도 풍성하고요.]

샤론은 자랑을 늘어놓았다.

샤론의 말은 사실이었다. 샤룬, 샤론 남매가 다스리는 지하도시는 여왕이 지배하는 수도보다도 오히려 상업은 더 발달했다.

[허어, 그거 잘 되었군.]

이탄은 흡족하게 손바닥을 비볐다.

그날 오후, 살랑거리는 바람이 지하도시를 간질이고 지나갔다. 이탄은 홀가분한 차림으로 별궁을 나섰다.

그보다 한발 앞서 샤론이 이탄에게 도시를 구경시켜주겠노라고 먼저 제안했다.

이탄은 샤론의 제안을 단칼에 거절했다. 홀로 홀가분하게 돌아다니면서 흐나흐 일족의 문명을 관찰하고 싶었기 때문이었다.

샤론은 못내 아쉬워했으나 어쩔 수 없었다.

이탄은 별궁을 나서자마자 신발형 법보를 구동하여 지하 도시 상공을 가로질렀다. 사실 이탄은 이 법보보다 날개 달린 늑대를 더 선호했으나 자제했다.

"이곳에서 날개 달린 늑대를 타고 다닐 수는 없겠지."

어느 정도 날아간 뒤, 이탄은 자연스럽게 도시 뒷골목에 내려서서 흐나흐 백성들 틈에 끼었다.

얼마 후, 이탄은 도시 중심부에 형성된 대형 시장에 도착했다.

흐나흐 일족의 시장은 알블―롭의 그것보다 한층 더 편리했다. 시장으로 들어가는 동서남북의 입구에는 대형 안내판들이 세워져 있었는데, 흐나흐의 상인들은 이 안내판을 통해서 자신들이 판매하는 물건과 가격을 홍보했다.

당연히 안내판 앞에는 구름처럼 많은 인파가 모였다. 이탄도 그 속에 끼어서 안내판에 적힌 내용을 살펴보았다.

흐나흐 족 상인들은 다음과 같은 방식으로 물건들을 분류하여 안내판에 올려놓았다.

A. 전공 접수를 차감하여 거래할 수 있는 물건들.

B. 상급 음혼석과 중급 음혼석, 그리고 하급 음혼석으로 거래할 수 있는 물건들.

C. 오레(흐나흐 일족의 화폐)로 거래할 수 있는 물건들.

D. 물물교환을 통해서 거래할 수 있는 물건들.

예를 들어서 이탄이 물물교환을 통해서 물건을 사고 싶을 경우, 이탄은 넓은 시장을 다 둘러볼 필요 없이 D구역만 찾아가면 되었다. 혹은 이탄이 음혼석으로 물건을 사려고 하면 B구역을 찾아가야 했다.

"나 같은 경우에는 A와 B, 그리고 D에서 모두 다 거래가 가능하잖아? 이 가운데 과연 어디를 먼저 방문하는 게 좋을까?"

이탄은 우선 A구역에서 판매하는 물건들을 살펴보았다.

재료 부족에 시달리는 알블—롭과 달리 흐나흐 족 상인들은 최상급 재료들도 거침없이 판매 목록에 올려놓았다.

이탄은 A구역에서 판매하는 물건들 가운데 몇 개를 눈여겨보았다.

A33번 상가: 토트 일족의 최상급 등껍질 판매.

— 수량: 선착순 2개 한정.

— 가격: 전공 점수 6천점.

— 기타: 네고 없음. 물건 상태 좋음.

A184번 상가: 리노 일족의 최상급 뿔 판매.

— 수량: 선착순 한 개 한정.

— 가격: 전공 점수 9천점.

— 기타: 네고 없음. 물건 상태 최상.

"오오, 리노 족의 최상급 뿔을 판다고? 당장 이것부터 잡아야겠네."

이탄이 눈을 번쩍 치켜뜰 때였다.

뚜두둥

기분 나쁜 알람 소리와 함께 안내판의 내용이 변경되었다. A184번 상가에서 올려놓은 리노 일족의 최상급 뿔이 방금 전 판매 완료되었다고 뜬 것이다.

"헉. 그새 팔렸어?"

이탄은 아쉬워서 발을 쿵 굴렀다.

"제기랄. 이럴 줄 알았으면 좀 더 일찍 오는 것인데."

이미 놓친 물건을 다시 잡을 수는 없었다. 이탄은 B구역

상인들이 올려놓은 안내문도 차근차근 살펴보았다.

아쉽게도 B구역 상가에는 이탄이 원하는 최상급 재료들이 올라오지 않았다.

이유는 뻔했다.

"하긴, 이게 당연하지. 상급 음혼석을 아무리 많이 주더라도 최상급 재료와 바꾸지는 않겠지."

이탄은 B구역과 C구역을 건너뛰어서 D구역으로 눈길을 돌렸다. 지금 D구역에서 거래 중인 상품들 가운데 서너 가지가 이탄의 눈에 밟혔다.

Chapter 3

D12번 상가: 뻘브 일족의 최상급 눈물.

— 수량: 10 밀리리터. 한 방울 단위로도 판매 가능.

— 가격: 다른 최상급 재료, 혹은 최상급 마법 아이템과 물물교환.

— 기타: 가격협상 가능. 물건 상태 최상.

D12번 상가: 뻘브 일족의 최상급 다리.

— 수량: 선착순 10개 한정.

— 가격: 다른 최상급 재료, 혹은 최상급 마법 아이템과 물물교환.

— 기타: 가격협상 가능. 물건 상태 좋음.

D30번 상가: 리노 일족의 최상급 비늘.

— 수량: 선착순 5개 한정.

— 가격: 비늘 하나 당 귀족의 시체 세 구와 물물교환.

　　단, 리노 일족이나 구아로 일족과 같은 특수 종족의 시체는 가격을 더 높게 쳐줌.

— 기타: 귀족의 시체는 하자가 없이 온전해야 함.

D39번 상가: 흐나흐 귀족의 두개골 (쁠브 일족의 제련을 거친 보물임).

— 수량: 선착순 2개 한정.

— 가격: 귀족의 시체 세 구와 물물교환.

　　단, 리노 일족이나 구아로 일족과 같은 특수 종족의 시체는 가격을 더 높게 쳐줌.

— 기타: 귀족의 시체는 하자가 없이 온전해야 함.

이탄은 이상 4개의 물건들 가운데 쁠브 일족의 최상급 눈물과 리노 일족의 비늘에 눈독을 들였다.

"흐나흐 귀족의 두개골은 살 마음이 없어. 하지만 여우 두개골의 활용 방법에 대해서는 조금 궁금하군. 이왕 여기 까지 온 김에 한번 들러봐야지."

이탄의 발걸음이 빨라졌다.

D구역은 시장의 다른 구역들에 비해서 상가의 수가 적었다. 대신 상가 하나하나가 넓고 쾌적했다.

이것이 의미하는 바는, 부자 고객들이 D구역을 많이 찾는다는 뜻이었다. C구역의 점포 하나가 6개월 동안 수십만 개의 물건을 팔아서 얻는 수익을, D구역의 점포는 물건 하나의 거래만으로도 거뜬히 충당했다.

따라서 D구역의 상인들은 점포를 최대한 고급스럽고 안락하게 꾸몄다. 눈이 휘둥그레질 정도로 화려한 점포들은 그렇게 탄생하였다.

이탄은 으리으리한 거리를 지나 'D12'라는 번호가 내걸린 상가에 도착했다.

D12는 단순한 점포가 아니었다. 통유리로 외관을 두르고, 내부는 하얀 대리석과 황금으로 치장한 S자 형태의 건물 전체가 D12 상가였다.

건물의 높이는 12층.

대형 대리석 기둥이 세워진 건물 입구에는 어깨가 쩍 벌어진 로셰—랍 일족 전사 2명이 경비를 서고 있었다.

이탄이 가까이 접근하자 로셰—랍 전사가 손바닥을 들었다.

[죄송합니다. 이곳은 미리 승인된 고객님들만 들어오실 수 있습니다.]

[시장 입구의 안내판을 보고 찾아왔소. 내가 가진 최상급 재료와 뽈브 일족의 최상급 눈물을 맞바꾸고 싶은데, 어떻게 하면 되오?]

이탄이 차분하게 물었다.

이탄은 로셰—랍 전사가 앞을 막는다고 해서 화를 내지 않았다. 로셰—랍 전사는 위에서 지시를 받은 대로 자신의 업무를 하는 중이었다. 그런 자에게 화를 내는 것은 온당치 않았다.

로셰—랍 전사가 이탄을 위아래로 훑어보았다.

이탄은 지금 별궁에 비치되어 있던 고급 의상을 걸친 터라 가난뱅이 뜨내기처럼 보이지는 않았다.

[여기서 잠시만 기다리시지요. 부전장님께 말씀을 드려보겠습니다.]

2명의 로셰—랍 전사 가운데 한 명이 통유리 건물 안으로 들어갔다.

잠시 후, 콧수염을 미끈하게 기른 중년의 사내가 로셰―
랍 전사와 함께 나타났다. 그가 바로 이 상가의 부점장이었
다.

[손님, 죄송하지만 저희 상가는 오직 회원제로만 운영됩
니다.]

부점장은 미끈하면서도 느끼한 뇌파로 이탄의 출입을 거
부했다. 그러다 이탄의 옷깃에 수놓아져 있는 조그만 문장
을 발견하고는 두 눈을 동그랗게 뜨더니 곧장 태세를 전환
했다.

[하지만 훌륭하신 고객님을 신규 회원으로 모시는 것 또
한 저희들의 기쁨이지요. 부디 귀하신 발걸음을 옮기셔서 안
으로 들어오시지요. 신규 회원으로 등록을 해드리겠습니다.]

부점장은 나긋나긋한 뇌파로 이탄을 대하는 한편, 남몰
래 등 뒤로 엄지를 치켜세워서 부하들에게 신호를 보냈다.

엄지가 의미하는 대상은 이 도시의 지배자인 샤룬, 샤론
남매였다.

'헉! 샤룬 님이나 샤론 님의 친구 분이시란 말인가?'

로셰―랍 전사들은 자동으로 허리를 90도 각도로 굽혔
다.

[저희의 무례를 용서하십시오.]

전사들이 한 목소리로 뇌파를 보냈다.

이탄은 전사들 사이를 가로질러 통유리 건물 안으로 발을 디뎠다.

그 즉시 굴곡진 몸매의 여노예 12명이 두 줄로 늘어서서 이탄을 맞았다.

[고객님, 어서 오십시오.]

[고객님, 안으로 모시겠습니다.]

이탄은 여노예들의 환대를 받으며 2층으로 올라갔다.

건물 2층에서는 신규고객을 위한 맞춤형 가입 서비스가 진행되었다. 이탄은 부점장으로부터 D12 상가의 회원임을 의미하는 둥그런 패를 하나 받았을 뿐 아니라 D12 상가에서 신규고객에게 제공하는 다양한 혜택들도 누렸다.

첫째, 12명의 여노예 가운데 마음에 드는 한 명을 골라서 선물로 받기.

둘째, 중급 음혼석 한 개를 회원 등록 선물로 받기.

셋째, 이탄이 언제든 부르기만 하면 부점장이 직접 찾아가는 서비스 제공.

이런 것들이 대표적으로 D12 상가의 신규고객에게 제공하는 혜택들이었다. 이탄은 서둘러 회원 가입을 마친 뒤, 단도직입적으로 이곳을 찾아온 용건을 밝혔다.

[사실은 뻘브 일족의 최상급 눈물을 사고 싶어서 여기에 온 거요. 가능하겠소?]

[물론입니다. 제가 직접 고객님의 거래를 도와드리겠습니다. 이리로 오시지요.]

부점장이 이탄을 한 층 위로 안내했다.

이탄이 3층에 마련된 푹신한 여우 털 의자에 앉자 아리따운 여노예들이 따뜻한 차와 간식을 내왔다.

Chapter 4

부점장은 이탄에게 물물거래 조건이 적힌 표를 가져와서 공손히 내밀었다.

[고객님, 이 표에 적힌 것이 물물교환의 조건입니다. 저희 D12에서는 뻘브 일족의 최상급 눈물 10 밀리미터를 이 표에 수록된 재료들과 교환해드릴 수 있습니다. 교환은 눈물 한 방울부터 가능하답니다.]

[어디 한번 봅시다.]

이탄이 표를 살펴보았다.

표에 따르면, 최상급 수프리 나무의 뿌리나 토트 일족의 최상급 등껍질은 가장 값어치가 낮았다. 뿌리나 등껍질 하나로 교환할 수 있는 비율은 뻘브 일족의 최상급 눈물 1 밀리리터밖에 되지 않았다.

리노 일족의 최상급 비늘은 그 다음으로 값어치가 낮았다. 비늘로 교환할 수 있는 분량은 뽈브의 눈물 1.5 밀리리터였다.

리노 일족의 최상급 뿔이나 구아로 일족의 이빨은 나름 좋은 대우를 받았다. 이것들은 각각 뽈브의 눈물 3 밀리리터와 교환이 가능했다.

한편 츄루바 일족의 최상급 털은 10 센티미터 당 뽈브의 눈물 5 밀리리터의 값어치를 지녔다.

이 밖에도 이탄이 난생 처음 들어보는 마법아이템들이 표에 수록되었다.

[그렇다면 츄루바의 털이 가장 교환하기 좋겠군.]

이탄은 아공간 박스 속에 보관 중인 재료들 가운데 츄루바의 털을 선택했다. 차원 이동 통로를 만드는 데 츄루바의 털은 필요가 없기에 이탄은 마음 편히 츄루바의 털을 교환품으로 내놓은 것이었다.

이탄이 현재 지니고 있는 츄루바의 털은 총 1 미터였다. 이탄은 이 가운데 20 센티미터를 정확하게 끊어서 부점장에게 내주었다.

부점장이 감탄했다.

[와아—. 고객님, 정말 대단하셔요. 츄루바 일족의 최상급 털은 정말 구하기 힘든 재료인데요. 이런 귀한 털을 그

렇게 많이 가지고 계실 줄은 몰랐습니다.]

이건 빈말이 아니었다. 부점장은 최상급의 츄루바 털을 무려 1 미터나 가지고 다니는 고객은 처음 보았다.

부점장이 손뼉을 쳐서 점원들에게 명을 내렸다.

[뽈브 일족의 최상급 눈물을 내오너라.]

[예, 부점장님.]

D12 상가의 점원들이 즉시 행동에 나섰다. 그들은 고급스러운 병에 담긴 뽈브의 최상급 눈물 10 밀리리터를 통째로 내왔다.

[고객님, 상품의 질을 직접 확인해 보시지요.]

부점장이 이탄에게 병을 내밀었다.

이탄이 병을 손에 들고 뽈브 일족의 눈물을 살펴보는 동안, 부점장은 츄루바의 털 20 센티미터를 꼼꼼하게 관찰했다.

잠시 후, 부점장이 만족스러운 얼굴로 고개를 들었다.

[고객님, 정말 품질이 좋은 털입니다. 저는 오늘 고객님과 훌륭한 첫 거래를 하게 된 점을 무한한 영광으로 생각합니다.]

부점장은 자신의 콧수염을 엄지와 검지로 팽팽하게 잡아당기면서 이탄을 추켜세웠다.

이탄은 뽈브의 눈물을 아공간 박스 속에 넣고 의자에서

엉덩이를 떼었다.

[그럼 이제 거래는 완료되었군.]

부점장이 황급히 이탄을 붙잡았다.

[아유, 성격도 급하셔라. 고객님, 혹시 다른 물건들은 필요치 않으십니까? 저희 D12는 고객님과 같은 분을 모시기 위해서 정말 최선을 다해서 귀중한 재료와 보물들을 구비해 놓고 있습니다. 고객님께서 원하시면 저희가 수집한 다른 보물들을 보여드리겠습니다.]

[다른 보물?]

이탄이 떼었던 엉덩이를 다시 의자에 붙였다. 그리곤 먼저 운을 떼었다.

[안내판에서 보니까 뿔브 일족의 최상급 다리도 판다던데.]

[맞습니다. 빨판이 무려 1천 개도 넘게 매달려 있는 최상급의 다리입니다.]

부점장이 냉큼 대답했다.

이탄은 고개를 갸웃했다.

[뿔브의 눈물은 나도 좀 알고 있소만, 뿔브의 다리라? 혹시 그것도 재료로 쓸 수 있소?]

[당연히 쓰이지요. 고객님, 뿔브 일족의 최상급 다리는 각종 원소와 관련된 힘을 내포하고 있어서 마법아이템으로

활용도가 높답니다. 또한 빨판의 위력만 잘 살리면 마법무기나 마법방어구로 제작도 가능하고요.]

[허어, 그렇소?]

이탄이 관심을 보이자 부점장의 표정이 확 밝아졌다.

[물론이고말고요. 혹시 고객님께서 원하시면 츄루바 일족의 최상급 털 10 센티미터로 뿔브 일족의 최상급 다리 2개와 바꿔드릴 수 있습니다.]

부점장은 이탄이 가지고 있는 츄루바의 털을 손에 넣고 싶어서 안달이 났다.

눈치가 빠른 이탄이 그 점을 모를 리 없었다.

[그렇게 맞바꾸고 싶지는 않군.]

이탄이 자리를 박차고 일어섰다.

부점장이 당황했다.

[아이고, 제가 조금 전에 뭐라고 말씀을 드렸나요? 앗! 제가 뭔가 실수를 한 것 같습니다. 츄루바의 털 10 센티미터에 뿔브의 다리 5개입니다. 5개.]

[싫소.]

이탄은 단칼에 고개를 가로저었다.

부점장이 난감한 듯 입술을 깨물었다가 다시 제안을 했다.

[하면 혹시 다리 10개를 다 드리면 어떻겠습니까? 뿔브 일족의 최상급 다리입니다. 정말 귀한 재료지요.]

[필요 없소.]

이탄의 태도는 철벽과 같이 견고했다.

[고객님……]

부점장이 울상을 지었다. 부점장은 자신들이 수집한 보물들을 차례로 언급하며 어떻게든 이탄의 마음을 돌려보려고 애썼다.

'어우. 제발 좀 팔아라. 츄루바의 최상급 털을 꼭 필요로 하는 분이 계시단 말이다.'

부점장의 솔직한 마음 같아서는, 지금 이탄이 가지고 있는 츄루바의 털 80 센티미터를 강제로라도 빼앗고 싶었다.

하지만 그건 안 될 말이었다.

'이 어려 보이는 고객이 샤룬 님이나 샤론 님의 친구분이실 수도 있잖아. 그런 높으신 분을 잘못 건드렸다가는 난리가 나겠지?'

부점장은 애써 이성을 되찾았다. 그리곤 정정당당한 방법으로 이탄과 거래를 해보려고 부단히 노력했다.

하지만 부점장이 아무리 애를 써도 이탄에게는 통하지 않았다. 결국 부점장은 최후의 수단을 사용했다.

[하아아, 정말 저희가 많이 부족하군요. 고객님의 마음에 드는 보물을 갖춰놓지 못하여 송구스럽습니다. 하면 고객님, 이렇게 하시면 어떻겠습니까?]

[어떻게 말이오?]

[저희가 뽈브 일족의 최상급 눈물을 추가로 확보해보겠습니다. 그럼 혹시 그 눈물과 츄루바의 털을 교환하시겠습니까?]

[흐음.]

이탄은 잠시 대답을 망설였다.

Chapter 5

부점장은 기대에 가득 차서 이탄만 바라보았다.

이탄이 천천히 고개를 가로저었다.

[부점장의 제안이 솔깃하긴 하오. 어쨌거나 나는 뽈브 일족의 눈물이 더 필요하니까. 하지만 츄루바의 털도 내게 중요한 재료이기 때문에 그냥 맞바꾸긴 어렵소.]

이건 거짓말이었다. 신왕이 남긴 비법에 따라 차원의 통로를 만들려면 뽈브의 눈물은 필요하되 츄루바의 털은 필요가 없었다.

하지만 물물교환을 할 때 물건의 가치는 원래 상대방이 그것을 얼마나 간절히 원하는지에 달렸다.

이탄은 이러한 원리를 누구보다도 더 잘 꿰뚫어 보았다. 이탄이 고고하게 튕기면 튕길수록 부점장은 더더욱 속이 탔다.

[하아아, 그러시군요. 그렇게 귀한 재료라면 제가 무작정 매달릴 수는 없겠군요. 하면 이런 방법은 어떻겠습니까?]

[어떤 방법 말이오?]

[저희가 뻘브 일족의 최상급 눈물을 구해보겠습니다. 그런 다음 고객님께 연락을 드리지요. 그러면 그때 다시 교환 비율을 상의해보면 어떻겠습니까? 경우에 따라서는 뻘브의 눈물 10 밀리리터를 츄루바의 털 10 센티미터와 교환하는 방식도 가능할 수 있습니다.]

조금 전 이탄은 뻘브의 눈물 10 밀리미터를 츄루바의 털 20 센티미터로 맞교환했다. 그런데 단숨에 츄루바의 털의 값어치가 두 배로 치솟았다.

이탄은 부점장에게 확답을 주지 않았다. 그렇다고 딱 잘라 거절하지도 않았다.

[그건 그때 가서 생각해 봅시다.]

이탄은 더 이상 부점장과 이야기를 섞지 않고 일어섰다.

부점장이 건물 밖까지 배웅을 나와서 허리를 90도로 굽혔다.

[고객님, 안녕히 가십시오.]

다른 직원들과 여노예들도 우르르 따라 나와서 이탄을 배웅했다.

이탄에게 선물로 주어진 여노예가 쭈뼛쭈뼛 주변의 눈치를 살폈다. 이탄은 부점장에게 턱짓을 했다.

[내가 지금 저 노예를 데려갈 상황이 아니군. 노예는 여기 이 주소로 보내주시오.]

이탄이 적어준 주소는 샤룬, 샤론 남매의 별궁이었다.

부점장의 동공이 크게 확장되었다.

'이크! 역시 샤룬 님과 샤론 님의 친구분이시구나. 내가 눈치 빠르게 옷깃의 문장을 발견하고 정중하게 대하기를 잘했지. 하마터면 큰코다칠 뻔했네.'

부점장은 등골이 오싹했다.

D12 건물을 벗어난 뒤, 이탄은 처음 찍어두었던 D30 상가와 D39 상가를 차례로 들렸다.

이탄이 D12에서 만든 회원증을 보여주자 D30과 D39 상가도 이탄에게 즉각 신규회원증을 발급했다.

이 두 곳의 상가들은 리노 일족의 최상급 비늘과 흐나흐 귀족의 두개골을 오늘의 물물교환 상품으로 내놓았다. 그들은 이 물건들과 그릇된 차원 귀족들의 시체를 맞바꾸기를 원했다.

마침 이탄은 여러 개의 시체를 보유 중이었다. 이탄은 얼마 전 씨클롭의 초강자를 해치운 뒤 그의 아공간에 들어 있던 츄루바 귀족의 시체와 구아로 귀족의 시체, 뻘브 귀족의 시체, 그리고 흐나흐 귀족의 시체를 강탈했었다.

다만 이탄은 아직까지 그 시체들의 가치를 정확하게 파악하지는 못한 상태였다.

'이런 상황에서 시체들을 섣부르게 교환할 필요는 없겠지.'

이탄은 일단 오늘 대략적인 시세를 살펴본 정도로 만족했다.

그 후로 이탄은 몇몇 상가를 더 둘러본 다음, 별궁으로 다시 돌아왔다.

다음 날에도, 또 그 다음 날에도 이탄은 시장을 연달아 방문했다.

이탄의 노력에 비해서 소득은 신통치 않았다. 며칠간의 시장 나들이에서 이탄이 얻은 성과라고는 첫날 교환한 뽈브 일족의 최상급 눈물 10 밀리리터가 전부였다.

한편 샤룬과 샤론 남매는 이탄의 행동에 의문을 품었다.

'이탄 님께서 츄루바의 털과 뽈브 일족의 최상급 눈물을 맞바꾸셨다며? 허어 참. 뽈브의 눈물로 뭘 하려는 것일까?'

샤룬이 고개를 갸웃했다.

'외계 성역의 초강자들은 오로지 강함만 추구하는 포식자들로 알고 있었단 말이지. 내가 아는 외계 성역의 포식자들은 상인처럼 물물교환을 하기보다는 힘으로 상대방의 것을 빼앗는 데 익숙한 족속들이라고. 그런데 이탄 님은 왜 저렇게 물물교환에 열심이시지?'

샤론도 내심 어리둥절했다.

최근 몇 십 년 사이에 마그리드는 흐나흐 귀족 가문들을 다수 포섭했다.

덕분에 일족에서 가장 강맹한 가문 열 곳 가운데 여섯 곳이 마그리드를 지지 중이었다. 나머지 네 가문 가운데 셋은 중립이었고, 오직 한 가문만이 샤룬, 샤론 남매의 편에 섰다. 이탄이 흙탑에서 만났던 붉은 갑옷을 입은 귀족들이 바로 이 가문 출신들이었다.

마그리드는 흐나흐 일족 내부에 세력을 공공히 다지는 한편, 외부의 실력자들도 다수 영입했다.

마그리드의 추종자들은 외부의 영입자들 가운데 가장 강한 7명을 '일곱 흉성', 혹은 '7인의 흉포한 별'이라고 불렀다.

이름이 주는 위압감 때문인지 일곱 흉성의 명성은 날이 갈수록 높아져만 갔다. 샤룬, 샤론 남매가 가장 신경을 곤두세우는 자들도 바로 마그리드 주변에 포진한 일곱 흉성들이었다.

갈수록 이름을 떨치는 것과 별개로, 일곱 흉성들 개개인에 대한 정보는 베일에 싸여서 감춰진 경우가 대부분이었다. 일곱 흉성이 누구인지, 그들이 어떤 특징을 지녔는지, 심지어 그들의 성별이 남자인지 여자인지도 제대로 밝혀지지 않았다.

정보가 감춰질수록 오히려 일곱 흉성에 대한 소문은 더욱 무성하게 부풀었다.

오늘 그 일곱 흉성 가운데 한 명이 은밀하게 움직였다. 그녀는 마그리드의 부탁을 받고 행동에 들어간 것이다.

[피우림이라면 믿을 수 있지.]

타닥타닥, 타닥.

장작 표면이 터지는 소리를 내면서 불길을 발산하는 벽난로 앞, 마그리드는 피우림에 대한 정보가 적힌 종이를 손에 쥐고는 나직하게 독백했다.

[특기가 술법이라고 했던가? 그녀의 독특한 수법은 나조차도 깜짝 놀라게 만들 정도였어. 그러니 샤룬, 샤론 따위가 피우림에 대해서 눈치챌 리가 없지. 호호호. 그동안 그래왔던 것처럼 말이야. 오호호호홋.]

마그리드는 짜랑짜랑하게 웃으면서 손에 들고 있던 종이를 벽난로 안으로 던져 넣었다. 종이가 불길에 화르륵 타올라 돌돌 말렸다.

종이가 연소되기 전, 그 안에 적힌 정보가 얼핏 드러났다.

Chapter 6

— 이름: 피우림 실론.
— 성별: 여성.
— 원소속: 북명 늪의 실론 가문.
— 주특기: 술법.

북명이라면 동차원의 세 영역 가운데 한 곳이었다. 동차원은 크게 3개의 영역으로 구분되는데, 그 명칭들은 다음과 같았다.

동차원의 뿌리이자 이탄과 인연이 깊은 남명 지역.

마르쿠제 술탑이 위치한 혼명 지역.

그리고 수인족들로 구성된 북명 지역.

이상 3개의 영역 가운데 북명과 그릇된 차원 사이에는 오래 전부터 통로가 하나 뚫려 있었다.

이 통로 덕분에 두 차원은 오래 전부터 간간이 왕래를 해 왔다. 예를 들어서 알블―롭 일족의 신왕 프사이가 이 통

로를 통해서 북명에 다녀왔다. 신왕의 딸 벨린다는 거꾸로
이 통로를 이용하여 그릇된 차원으로 진입했다.

신왕 이후로도 그릇된 차원의 강자들 가운데 일부가 북
명 지역으로 넘어가 그곳의 세력 판도에 영향을 끼치곤 했
다. 소수의 초강자들은 북명뿐 아니라 동차원 전체에 명성
을 떨치기도 하였다.

이처럼 그릇된 차원의 강자들만 북명으로 넘어가는 것이
아니었다. 거꾸로 북명의 대선인들도 수련을 위해서 그릇
된 차원을 방문하기도 하였다.

피우림의 경우가 바로 여기에 해당했다.

피우림이 소속된 실론 가문은 북명의 3대 세력 가운데
하나인 슭의 핵심이었다. 슭은 하버마, 헤르만과 함께 북명
을 구성하는 세 기둥 가운데 하나로, 오래 전부터 피사노교
와 맞서 싸우면서 널리 이름을 떨쳐 왔다.

피우림도 피사노교와 최전방에서 맞부딪쳐 싸우면서 자
연스럽게 실론 가문의 주력으로 성장하였고, 선6급의 대선
인이 되고 난 이후에는 가문의 대장로라는 높은 지위까지
올라섰다.

원래 실론 가문은 살쾡이과 수인족들의 집단이었다.

그런 만큼 실론의 술법사들은 살쾡이처럼 은밀하게 적진
에 침투하고 적을 암습하는 일에 익숙했다.

피우림은 실론의 술법사들 중에서도 발군의 실력자였다. 그녀가 마음만 먹으면 피사노교의 수뇌부들도 그녀의 흔적을 쉽사리 찾지 못했다. 한창 현역에서 활동할 당시 피우림은 피사노교의 총단을 무려 100회도 넘게 침투하며 피사노교의 중요한 정보들을 캐냈다. 피사노교의 요인을 암살한 횟수도 무려 39회에 달했다.

그러던 어느 날, 피우림이 편지 한 장만을 달랑 남긴 채 가문을 떠났다.

당시 피우림은 술법 실력이 정체되어 심각하게 고민하던 중이었다.

'이대로 현역에서 은퇴하여 가문의 젊은 애들이나 가르칠 것인가? 아니면 또 다른 한 발자국의 도약을 위해서 나의 목숨을 걸어볼 것인가?'

피우림은 선택의 갈림길에서 도전을 택했다.

'북명의 대선인들조차 두려워하는 곳. 무시무시한 괴물들이 우글거리는 그 끔찍한 세계로 가보자. 내 실력이 부족하면 결국 거기서 죽겠지. 아니면 새로운 깨달음을 얻어서 선7급으로 올라설 수도 있어.'

피우림은 독한 마음으로 그릇된 차원에 들어왔다. 그리고 우여곡절 끝에 흐나흐 일족 마그리드의 곁에 머물게 되었다.

이것이 벌써 150년도 더 전의 일이었다.

지난 150년 동안 피우림은 마그리드의 부탁을 받고 다섯 차례나 출동했었다. 그때마다 피우림은 샤룬과 샤론의 궁전 깊숙한 곳까지 침투하여 그들 남매의 계획서를 감쪽같이 빼내었다.

피우림이 물어온 정보 덕분에 마그리드는 샤룬, 샤론 남매의 계획을 초장에 무산시킬 수 있었다. 이것이 치명타가 되어 샤룬, 샤론 남매의 세력은 갈수록 쪼그라들었고, 이와 반대로 마그리드의 권세는 하늘을 찌를 듯이 높아졌다.

'이번이 여섯 번째 침투인가?'

평범한 노파로 변장한 피우림이 샤룬, 샤론 남매가 다스리는 지하 도시로 진입했다.

도시에 들어온 직후, 피우림은 중년의 사내로 변장했다. 그 다음엔 추레한 복장의 절름발이 노인이 되었다. 마지막 순간, 피우림은 화려하고 우아한 귀부인의 차림으로 남매의 성에 접근했다.

지난 150년 동안 여섯 번이나 침투한 덕분에 피우림은 이곳 지하 도시에서 통용되는 신분을 무려 9개나 만들어 두었다.

젊고 우아한 귀부인도 이 9개의 신분 가운데 하나였다.

[어이쿠, 오랜만에 오셨습니다.]

궁전 문을 지키는 수비대장은 피우림의 신분패를 확인하기도 전에 꾸벅 인사부터 올렸다.

[그래. 오랜만이네.]

피우림은 도도하게 턱을 치켜들고는 샤룬의 궁전 안으로 발걸음을 내디뎠다.

[어서 안으로 들어가십시오.]

수비대장은 피우림이 그의 앞을 스쳐 지나가는 내내 굽혔던 허리를 들지 않았다. 수비대장은 피우림이 여유롭게 부채질을 하면서 궁전 안으로 완전히 들어간 뒤에야 비로소 허리를 펴고 상체를 일으켰다.

젊은 부관이 후다닥 다가와 수비대장에게 속삭였다.

[대장님, 저분이 뉘십니까?]

수비대장은 뇌파로 대답하는 대신 엄지로 궁전 안쪽을 가리켰다. 이어서 새끼손가락을 까딱거렸다.

엄지가 가리키는 대상은 궁전의 주인인 샤룬이었다. 그리고 새끼손가락은 정부, 혹은 애인을 의미했다.

다시 말해서 조금 전에 궁전 문을 통과한 젊은 귀부인이 샤룬의 정부라는 뜻이었다.

[어어어.]

부관은 그제야 이해했다는 듯이 고개를 끄덕였다.

[쉿!]

수비대장은 부관을 향해서 손으로 입에 자물쇠를 채우는 시늉을 했다.

'옙.'

부관은 좀 더 빠릿빠릿하게 고개를 위아래로 흔들었다.

피우림이 궁전을 방문하자 샤룬이 그녀를 크게 반겼다.

샤룬은 흐나흐 일족의 권력자답게 여러 여인들을 주변에 두었는데, 그럼에도 불구하고 피우림이 나타나자마자 다른 여인들을 모두 물리치고 오로지 그녀에게만 집중했다. 이것은 샤룬이 그만큼 피우림에게 빠져있다는 뜻이었다.

샤룬과 피우림은 만나자마자 침실에 틀어박혀서 밖으로 나오지 않았다. 이틀간의 뜨거운 시간이 지나자 피우림은 비로소 침실 밖으로 나와서 샤룬의 궁 이곳저곳을 제집처럼 돌아다녔다.

샤룬의 부하들 가운데 그 누구도 피우림의 발걸음을 막지 못했다. 샤룬의 측근들은 샤룬이 피우림에게 얼마나 깊이 홀려 있는지를 잘 알았다. 그러니 그들이 감히 피우림의 신경을 건드릴 리 없었다.

Chapter 7

마침내 피우림의 발걸음이 이탄이 머무는 별궁으로 향했다.

샤룬이 피우림을 위해서 붙여준 시녀들이 2열종 대로 늘어서서 피우림을 뒤따랐다. 피우림은 시녀들 앞에 서서 여왕벌처럼 당당하게 걸었다.

그 당당한 미소는 그리 오래 가지 못했다.

동화 속의 파스텔톤 봄날 풍경을 네모나게 잘라서 옮겨 온 듯한 별궁 앞, 피우림이 안색을 싸늘하게 굳혔다.

[하아. 여기 별궁에 외부인의 흔적이 보이네?]

피우림의 뽀얀 이마에 핏대가 살짝 올라왔다.

[헉, 피우림 님.]

별궁 문을 지키던 샤룬의 부하들이 동공을 파르르 떨었다.

피우림은 한쪽 입꼬리를 비스듬히 끌어올렸다.

[이곳 별궁은 몇 년 전에 샤룬 님이 나를 위해서 내주셨던 곳이거든. 그런데 지금 다른 이가 머물고 있나 봐. 그게 과연 누굴까?]

피우림은 섬뜩한 뇌까림과 함께 발걸음을 내딛더니, 단숨에 별궁의 문을 열어젖혔다.

[앗! 안 됩니다.]

[피우림 님, 저기 저…….]

샤룬의 부하들은 깜짝 놀랐다. 하지만 그들은 감히 피우림의 행동을 저지할 수 없어 전전긍긍했다.

반면 샤론의 심복들은 그렇게까지 피우림을 두려워하지 않았다. 별궁 문 안쪽에서 샤론이 키워낸 여전사들이 떡하니 나타나 피우림의 앞을 막아섰다.

[뭐냐? 너희들은.]

피우림의 푸른 눈동자가 흐나흐 족 여전사들에게 꽂혔다.

여전사들 가운데 선임이 한 발 앞으로 나와서 공손히 대답했다.

[저희들은 샤론 님의 직속호위대입니다. 지금 샤론 님의 명을 받아 별궁을 철통처럼 호위 중입니다.]

[그러니까 다시 말해서 이 별궁의 소유권이 샤룬 님의 손을 떠나서 샤론 님께 넘어갔다는 뜻이니?]

피우림이 삐딱하게 물었다.

선임 여전사가 당황했다.

[그건 아닙니다. 제가 알기로는 이 별궁은 샤룬 님과 샤론 님께서 공동으로 소유하고 계십니다.]

[하면 샤론 님께서 별궁 전체를 독차지할 수는 없겠네?

최소한 별궁의 절반은 샤룬 님의 것이니까 말이야. 왜? 내 말이 틀렸니?]

[아, 아닙니다. 틀리지는 않았습니다.]

선임 여전사가 고개를 빠르게 가로저었다.

피우림이 턱을 살짝 들었다.

[내가 틀린 게 아니라면, 너희들이 이렇게 내 앞을 가로막을 수 없을 텐데? 나는 오래 전에 샤룬 님으로부터 별궁의 사용 허가를 받았거든. 그러니까 길 좀 비켜줄래?]

[…….]

선임 여전사는 뭐라고 응대를 해야 할지 몰라서 머뭇거렸다.

피우림이 스윽 몸으로 밀고 들어왔다.

[피우림 님.]

선임 여전사가 반사적으로 두 손을 들었다.

피우림은 싸늘한 눈으로 상대의 손바닥을 노려보았다.

[그 손은 또 뭐니? 그걸로 뭐하게? 내 가슴이라도 만지려고 그러니?]

[앗, 아닙니다. 그런 뜻이 아닙니다.]

선임 여전사가 황급히 자신의 손을 등 뒤로 돌렸다.

피우림이 한 발 더 다가왔다.

선임 여전사는 쩔쩔매면서 두 걸음 더 후퇴했다. 다른 여전사들도 덩달아 뒷걸음질 칠 수밖에 없었다.

결국 선임 여전사가 부하 한 명에게 눈짓을 보냈다.

'빨리 가서 샤론 님에게 이 사실을 보고해.'

선임 여전사의 눈동자에는 이런 말이 쓰여 있었다.

그 모습을 본 피우림이 피식 비웃었다.

[왜? 주인에게 고해바치게? 그래 봤자 소용이 있을까?
어차피 별궁의 절반은 샤룬 님의 소유잖아. 내가 샤룬 님의
허락을 받아서 샤룬 님의 몫을 쓰겠다는데 샤론 님께서 그
걸 반대하실 명분이 있으실까?]

이 또한 그릇된 주장은 아니었다. 선임 여전사는 이런 난
감한 상황에서 어떻게 처신을 해야 할지 몰라서 진땀만 뻘
뻘 흘렸다.

바로 그때 이탄이 나타났다.

[밖이 왜 이렇게 소란스럽지?]

이탄은 심드렁한 표정으로 등장하더니, 별궁의 정문을
향해 곧장 다가왔다.

[이탄 님.]

선임 여전사는 비로소 안도의 한숨을 내쉬었다.

한편 피우림은 탐색하는 눈빛으로 이탄을 훑어보았다.

'마그리드 님이 말씀하신 외계 성역의 초강자가 바로 이
젊어 보이는 사내인가? 하!'

이탄에 대한 피우림의 첫인상은 '이거 살짝 어이가 없는데?' 였다. 왜냐하면 이탄은 곱상한 귀공자의 외모에 배가 볼록 나와서 어느 면으로 보나 그릇된 차원의 초강자들과는 거리가 멀어 보였기 때문이다.

'어쨌거나 나는 마그리드 님의 부탁을 받았잖아. 별로 내키지 않더라도 이자에 대해서 정보를 캐내볼 수밖에.'

피우림은 속눈썹을 매혹적으로 들어 이탄을 은근하게 바라보았다. 그러면서 대화를 시도했다.

[그쪽이 샤룬 님의 손님인가요?]

[…….]

이탄은 가타부타 대답이 없었다.

피우림이 다시 한번 이탄에게 뇌파를 보냈다.

[나는 피우림이라고 해요. 이 별궁 절반의 사용권을 가진 샤룬 님의 손님이죠.]

[…….]

이번에도 이탄은 대답이 없었다. 다만 이탄의 동공이 살짝 확대되어 피우림의 피부 속을 꿰뚫듯이 살폈다.

이탄이 거듭 무반응으로 일관하자 피우림이 작전을 바꿨다. 그녀는 대뜸 이맛살부터 찌푸렸다.

[벙어리인가? 왜 대답이 없어. 묻는 내가 기분 나쁘게 말이야.]

이탄을 대하는 피우림의 태도가 180도 돌변했다.

Chapter 8

사실 피우림은 기분이 나빠서 이탄을 막 대하는 것이 아니었다. 그녀는 처음에 이탄을 매혹시키려 시도했다가 통하지 않자 이탄의 자존심을 긁는 방식으로 반응을 떠본 것이다. 어떻게든 이탄을 자극해서 그의 종족과 무력 수준을 가늠해보고자 하는 것이 피우림의 의도였다.

이탄은 피우림의 낚시에 걸려들지 않았다.

상대가 미끼를 물지 않자 피우림은 좀 더 강하게 나왔다.

[그쪽이 샤론 님의 손님인 건 알겠는데, 그렇다고 별궁을 통째로 차지하려고 들면 곤란하지. 절반은 내가 쓸 거니까 그쪽 애들이나 치워주시지.]

피우림은 고개를 삐딱하게 기울인 채 이탄에게 턱짓을 보냈다. 피우림이 말한 애들이란 샤론의 여전사들을 의미했다.

[큭.]

선임 여전사가 어금니를 질끈 물었다.

다른 여전사들도 일제히 표정을 굳혔다.

반면 이탄은 여전히 무표정했다.

피우림이 짐짓 짜증을 부렸다.

[이봐. 내 뇌파 못 들었어? 어서 쟤네들이나 치우라고.]

그즈음 이탄의 눈은 피우림의 발끝부터 머리카락 위까지 쭈욱 훑어 올라간 다음, 다시 아래로 내려와 피우림의 가슴 부위를 세심하게 뜯어보는 중이었다.

피우림이 짜증을 부리다 말고 요염하게 웃었다.

[어머? 얘 좀 봐라. 시선이 어디에 꽂힌 거니? 왜? 누나의 가슴에 관심이 쏠려? 그럼 곤란한데. 샤룬 님은 보기보다 질투가 심하시거든.]

피우림은 일부러 샤룬을 언급했다. 이 한 마디로 피우림은 이탄과 샤룬 가운데 누가 더 우위에 있는지 파악하려 들었다.

이탄은 상대가 샤룬을 들먹여도 눈 하나 깜짝하지 않았다. 그저 이탄은 피우림의 몸속에서 활발하게 생성 중인 법력에 관심을 둘 뿐이었다.

'이 여자는 몸속에서 법력을 순환 중이구나. 게다가 술법의 향기도 진하게 풍긴단 말이지. 그런데 인간종은 또아니거든. 수인족이면서 술법자라? 그렇다면 북명 소속인가?'

이탄은 피우림에게 큰 흥미를 느꼈다.

사실 이탄의 머릿속에 박힌 최고 관심사는 언제나 술법이었다.

이탄이 그릇된 차원으로 넘어온 이유는 언령의 벽을 찾기 위함일 뿐, 사실 이탄의 마음은 늘 동차원을 갈망했다.

'한데 이곳에서 동차원의 수도자, 그것도 대선인을 만나게 될 줄은 몰랐네. 히야아. 이런 것을 두고 인연이라고 하나?'

이탄은 피우림이 선6급의 대선인이라는 점을 한눈에 파악했다.

'남명의 술법에 대해서는 내가 좀 아는데, 북명은 낯설고 신선하단 말이야. 북명의 대선인은 과연 어떤 술법들을 익혔을까? 나도 좀 배우고 싶구나.'

이탄은 새로운 술법에 목이 말랐다. 그래서 어떻게든 피우림을 구슬려서 그녀의 술법을 보고 또 배우고 싶었다.

'궁금해. 북명의 술법이 궁금하다고. 이 수인족 아줌마를 어떻게 꼬드겨야 북명의 술법을 엿볼 수 있을까?'

이탄의 강렬한 열망이 그의 이글거리는 두 눈동자를 통해 드러났다.

피우림이 흠칫했다.

'이 새끼는 변태야 뭐야? 뭐가 이렇게 당당하지? 내 가슴에서 눈을 떼지 못하는 게 그렇게 자랑스러운가? 이런 개뼉다귀 같은 놈.'

피우림은 자신의 가슴에 꽂힌 이탄의 뜨거운 눈빛이 부담스러웠다. 하여 남몰래 이탄에게 욕을 퍼부었다.

물론 피우림은 애송이가 아니었다. 그녀는 속으로만 이탄을 경멸할 뿐, 겉으로는 아무런 내색도 없이 생글생글 웃어 보였다.

[이탄 님, 여기서 잠시만 기다려 주십시오. 저희가 샤론 님께 말씀을 드려서 문제를 해결하겠습니다.]

이탄과 피우림의 꼬인 상황을 해결하려는 듯, 선임 여전사가 이탄과 피우림 사이에 끼어들었다.

[아니. 그럴 필요 없다.]

이탄이 반대했다.

[네에? 그럴 필요가 없으시다니요? 이탄 님, 그게 무슨 말씀이십니까?]

선임 여전사가 휘둥그레진 눈으로 이탄을 돌아보았다.

이탄이 어깨를 으쓱했다.

[별궁은 충분히 넓잖아? 저 손님과 반반씩 나눠 써도 충분해.]

이탄은 아예 적극적으로 태세를 전환하여 피우림을 별궁으로 끌어들이려고 했다.

그러자 도리어 피우림이 당황했다.

'이 자식, 뭐야? 내가 샤론의 애인이라는 사실을 알고도

대놓고 나를 가까이 두겠다고? 내게 뭔 수작을 부리려고?'

피우림은 난감한 듯 눈알만 데굴데굴 굴렸다.

하지만 피우림이 다시 생각해보니 이것도 나쁘지 않았다. 어쨌거나 그녀의 입장에서는 이탄과 가까워져야 할 처지였다.

마그리드는 피우림에게 [이탄에 대해서 파악해줄 수 있나요?]라고 요구했고, 피우림은 마그리드의 청을 기꺼이 받아들여 이곳에 나타났다.

그러니까 이것은 피우림에게 기회였다.

[피우림 님께서 당분간 별궁에서 머무르기로 하셨습니다.]

이 이야기가 부하들을 통해서 샤룬의 귀에 들어갔다.

[뭣이라?]

샤룬이 손바닥으로 탁자를 내리쳤다.

쾅!

두터운 대리석 탁자가 단숨에 둘로 쪼개졌다. 돌조각이 사방으로 튀었다.

[이유가 뭐야? 엉?]

샤룬이 입술 사이로 뾰족한 송곳니를 드러내며 으르렁거렸다.

[피우림이 왜 내 곁이 아니라 별궁에서 머무는 게냐고. 어엉? 미친 거 아냐?]

샤룬이 불안하게 응접실 안을 서성거렸다.

샤룬은 생각 같아서는 당장 이탄을 별궁 밖으로 쫓아내고 싶었다. 강제로라도 이탄을 피우림의 곁에서 떼어놓고 싶었다.

하지만 그럴 수는 없었다. 이탄은 샤룬도 함부로 대할 수 없는 귀한 손님이었다. 게다가 솔직히 말해서 샤룬은 이탄과 맞서 싸울 엄두가 나지 않았다. 이탄이 씨클롭의 초강자를 찢어버리던 장면을 떠올리는 것만으로도 샤룬은 오금이 저렸다.

그렇다고 샤룬이 이탄 대신 피우림을 윽박질러서 당장 별궁 밖으로 나오라고 요구하는 것도 쉽지 않았다.

피우림은 제멋대로 통통 튀는 성격이라 샤룬의 말을 고분고분 듣지 않았다. 샤룬도 피우림이 자신을 떠날까 두려워서 그녀를 함부로 통제하지 못했다.

[끄으응. 빌어먹을.]

결국 샤룬은 활활 타오르는 질투심을 억지로 억누를 수밖에 없었다.

제4화

술법 교환

Chapter 1

한편 여동생인 샤론도 오빠 못지않게 강렬한 질투심에 휩싸였다.

[어유, 짜증 나. 도대체 오라버니는 애인 관리를 어떻게 하는 거야? 오라버니의 정부가 왜 이탄 님의 곁에 딱 달라붙는 건데?]

샤론은 자신의 머리카락을 박박 긁었다. 그러다 매서운 시선을 부하들에게 돌렸다.

[너희들 잘 들어라.]

[옙. 샤론 님.]

여전사들이 군기가 바짝 들어 대답했다.

[지금부터 별궁에서 벌어지는 일들을 하나도 놓치지 말고 파악해야 한다. 이탄 님과 그 여자 사이에서 어떠한 일이 벌어지는지 빠짐없이 파악해서 내게 보고하란 말이다. 아침저녁으로 하루에 두세 번씩 꼬박꼬박. 내 말 알아들었나?]

[예, 샤론 님.]

[충심으로 명을 이행하겠나이다.]

여전사들은 궁전 바닥에 납죽 엎드려 샤론의 명을 받들었다.

부하들의 대답을 듣고도 샤론은 마음이 안정되지 않아 손톱을 빠득빠득 깨물었다.

그날 저녁, 이탄과 피우림은 별궁 정원에서 우연히 마주쳤다.

솔직히 이것을 우연한 만남이라고 부를 수는 없었다. 피우림은 이탄에 대한 정보를 캐내기 위해서 이탄이 나타날 만한 곳을 계속 맴돌았다.

이탄도 북명의 술법이 궁금하기는 매한가지인지라 피우림과 만날 기회를 적극적으로 만들었다.

결국 둘은 우연을 가장하여 달빛 속에서 서로를 마주했다.

[이탄 님이라고 하셨죠?]

피우림이 요염하게 눈꺼풀을 내리깔았다.

그녀가 연마한 매혹술법은 대낮에도 효과가 좋지만 밤이 되면 그 위력이 몇 배는 더해졌다. 피우림은 여전히 자신의 매혹술법으로 이탄을 유혹할 수 있다고 믿었다. 아니, 상대가 이미 반쯤은 유혹에 넘어왔다고 여겼다.

'배만 볼록한 이 변태 자식이 내게 흑심을 품은 게 분명해. 그게 아니라면 굳이 나를 별궁에 붙잡아 둘 이유가 없잖아? 호호호. 너 같은 변태 자식을 홀려서 영혼까지 홀랑 빨아먹는 게 바로 이 누님의 주특기이니라. 어디 한번 두고 보아라.'

피우림은 이탄을 깔보았다.

[너희들은 잠시 물러나 있거라.]

이탄은 손을 휘저어 여전사들을 물렸다. 그녀들은 샤론이 이탄의 곁에 붙여준 여전사들이었다.

[이탄 님.]

[그것이 저…….]

여전사들이 머뭇거렸다.

이탄이 당장 정색을 했다.

[물러나 있으라는 내 말을 못 들은 것이냐?]

이탄으로부터 발산된 묵직한 기웃이 여전사들의 몸을 짓

누르고 심령을 압박했다.

[크허헉, 알겠습니다.]

[끄윽. 명을 따르겠습니다.]

여전사들은 휘청거리거나 엉덩방아를 찧었다. 여기서 더 버티다가는 이탄의 손에 모두 죽게 될 판국이었다. 여전사들은 어쩔 수 없이 자리를 비켜주었다.

그 모습을 보면서 피우림은 두 가지 생각을 동시에 했다.

우선 피우림은 이탄이 풍기는 기세가 예상 밖으로 묵직한 점에 놀랐다. 보아하니 이탄은 마그리드가 신경을 곤두세울 만한 강자였다.

다른 한편으로 피우림은 이탄을 만만하게 보았다.

'무력만 강하면 뭐해? 외계 성역에서 왔다는 이 초강자도 결국은 내 매혹술법을 벗어날 수는 없다고. 이제 보니 샤론의 부하들을 모두 물리치고 나와 단둘이만 남겠다는 속셈이잖아? 오호호호. 이 변태 자식이 참으로 성격도 급하구나.'

피우림은 이탄을 어떻게 요리(?)할 것인지를 머릿속으로 계획했다.

그러나 이어지는 이탄의 한 마디에 피우림의 뇌리가 하얗게 탈색되었다.

[선배, 북명을 떠나서 언제 이 세계로 넘어오신 겁니까?]

이탄은 말을 빙빙 돌리지 않았다. 대뜸 피우림의 정곡을 찔렀다.

[헉!]

피우림은 정말 자지러지게 놀랐다. 휘둥그레진 피우림의 동공이 파르르 흔들렸다.

이탄이 눈을 게슴츠레 뜨고 상대를 꿰뚫어 보았다.

[북명의 대선인이 맞죠? 대략 선6급의 수준으로 보입니다만.]

[어헉! 그걸 어떻게?]

피우림은 자신도 모르게 뒤로 한 발 물러섰다.

이탄은 상대가 후퇴한 만큼 앞으로 다가섰다. 이탄의 뇌파가 속사포처럼 피우림의 뇌리로 밀려들었다.

[선배는 북명의 어느 단체 소속입니까? 하버마? 슭? 아니면 헤르만?]

이탄은 북명의 3대 세력을 연달아 읊었다.

[으허어억!]

어찌나 놀랐던지 피우림은 머릿속에 아무런 생각도 나지 않았다. 그녀는 그저 연신 헛바람을 집어삼키며 비척비척 뒷걸음질을 칠뿐이었다.

이탄이 미끄러지듯 피우림에게 따라붙었다.

[후후훗. 정말 재미있네요. 몬스터들만 득실거리는 이 세계에서 동차원의 선배를 만나게 될 줄은 몰랐어요.]

바짝 수축된 피우림의 동공에 이탄의 하얀 미소가 스산하게 틀어박혔다.

[아으으으.]

피우림은 침을 꿀꺽 삼켰다. 피우림은 이제 바짝 얼어서 뒷걸음도 제대로 치지 못했다.

이탄이 바들바들 경련하는 피우림의 손목을 덥석 잡았다.

[헉.]

피우림이 화들짝 놀랐다.

다음 순간, 이탄은 상대의 손목을 확 잡아끌어 자신의 숙소로 끌고 갔다.

[여기는 오래 이야기를 나눌 곳이 못 되는군요. 선배, 잠시 저와 함께 가시죠.]

[으으읏. 안 돼.]

이탄의 완력이 어찌나 강했던지 피우림은 손목을 뿌리칠 기회도 없이 질질 끌려갔다. 피우림의 가냘픈 저항은 아무런 의미도 없었다.

Chapter 2

샤론의 여전사들이 정원 너머 먼발치에서 그 모습을 목격했다.

[꺅. 어쩜 좋아. 이탄 님이 피우림 님의 손목을 붙잡았어.]

[아니, 손목만 잡은 게 아니라 숙소로 끌고 가고 있다고.]

[큰일 났구나. 큰일 났어. 얼른 이 사태를 샤론 님께 알려드려야 해.]

흐나흐 족 여전사들은 '이게 대체 무슨 사달인가.' 싶어서 놀랐다.

여전사들은 이탄이 피우림을 별궁에 머물게 앉힐 때부터 무언가 수상쩍은 냄새가 난다고 생각했다.

하지만 그녀들은 이탄이 이토록 과감할 줄은 몰랐다. 샤론의 정부인 피우림을 상대로 이탄이 이토록 빨리 진도를 뺄 줄도 예상하지 못했다.

다른 한편으로 흐나흐 족 여전사들 가운데 상당수는 이탄의 박력에 심장이 두근거렸다.

언노운 월드나 동차원에서는 지금 이탄이 보인 행동이 만인의 지탄을 받아 마땅한 일이었다. 외간 여자를 농락하는 행동이기 때문이었다.

그릇된 차원은 달랐다. 음차원의 마나에 바탕을 둔 몬스터들은 삶의 모든 기준이 오로지 강하냐 약하냐에 달려 있었다. 몬스터들에게는 강자가 곧 진리이자 법이었다.

'어쩜. 이건 이탄 님께서 공개적으로 선포를 하신 것이나 다름없잖아. 샤룬 님보다 내가 더 강자다. 그러니까 지금까지 샤룬 님이 누려 왔던 모든 것이 곧 나의 것이다. 이렇게 온 세상에 밝히신 셈이라고.'

'이탄 님이 샤룬 님보다 더 강하다는 것은, 이탄 님이 샤론 님보다도 더 위라는 뜻 아냐? 하긴, 우리의 주인이신 샤론 님도 이탄 님의 눈치를 보시는 것 같았어.'

흐나흐 족 여전사들은 이탄의 과감함에 놀라서 다리가 후들후들 떨렸다.

한편 이탄과 피우림을 지켜보는 자들은 여전사들만이 아니었다. 샤룬의 부하들도 먼 곳에 숨어서 눈만 빼꼼 내밀고 상황을 주시 중이었다.

샤룬의 부하들 눈에 비친 일련의 사건들은 다음과 같이 전개되었다.

은은한 달빛 아래서 이탄과 피우림이 마주쳤다.

이탄은 이글거리는 눈으로 피우림을 바라보았다. 피우림도 이탄에게 교태라도 부리듯이 속눈썹을 살짝 내리깔았다.

그 상태에서 둘이 몇 마디 뇌파를 주고받는 듯했다.

그러다 갑자기 이탄이 피우림에게 성큼 다가섰다.

피우림이 깜짝 놀라 한 걸음 후퇴했다.

[헉.]

샤룬의 부하들은 갑작스러운 이탄의 행동에 몸이 꽝꽝 얼어붙었다. 그들의 머릿속에는 이 사태를 보고받은 직후 샤룬이 분노를 터뜨리는 장면이 고스란히 그려졌다. 샤룬의 부하들은 침을 꿀꺽 삼켰다.

샤룬의 부하들이 숨죽여 지켜보는 가운데 이탄이 피우림을 향해 몇 걸음을 더 다가왔다. 피우림은 창백한 얼굴로 연신 뒷걸음질만 쳤다.

샤룬의 부하들이 어찌할지 몰라서 허둥거릴 때였다. 이탄이 갑자기 피우림의 손목을 붙잡고는 자신의 숙소로 끌고 가는 게 아닌가.

[허걱.]

[큰일 났다.]

샤룬의 부하들이 자지러지게 놀랐다. 그들의 뇌리에 떠오른 생각도 여전사들의 생각과 다를 바 없었다.

'이탄 님은 지금 샤룬 님을 향해서 너는 나보다 아래라고 대놓고 깔아뭉개는 게야.'

'이건 샤룬 님을 향한 공개적인 선전포고나 다름없다고.'

만약에 이 소식을 전해 들은 즉시 샤룬이 분노하여 단숨에 별궁으로 달려온다면? 그리하여 샤룬이 이탄의 목뼈를 으스러뜨린다면?

그럼 이탄은 죽고 피우림은 샤룬의 품으로 다시 돌아갈 것이다.

한데 만약 샤룬이 이 상황을 보고 받고도 이탄에게 찍소리도 하지 못한다면? 한 발 더 나아가 아예 모르는 척한다면?

그럼 샤룬은 스스로를 낮춰서 이탄의 밑으로 기어들어가겠다는 소리나 다름없었다.

그 즉시 이곳 지하 도시의 주인은 샤룬 남매에서 이탄으로 바뀌게 될 것이다. 그릇된 차원은 강자가 모든 것을 독식하는 세계니까. 흐나흐 일족도 그릇된 차원 전체를 관통하는 강자독식의 원칙을 벗어날 수는 없으니까.

샤룬, 샤론 남매의 부하들이 발을 동동 구르고 있을 즈음, 이탄은 피우림을 별궁 안채에 붙잡아 앉혀 놓고 본격적인 대화를 시작했다.

[다시 묻겠습니다. 선배는 북명의 세력들 중 어디 소속입니까? 하버마? 슭? 헤르만?]

[으읔.]

피우림은 선뜻 답하지 못하고 침만 꿀꺽 삼켰다.

이탄이 삐뚜름하게 머리를 기울였다.

[선배, 끝까지 모르는 척하실 겁니까?]

[지금 무슨 소리를 하는 거예요? 내가 뭘 모른 척한다는 거죠?]

피우림이 애써 침착하게 물었다.

이탄이 툭 뇌파를 뱉었다.

[제 눈에는 선배가 몬스터가 아니라 수인족이며, 술법을 익혔다는 것이 빤히 보입니다. 그렇다면 북명의 수도자가 분명할 텐데요.]

[다, 당신은 누구요?]

피우림이 낮은 뇌파로 물었다.

이탄이 피우림의 정체를 꿰뚫어 보는 것과 달리, 피우림은 이탄에 대해서 전혀 들여다보지 못했다.

피우림의 눈이 비친 이탄은, 검은 철벽으로 꽁꽁 둘러싸여 있어서 그 속을 전혀 엿볼 수가 없는 수상한 상대였다. 피우림은 심지어 상대가 인간족인지, 수인족인지, 아니면 몬스터인지도 파악하지 못했다.

이탄은 별 거리낌도 없이 자신의 정체를 공개했다.

[나 역시 동차원 출신입니다. 얼마 전 동차원을 떠나서 이 세계로 건너왔죠.]

[뭣이? 당신도 동차원의 수도자라고?]

피우림의 눈이 휘둥그레졌다. 이탄을 살펴보는 피우림의 눈동자 속에는 의심의 빛이 가득했다.

그도 그럴 것이, 이탄에게는 전혀 술법의 향기가 풍기지 않았다. 법력도 전혀 느껴지지 않았다.

'이 자가 지금 나를 속이려고 거짓말을 하는 것일 수도 있어.'

피우림은 경계심 가득한 눈빛으로 어깨를 움츠렸다.

'그릇된 차원의 초강자들 가운데는 북명에 다녀온 자들도 있잖아? 그러니까 이 자가 하버마와 슭, 헤르만을 언급했다고 해서 그 말을 신뢰할 수는 없다고. 이건 분명히 나를 떠보는 게야.'

피우림이 입술을 꼭 깨물었다.

이탄은 어깨를 으쓱했다.

[내 말을 믿지 못하겠다면 할 수 없죠. 어쨌거나 선배는 어떠한 목적을 가지고 별궁에 접근한 것 아닙니까? 아마도 나에 대한 정보를 캐내기 위해서 접근했을 텐데, 우리 이렇게 합시다.]

[뭘 어떻게 하자는 거죠?]

피우림이 어깨를 바르르 떨었다.

Chapter 3

이탄이 피우림에게 제안을 넣었다.

[선배가 필요로 하는 정보를 내가 기꺼이 넘겨드리겠습니다. 정보 이외에도 내 도움이 필요한 부분이 있으면 말씀하세요. 힘닿는 데까지 도와드리죠. 대신 선배도 내게 북명의 정보들을 오픈하면 좋겠습니다.]

[읏.]

피우림은 이탄의 제안에 선뜻 응하지 못했다. 그녀의 눈빛은 아직까지도 불신으로 가득했다.

이탄이 짐짓 한숨을 내쉬었다.

[하아아. 그런 눈빛을 하고 있는데 뭔 대화가 되겠습니까? 오늘은 일단 선배의 숙소로 돌아가세요. 그리고 한번 곰곰이 생각해 봐요. 내가 거짓말로 선배를 속여서 무슨 이득이 있을 것인지 한번 고민해 보란 말입니다. 나는 선배를 속일 이유가 없습니다.]

[으으음.]

[게다가 나는 선배에게 이미 내 진짜 정체도 밝혔습니다. 나도 선배와 마찬가지로 동차원에서 건너온 수도자란 말입니다. 나는 그저 먼 타지에서 동차원의 동료를 만난 게 반가워서 선배에게 말을 붙인 것일 뿐 선배에게 해를 입힐 의

도는 없습니다.]

[으으으음.]

이탄의 말은 설득력이 있었다. 피우림이 아무리 생각을 해봐도 이탄이 거짓말을 할 이유는 없었다.

'이자는 나보다 강하다. 지금 내 수준은 분명히 마그리드 님보다 한 수 아래야. 반면 이 자는 마그리드 님조차 경계하는 초강자라고. 그런 강자가 북명 운운하면서 나에게 접근할 이유가 있을까?'

피우림의 눈빛이 조금 달라졌다. 피우림은 잠시 머리를 숙이고 고민을 하다가 다시 고개를 들었다.

[당신의 말이 사실이라면 하나만 묻죠.]

[얼마든지 물어보시죠.]

이탄이 선뜻 응했다.

[당신이 동차원의 수도자라면, 어디 소속이죠?]

이탄의 겉모습은 남명 출신들과는 거리가 멀었다. 외모만 보면 이탄은 북명, 혹은 혼명 소속이어야 했다.

그런데 북명의 수인족들 가운데는 이탄과 같은 자가 없었다. 최소한 피우림이 아는 바에 따르면 그러했다.

또한 혼명 출신의 수도자들 가운데는 마르쿠제 대선인을 제외하면 이탄처럼 강한 자를 찾아보기 힘들었다.

'남명에는 내가 알지 못하는 강자들이 많지. 하지만 이

자의 외모는 남명 출신들과는 달라.'

피우림은 여전히 이탄에 대한 의구심을 거두지 못했다.

이탄이 순순히 정체를 밝혔다.

[나는 남명의 4대종파 가운데 하나인 금강수라종에 적을 두고 있습니다.]

[거짓말.]

피우림이 곧장 반박했다. 그리곤 [앗!] 소리와 함께 손으로 자신의 입을 막았다.

이탄이 희미하게 웃었다.

[하하하. 선배가 왜 그렇게 의심하는지 압니다. 남명의 수도자들은 분명히 나와 외모가 다르죠.]

[맞아요. 달라요.]

[하지만 세상에는 늘 예외가 있는 것 아닙니까? 나는 원래 언노운 월드 출신으로 우연히 령의 선택을 받아 동차원의 혼명 지역으로 넘어갔습니다. 그러다가 금강수라종의 대선인님과 우연히 인연이 닿아서 그분의 제자로 발탁되었을 뿐입니다.]

[으음.]

피우림이 입술을 꾹 다물었다. 지금 이탄이 언급한 내용은 거짓 같지가 않았다.

'언노운 월드의 인간족들이 령의 선택을 받아 혼명의 술법사가 되는 것은 크나큰 비밀은 아니야. 사실 그 비밀을 알고 있는 수도자들이 제법 있지. 하지만 그릇된 차원의 몬스터가 그런 세세한 부분까지 알아내어서 나를 속이려 한다? 그렇게까지 공을 들여서 나를 속일 이유가 뭔데?'

피우림은 조금씩 이탄의 말을 믿게 되었다.

[그렇다면 하나만 더 물을게요.]

[얼마든지요.]

이탄이 어깨를 으쓱했다.

[당신이 금강수라종의 제자라고 했죠?]

[맞습니다.]

[그중 당신은 어떤 계열을 선택했나요? 내가 듣기로 금강수라종은 하나의 맥만 있는 게 아니라던데…….]

피우림이 말꼬리를 흐렸다.

이탄은 일체의 망설임도 없이 대답했다.

[금강일맥과 수라일맥의 기본공법을 다 익혔습니다. 연공법, 연단법, 연골법과 백팔수라가 나의 주력이죠.]

이탄은 피우림이 묻지도 않은 것까지 술술 읊었다. 그런 다음 역으로 캐물었다.

[그런데 서로 처음 만난 수도자들끼리 상대의 일맥을 캐묻는 것은 예의에 어긋나는 일 아닙니까?]

[아앗.]

피우림이 손으로 자신의 입을 막았다.

이탄은 미소로 넘어갔다.

[그게 무례라는 것을 알면서도 나는 다 밝혔습니다. 선배에게 믿음을 주기 위해서 말입니다. 그러니 이제 내가 묻겠습니다. 선배의 소속과 주력술법은 뭡니까?]

[읔.]

정곡을 찔린 듯 피우림이 당황했다.

사실 이탄은 피우림이 묻지도 않은 정보를 스스로 밝힌 것이지만, 피우림은 경황이 없어서 이런 점을 반박하지 못했다.

피우림이 입술을 질경질경 씹다가 솔직히 털어놓았다.

[으으음. 나는 북명의 슭 소속이에요.]

[역시 그랬군요.]

이탄이 고개를 주억거렸다. 이탄은 이미 피우림이 슭의 수도자가 아닐까 추측했다.

북명의 3대세력 가운데 하버마의 수도자들은 사납고 흉포하기로 유명했다. 헤르만의 수도자들은 자유분방하고 유쾌한 면이 많다고 들었다. 마지막으로 슭은 비밀이 많으며 은밀하다고 했다.

'원래 살쾡이 족은 원래 은밀하고 음험하지. 성향상 슭이 가장 어울려.'

이탄은 피우림이 살쾡이족이라는 사실을 알아본 순간부터 그녀가 숲에 소속되어 있을 것이라고 짐작했다.

역시 그 짐작이 맞았다.

Chapter 4

이탄이 다시 피우림에게 물었다.

[하면 선배의 주력술법은 뭡니까?]

[그건 저…… 미안하지만 지금 말해주긴 어렵네요. 내게 하루만 더 시간을 줘요. 당신을 어느 선까지 믿을 수 있을지 고민해볼게요.]

피우림의 말이 떨어지기 무섭게 이탄이 양손을 가슴께로 모았다.

후오옹!

이탄의 뇌에서 방출된 법력이 이탄의 손으로 몰려들어 환하게 피어올랐다. 강하게 농축된 법력의 기운은 온 방 안을 가득 채우고도 넘쳐서 별궁 밖으로 기세를 넘실넘실 뻗쳤다.

[흐읍!]

엄청난 법력의 기운에 피우림이 휘청거렸다.

이탄이 법력을 다시 거두고 희미하게 미소를 지었다.

[선배의 실력이라면 조금 전에 내가 내뿜은 것이 음차원의 마나가 아니라 법력이라는 것을 알아보았을 겁니다. 또한 어지간히 수도의 길에 매진하지 않고서는 이만한 양의 법력을 모을 수 없다는 사실도 잘 알 겁니다. 선배가 고민을 끝내고 마음의 결심을 내리는 데 조금이라도 도움이 되었으면 합니다.]

[으으음.]

피우림이 입술을 꼭 깨물었다.

다음 날 오전.

피우림이 이탄을 찾아왔다.

별궁의 여전사들이 이 사실을 샤론에게 고해바쳤다.

샤론이 입에서 불을 토했다.

[뭐야? 오라버니의 정부 년이 또 왔다고? 어제는 고년이 이탄 님의 곁에 고작 20분가량만 머물렀다고 하여 안심을 하였건만, 오늘은 아침 댓바람부터 고년 스스로 이탄 님을 찾아왔단 말이지? 캬하아아—.]

[그렇습니다. 그 여자가 제 발로 이탄 님을 찾아왔습니다.]

선임 여전사가 냉큼 대답했다.

[끄으으응.]

샤론은 불안한 듯 제자리를 맴돌았다. 그러다 다시 샤론이 선임 여전사에게 캐물었다.

[하면 오라버니의 반응은 어떻더냐? 어젯밤의 그 사건 이후로 오라버니가 별궁으로 쳐들어왔더냐?]

[아닙니다. 샤룬 님께서는 오늘 아침까지도 아무런 대응이 없으셨습니다.]

선임 여전사가 냉큼 아뢰었다.

샤론의 눈동자가 마구 흔들렸다.

[뭐라고? 지난밤에 자신의 애인이 이탄 님의 숙소로 끌려갔는데도 오라버니가 아무런 반응을 보이지 않았단 말이지? 설마? 설마! 오라버니가 뭔가 고약한 마음을 먹고 의도적으로 고년을 이탄 님 곁에 붙여준 건 아니겠지? 끄으응.]

시간이 갈수록 샤론의 망상은 점점 더 이상한 쪽으로 기울었다.

[안 되겠다. 네가 가서 이탄 님께 기별을 넣어라. 내가 직접 이탄 님을 만나 뵙고 상황을 알아볼 것이야.]

결국 샤론은 불안감을 참지 못했다. 그녀는 이탄과 직접 대면하기로 결심했다.

[예, 샤론 님.]

명을 받은 선임 여전사가 부리나케 별궁으로 달려갔다.

같은 시각.

별궁의 남전사들은 샤룬에게 쪼르르 달려가 오늘 아침에 벌어진 일들을 보고했다.

[뭣이라?]

쾅!

샤룬은 손바닥으로 대리석 탁자를 한 번 더 내리쳤다.

어제에 이어서 벌써 두 번째 탁자가 박살 났다. 꽉 움켜쥔 샤룬의 주먹이 부들부들 떨렸다. 샤룬의 눈에는 벌겋게 핏발이 곤두섰다.

하지만 그뿐.

샤룬은 들끓어 오르는 분노를 억지로 억누르기만 할 뿐, 별궁으로 직접 쳐들어가서 피우림을 되찾아 오지 못했다.

이것이 의미하는 바는 뻔했다.

'이런, 샤룬 님께서 이탄 님을 겁내시는구나. 쯧쯧쯧.'

'이탄 님이 확실히 샤룬 님보다 윗줄인가 봐.'

샤룬의 부하들은 궁전 바닥에 머리를 조아린 채 서로 눈짓을 주고받았다. 강자독식의 이 세계에서 몬스터들이 강자에게 줄을 대는 것은 너무나도 당연한 일이었다. 샤룬의 부하들은 본능적으로 깨달았다.

'이제부터라도 이탄 님에게 줄을 서야겠어.'

'무조건 그분에게 잘 보여야 해. 그래야 내가 잡아먹히지 않고 살아남을 수 있다고.'

'샤룬 님의 시대는 저물었고, 이제부터는 이탄 님의 시대다.'

샤룬의 부하들은 모두 비슷한 마음을 먹었다.

샤룬, 샤론 남매의 궁전이 발칵 뒤집힌 그 시각, 피우림은 이탄과 2미터의 간격으로 마주 앉아 대화를 나누었다.

피우림이 먼저 말을 꺼냈다.

[아직까지 나는 당신의 말을 100퍼센트 믿지는 못하겠어요. 하지만 마냥 의심만 하는 것도 아닌 것 같아요. 그래서 우선은 서로 차분하게 거리를 두고 제한적인 정보만 주고받을까 싶어요. 그래도 괜찮을까요?]

[당연히 괜찮고말고요.]

이탄이 반겨 대답했다.

피우림은 조심스럽게 자신의 정보를 공개하기 시작했다.

[우선 내 주력술법부터 말해주어야 공평하겠죠. 나는 가문에서 전해져 내려오는 술법 두 가지와 숲에서 전수받은 술법 한 가지를 주력으로 삼고 있어요.]

은빛 살쾡이족의 실론 가문은 수만 년의 세월 동안 수만 개의 술법을 집대성한 끝에 5개의 뛰어난 술법을 창안했다.

레드 존 디파이닝(Red Zone Defining: 붉은 영역 설정).

블루 존 디파이닝(Blue Zone Defining: 푸른 영역 설정).

실버 존 디파이닝(Silver Zone Defining: 은색 영역 설정).

포그 레코드(Fog Recode: 안개 기록).

포그 클러(Fog Clow: 안개 발톱).

피우림은 이 가운데 공격에 특화된 두 가지 술법, 즉 레드 존 디파이닝과 포그 클러를 집중적으로 연마했다.

거기에 더해서 피우림은 포지션 리플레이스먼트(Position Replacement: 위치 치환)이라는 아주 독특한 술법도 익혔다.

Chapter 5

포지션 리플레이스먼트는 원래 남명의 음양종에서 유래된 술법으로, 본래의 명칭은 '소나이'라 불렸다.

한데 아주 오래 전 고대의 수인족 수도사가 이 술법을 개조하여 북명의 수인족들에게 전해주었다.

그 후로 이 술법은 포지션 리플레이스먼트라는 명칭으로 바뀌어서 늙의 수도자들 사이에서 은밀하게 계승되었다.

피우림은 늙의 전투부대에 배속되어 피사노교와 맞서 싸우던 와중에 운이 닿아 이 뛰어난 술법을 익히게 된 것이다.

[레드 존 디파이닝, 포그 클러, 포지션 리플레이스먼트……]

이탄은 피우림의 주력술법들을 가만히 읊조렸다.

본래 이탄은 다른 것에는 크게 욕심이 없었으나 유독 술법에 대한 집착만큼은 강했다. 그 다음으로 이탄이 집착하는 것이 돈이었으나, 술법처럼 집요하지는 않았다.

피우림이 그런 이탄의 마음에 불을 질렀다.

'갖고 싶다. 알고 싶다. 아아아, 레드 존 디파이닝은 또 어떤 술법이란 말인가. 블루 존 다피아닝과 실버 존 디파이닝은 또한 어떤 술법들일까? 포그 레코드와 포그 클러는? 포지션 리플레이스먼트는?'

이탄은 북명의 술법들이 궁금해서 미칠 지경이었다. 생각 같아서는 피우림의 영혼을 탈탈 털어서라도 그녀의 머릿속에 들어있는 술법들을 캐내고 싶은 것이 이탄의 마음이었다.

좌라락—.

이탄의 이글거리는 안광이 아예 구체화되어 눈동자 밖으로 쏟아져 나왔다.

'뭐, 뭐야? 눈알에서 검이 방출되는 것 같잖아.'

피우림이 움찔했다.

이탄은 황급히 눈빛을 가라앉혔다. 그 다음 차분하게 대화를 이끌어갔다.

[선배가 이곳 차원으로 넘어온 건 언제였습니까? 나는 이제 갓 1년이 넘었습니다.]

이탄이 그릇된 차원에 처음 진입한 것이 작년 7월 1일이었다.

피우림은 그 말을 믿지 못하였다.

[으응? 고작 1년이라고요? 그런데 어떻게 이렇게 몬스터들의 언어가 자연스럽죠? 나는 한 7, 8년 이상 고생했는데.]

[내가 원래 언어 습득이 빠른 편입니다. 언노운 월드에서 동차원으로 처음 넘어왔을 당시에도 금세 동차원의 언어를 배웠죠.]

이탄이 아무렇지도 않게 둘러대었다. 사실 이탄은 알블—롭 일족의 기억의 바다 덕분에 언어 습득이 빨라진 것이지만, 이 자리에서 그걸 밝힐 이유는 없었다.

[그래요?]

피우림은 이탄의 말을 절반만 믿어주었다.

[어쨌거나 이제 내가 대답할 차례네요. 나는 이곳 차원에

발을 디딘 지 벌써 150년 이상 되었네요.]

[허어, 150년이오?]

이탄이 흠칫했다.

[그래요. 꽤 오래되었죠? 처음에 내가 접촉한 종족은 흐나흐 족이 아니었어요. 당시에 나는 선6급 경지를 돌파하여 새로운 단계에 도달하겠다는 일념으로 이 종족 저 종족 사이를 떠돌았고, 그러다 20년쯤 전부터 이곳 행성에 정착했네요.]

[하면 선배의 목표는 달성했습니까? 새로운 단계에 도달하겠다는 목표 말입니다.]

이탄이 불쑥 물었다.

피우림이 입술을 삐쭉 내밀었다.

[흥. 지금 나를 놀리는 겐가요? 어제 당신이 말했잖아요. 내 수준이 선6급으로 보인다고요. 그러니 내가 목표를 달성했겠어요?]

[어, 그렇군요. 내가 실수했네요. 미안합니다, 선배.]

이탄은 민망한 듯 뒤통수를 긁었다.

하지만 이탄이 진짜로 실수를 한 것은 아니었다. 이탄은 다음 본론을 꺼내기 위해서 일부러 상대를 자극한 것이었다.

[한데 말입니다, 선배가 150년 전 이 위험한 차원에 진

입한 이유가 경지의 벽을 돌파하여 다음 단계로 나아가기 위한 것이라면 마침 잘 되었습니다.]

[뭐가 잘 되었다는 게죠?]

피우림이 눈매를 가늘게 좁혔다.

이탄이 능숙하게 썰을 풀었다.

[선배도 수도자 생활을 오래 하였으니 잘 알 겁니다. 경지를 돌파하는 방법은 한 가지가 아니라 여러 가지가 있다는 사실을요.]

[흐음.]

[개중에는 뛰어난 스승에게 가르침을 얻어서 경지를 돌파하는 경우도 있지요. 스스로 깨달음을 얻어서 단계를 뛰어넘는 경우도 있고요. 혹은 동료 수도자들과 교류를 하다가 새로운 단서를 얻어서 발전하는 경우도 있고. 또 목숨을 건 전투 중에 벽을 부수는 경우도 있잖습니까? 아마도 선배는 치열한 전투를 경험하고자 150년 전에 그릇된 차원에 뛰어든 것일 테지요.]

[그런데요?]

[지난 150년 동안 선배도 여러 몬스터 종족들과 전투는 꽤 해봤을 것 아닙니까. 그런데도 벽이 돌파되지 않아 답답하다면 방법을 바꿔보는 건 어떻습니까?]

[어떻게 바꿔요?]

피우림이 이탄의 말에 호기심을 느꼈다.

이탄은 피우림에게 술법의 교류를 제안했다.

[나와 한번 교류를 해보면 어떻겠습니까? 나는 선배에게 내가 알고 있는 남명의 술법들을 설명해주겠습니다. 대신 선배는 나에게 북명의 술법들을 말해주면 서로에게 도움이 될 것 아닙니까?]

[으으음.]

피우림은 선뜻 대답하지 못했다.

'이자는 분명히 나보다 강해. 최소한 선7급의 대선인이야.'

이것이 이탄에 대한 피우림의 판단이었다.

솔직히 말해서 선7급의 강자와 교류를 하는 것은 피우림에게 큰 도움이 될 것이 분명했다. 이탄이 진심으로 교류해주기만 한다면 말이다.

'하지만 이자가 나를 속일 수도 있지. 자기는 술법의 알맹이를 쏙 빼가면서 막상 나에게는 허튼 술법만 넘길 수도 있어. 혹은 진짜 금강수라종의 술법을 내주는 척하면서 그 가운데 핵심 부분을 쏙 빼놓을 수도 있고.'

이런 점 외에도 걸리는 게 많았다.

'우리 실론 가문의 5대술법을 외부인에게 넘기는 건 말도 안 돼. 그건 절대 금기라고. 그렇다고 숡의 핵심 술법들

을 내줄 수도 없잖아.'

피우림은 이런 이유 때문에 대답을 망설였다.

Chapter 6

하지만 다른 한편으로 피우림의 마음속에는 이탄과 교류하고 싶다는 욕구가 샘솟았다.

솔직히 남명은 동차원의 모든 수도자들의 이상형이었다. 동차원의 모든 술법이 남명으로부터 비롯되었으므로, 그 원류에 닿아본다는 것은 피우림에게 큰 행운이었다.

'만약 이자가 진심으로 내게 남명의 술법들을 전해준다면, 나도 가문의 금기를 깨고 5대술법을 모두 오픈할 수도 있는데. 내가 알고 있는 슭의 술법들도 모두 알려줄 수도 있는데. 내가 여기서 무슨 짓을 하건 가문에서 내 행동을 알 길은 없잖아.'

이런 유혹이 피우림의 마음 속 깊은 곳에서 피어올랐다. 그 다음 그녀의 마음을 온통 뒤흔들었다.

이탄이 은근하게 속삭였다.

[사실 나도 선배와 비슷한 심정으로 그릇된 차원에 넘어온 겁니다. 벽을 뛰어넘고 싶어서요.]

[아!]

피우림이 동그래진 눈으로 이탄을 바라보았다.

이탄은 한 발 더 나갔다.

[후우우, 그만큼 나도 절실하다는 소립니다. 지난 1년여간 나는 이곳 차원에서 여러 몬스터들과 전투를 해봤더랬지요. 하지만 그것만으로는 벽을 뛰어넘기는 힘들더군요. 그래서 최근에는 마음이 더 간절해졌습니다. 아닌 말로, 이 벽만 뛰어넘을 수만 있다면 적하고도 교류를 하고 싶을 만큼 절실해졌단 말이지요. 휴우우우.]

푸념에 가까운 고백이 이탄의 간절함을 피우림에게 전달해주었다. 피우림의 마음에 거센 파도가 일었다.

[아아아!]

피우림이 고개를 살짝 숙여 고민했다.

'가문의 5대술법을 외부인에게 넘기는 자는 참살형을 받아 마땅하다. 우리의 선조들의 피땀으로 만들어낸 5대술법은 오로지 실론 가문만의 것으로 남아야 해.'

이게 피우림의 기본적인 생각이었다.

한데 이와 상반된 생각이 피우림의 마음 깊은 곳에서 싹을 틔웠다.

'하지만 상대는 금강수라종이 아닌가. 엄밀하게 말해서 북명의 실론 가문보다 남명의 금강수라종이 훨씬 더 뿌리가 깊고 강한 종파야. 그런 금강수라종의 비법을 손에 넣는 대가로 가문의 5대술법을 넘긴다면? 그게 과연 가문을 배신하는 것일까? 내가 금강수라종의 비법을 얻어서 가문에 가져간다면 그것이 오히려 실론 가문의 후배들에게는 더 좋은 일이 되지 않을까?'

물론 여기에는 전제조건이 하나 붙는다. 이탄이 일말의 거짓도 섞지 않고 금강수라종의 비법을 온전하게 넘겨준다는 전제조건 말이다.

'과연 내가 이자를 믿을 수 있을까?'

피우림은 진지하게 고민했다.

그때 이탄이 한 가지 방안을 제시했다.

[선배의 고민이 뭔지 압니다. 남명과 북명은 피사노교라는 공통된 적을 두고 있음에도 불구하고 그동안 서로를 믿지 못하였지요.]

[으음. 맞아요.]

[내가 선배를 믿고 금강수라종의 온전한 비법을 공개했는데, 선배는 내게 숡의 술법을 불완전하게 알려줄지도 모릅니다. 만약 그런 일이 발생하면 나만 바보가 되는 셈이죠. 종파의 역적이 되는 것은 물론이고요.]

이탄의 말에 피우림이 발끈했다.

[그건 나도 마찬가지 아닌가요? 흥, 내가 당신을 어떻게

믿죠?]

[옳은 이야기입니다. 서로가 서로를 믿는다는 게 쉬운 일은 아니죠. 설령 믿는다고 해도 문제입니다. 종파의 비법을 타인에게 공개한다는 죄책감이 여전히 우리들의 마음속에 남아 있을 테니까요.]

[끄으응. 그래서 어쩌자는 게죠?]

피우림이 상체를 뒤로 빼고 팔짱을 끼었다. 이 동작은 그녀가 마음의 문에 빗장을 걸어 잠그겠다는 표현이었다.

반대로 이탄은 피우림을 향해 상체를 바짝 기울였다.

[어차피 서로를 믿지 못할 거, 아예 불완전한 지식만 주고받읍시다.]

[으응?]

피우림이 눈을 껌뻑거렸다. 이탄의 말뜻을 이해하지 못한 탓이었다.

이탄이 좀 더 자세히 설명했다.

[예를 들어보겠습니다. 금강수라종에는 백팔수라라는 술법이 있습니다. 이 술법은 금강수라종의 척추와도 같은 것이라 외부인에게 공개할 수가 없습니다. 아무리 선배와 나사이에 비밀이 지켜진다고 해도 나의 양심상 선배에게 이술법을 내줄 수가 없죠. 그게 당연한 것 아니겠습니까?]

[흐음, 계속 말해 봐요.]

피우림은 어느새 팔짱을 풀고 손가락을 까딱거렸다.

이탄이 속삭이듯 뇌파를 보냈다.

[하지만 만약 내가 백팔수라의 내용 가운데 80퍼센트를 온전히 남겨두고 나머지 20퍼센트를 임의로 바꿔서 선배에게 보여준다면 어떻겠습니까? 온전하지 못한 백팔수라를 주는 것이라면 양심의 가책도 훨씬 덜하겠지요. 대신 선배도 나에게 20퍼센트의 가짜가 섞인 북명의 술법을 주면 되고요.]

[오오오! 무슨 뜻인지는 알겠어요. 하지만 당신이 백팔수라에 20퍼센트의 거짓만을 섞었는지 어떻게 알죠? 예를 들어 30퍼센트를 거짓으로 채울 수도 있잖아요.]

피우림이 곧바로 단점을 지적했다.

이탄은 빙그레 웃었다.

[후후후.]

[왜 웃죠?]

[선배는 대선인이 아닙니까? 대선인의 눈높이라면 30퍼센트나 거짓이 섞인 술법을 알아보지 못할까요?]

이탄의 말이 옳았다.

모든 술법에는 결, 혹은 흐름이 존재했다. 이 흐름에서 30퍼센트나 어긋나는 부분이 있다면 그 파탄이 대번에 눈에 두드러지게 마련이었다. 초보자라면 또 모를까 대선인이 이런 파탄을 눈치 채지 못할 리 없었다.

사실 20퍼센트도 과했다. 술법에 20퍼센트의 거짓이 포함되어 있다면, 온전한 술법에 비해서 위력이 1,000분의 1 이하로 떨어지기 십상이었다.

아니, 20퍼센트가 아니라 단 1퍼센트의 오류만 포함되어도 술법서로서의 가치는 뚝 떨어졌다.

'하지만 그 정도만으로도 깨달음은 얼마든지 얻을 수 있지. 설령 20퍼센트의 거짓이 섞였으면 어때? 금강수라종의 뿌리를 더듬어 보는 것만으로도 내가 새로운 길을 개척하는 데 큰 도움이 될 게야. 이와 마찬가지로 이자도 우리 실론 가문의 술법을 음미해 보는 것만으로도 새로운 계기를 마련할 수 있겠지.'

이런 교류라면 피우림도 얼마든지 찬성이었다.

'물론 북명에서 이런 거래를 제안 받았다면 쉽게 응하지 못했겠지. 혹시라도 이 사실이 알려지면 가문에서 큰 징벌을 받을 수도 있으니까. 하지만 이곳은 그릇된 차원이 아닌가. 여기서 내가 이 자와 거래를 하여도 누가 그 사실을 알겠어?'

피우림의 마음속에서 은근히 이런 생각이 자라났다.

Chapter 7

게다가 이 거래는 이탄보다 피우림이 훨씬 더 유리했다. 객관적으로 평가했을 때 실론 가문의 5대술법보다 금강수라종의 술법들이 더 유서가 깊고 현묘하기 때문이었다.

마침내 피우림이 결단을 내렸다.

[좋아요. 당신의 제안을 받아들이죠.]

[하하하. 좋습니다. 그럼 이렇게 하시죠.]

[어떻게요?]

[우선 나는 금강수라종 금강일맥의 기초연공법부터 선배에게 제공해볼 요량입니다. 이 기초연공법을 밑바탕으로 삼고 그 위에 응용연공법을 쌓으면 비로소 신체를 다이아몬드처럼 단단하게 만들 수 있습니다.]

[오오옷!]

피우림의 눈이 대번에 반짝였다.

피우림이 잔뜩 흥분할 만도 한 것이, 금강수라종의 신체 단련술은 동차원의 수도자라면 누구라도 꿈에서 그리는 비법이었다.

'장차 우리 실론 가문의 은밀한 술법에 단단한 금강체의 개념이 더해질 수만 있다면! 오오오오, 꿈만 같구나.'

장밋빛 미래를 상상하는 것만으로 피우림의 가슴은 흥분

으로 벅차올랐다.

이탄이 턱을 살짝 들었다.

[이제 선배의 차례입니다.]

[내 차례라고요? 그게 무슨 소리예요?]

피우림은 손가락으로 자신의 얼굴을 가리켰다.

이탄이 냉큼 주문을 했다.

[나는 금강수라종의 기초연공법을 제시하지 않았습니까. 그러니까 선배도 내 것과 교환할 만한 술법을 제시하십시오. 그 다음 서로 합의가 되면 내일까지 각자의 술법을 수정하여 교환하는 겁니다. 물론 이 수정이라는 것은 술법서에서 80퍼센트의 뼈대는 남겨놓고 20퍼센트 이내만 바꾸는 것을 의미합니다.]

[알았어요. 으으음. 뭐가 좋을까? 혹시 매혹 계열의 술법에는 관심이 있나요?]

피우림이 속눈썹을 빠르게 깜빡였다.

그 즉시 이탄의 안색이 돌변했다.

[선배의 매혹술법은 나에게 아무런 도움이 되지 않습니다. 금강수라종의 기초연공법이 얼마나 귀한 것인지 선배도 잘 알고 있지요? 내가 종파에게 죄를 지으면서까지 선배에게 이런 제안을 하는 것이 장난처럼 느껴집니까? 그렇다면 선배와의 거래는 없던 것으로 하겠습니다.]

이탄은 서릿발처럼 차갑게 쏘아붙인 다음, 자리를 박차고 일어섰다.

피우림이 화들짝 놀랐다.

하지만 피우림은 노련한 대선인답게 안색 하나 바꾸지 않고는 이탄을 달랬다.

[아유, 참. 그렇게 정색을 하고 일어날 것은 없잖아요. 나는 그저 당신이 매혹술법에 관심이 있나 물어봤을 뿐이라고요.]

피우림은 가볍게 둘러댄 다음, 다시 고민에 빠졌다.

'궁극적으로 이자가 원하는 것은 실론 가문의 5대술법들이겠지. 혹은 늙의 최상위 술법에 관심이 있거나. 하지만 처음부터 내 밑천을 다 드러내면 나중에 응용연공법이나 백팔수라를 어떻게 얻어내겠어? 5대술법을 제외하고, 금강수라종의 기초연공법과 교환할 만한 가치가 있는 술법이 뭐가 있을까?'

한참 만에 피우림이 다시 대화를 재개했다.

[이 술법은 어떨까요?]

[말씀해 보시죠.]

이탄이 손가락을 까딱거렸다.

피우림은 조곤조곤 설명에 돌입했다.

[사실 이 술법의 근원은 늙이에요. 오래 전 내가 북명을 위해서 최전방에서 피사노교와 맞서 싸우다가 큰 공을 세

운 적이 있어요. 그때 슭의 장로 한 분이 나의 공로를 칭찬하며 본인의 동부에서 보관 중이던 상급 술법서를 하나 복사해주었거든요.]

[상급 술법서라고요?]

상급 술법서라는 말에 이탄의 마음이 동했다.

피우림은 힘차게 고개를 주억거렸다.

[맞아요. 상급 술법서예요. 이건 내가 슭의 명예를 걸고 장담할 수 있어요. 다만 이 술법은 나와 궁합이 맞지 않아서 직접 연마하지는 않았죠.]

[궁금하군요. 대체 어떤 술법입니까?]

이탄은 자신도 모르게 입맛을 다셨다.

피우림이 천천히 이야기를 꺼냈다

술법의 명칭은 암전, 혹은 다크 체인지(Dark Change).

동차원에서 광대들이 한바탕 연극을 할 때, 관객 몰래 무대장치 등을 바꾸기 위해서 불을 끄는 순간이 있다.

이를 '암전'이라 부른다.

암전 술법도 이와 비슷한 효과를 지녔다. 적과 격렬하게 싸우는 도중에 순간적으로 적의 뇌에 공백을 주입하여 정신을 깜깜하게 만든 다음, 한순간에 전세를 뒤바꿔 버리는 것이 바로 암전의 특징이었다. 마치 깜깜한 어둠 속에서 광대가 무대장치를 교체해버리는 것처럼 한 순간에 화악—!

피우림은 이탄이 혹시라도 거절을 할까 봐 부리나케 말을 덧붙였다.

[암전은 나처럼 원거리 술법자와는 궁합이 좋지 않아요. 적의 정신을 깜깜하게 정지시킬 수 있다는 건 전투에서 실로 큰 이득이지만, 암전을 제대로 사용하려면 반드시 적과 일정한 거리 이내로 접근해야만 하거든요. 그래서 나는 이 술법을 익히지 않았어요. 내 특기는 원거리 술법이니까요. 하지만 만약 금강수라종의 수도자들처럼 근접전투에 능한 수도자라면 이야기는 달라지죠. 내가 생각하기에 암전은 금강수라종의 여러 술법들과 궁합이 잘 맞을 것 같아요.]

피우림은 열심히 설명을 하면서 이탄의 눈치를 살폈다. 그녀는 이 술법과 금강수라종의 기초연공법을 꼭 교환하고 싶었다.

[흐음.]

이탄이 손에 턱을 괴었다. 솔직히 말해서 금강수라종의 기초연공법과 교환할 만큼 암전이 대단해 보이지는 않았다.

'그래도 일단 거래의 첫 물꼬를 트는 게 중요하지. 내가 좀 손해를 보더라도 일단 첫 거래를 해야 해.'

이탄은 내심 다른 곳에 속셈이 있었다.

Chapter 8

일반적으로 수도자들은 술법서만 읽고서는 술법을 제대로 익힐 수 없었다. 특히 상급 술법으로 단계가 높아질수록 해석이 극도로 난해해졌기에 좋은 스승 없이 독학으로 술법을 익힌다는 것은 거의 불가능에 가까웠다.

거기에 더해서 만약 술법서가 온전하지 못하다면? 술법서의 내용에 눈곱만큼이라도 거짓이 섞여 있다면?

그러면 술법을 제대로 익힐 가능성은 제로(0)였다. 설령 술법을 익힌다고 하여도 본래의 위력이 발휘될 리 없었다.

만약 술법서의 10퍼센트가 거짓이라면?

그렇다면 이것은 술법을 익히기 위한 용도라기보다는 대략적 흐름과 유형만 파악하는 수준에 불과했다.

만약 술법서의 20퍼센트가 거짓이라면?

그렇다면 이것은 수박의 겉만 핥는 정도였다.

피우림도 이 사실을 잘 알았다.

피우림은 이탄과의 교류를 통해서 금강수라종의 술법 정수를 당장 터득할 것이라고는 믿지 않았다. 그녀는 그저 금강수라종의 뼈대라도 어렴풋이 더듬어 볼 요량이었다. 그리곤 이를 통해 벽을 돌파할 계기를 마련하기를 희망했다.

반면 이탄의 생각은 달랐다.

동차원에서 처음 술법을 접했을 때, 이탄은 맨땅에 헤딩을 하는 기분이었다. 그는 스승의 가르침도 없이 독학으로 술법서를 독파했었다.

당시 이탄은 하얀 종이와 같이 무지한 상태에서 아무것도 모르고 술법서의 글귀 하나하나의 의미를 실제로 구현하려고 애썼다.

그리하여 이탄만의 독특한 금강체가 만들어졌다.

그리하여 이탄만의 괴물수라가 탄생했다.

이제는 이탄도 깨달았다.

'내가 술법을 깨우치는 방식은 남들과 달라. 나는 스승의 가르침이 없어도 술법서가 품은 본래의 뜻을 깨우칠 수 있다고. 에헤헴.'

문자가 가리키는 본질을 깨우칠 수 있는 능력.

이탄은 이러한 사기적인 능력을 타고났다.

이탄은 술법서에 나열된 문자들을 머릿속에 쭉 나열한 다음, 그 문자 하나하나가 의미하는 본질을 뽑아내는 데 천부적인 재능을 지녔다.

이탄과 같이 본질의 재구성 과정을 거치다 보면, 20퍼센트의 거짓쯤은 자연스럽게 걸러지게 마련이었다. 그리고 이 20퍼센트의 공백은 이탄이 가진 '유추'의 언령, 혹은 유추의 권능을 통해서 얼마든지 메울 수 있었다.

피우림은 20퍼센트의 거짓이 섞인 술법만으로는 절대로 금강수라종의 요체를 알아낼 수 없었다. 그건 결코 불가능했다.

이탄은 달랐다.

'나는 피우림으로부터 받은 술법서만 읽고도 얼마든지 늙의 술법을 온전하게 재구성할 수 있지롱.'

이탄은 자신감이 넘쳤다.

그러니까 이번 거래는 일방적으로 이탄에게 유리했다.

'피우림에게는 금강수라종의 맛만 살짝 보여줘야지. 대신 나는 늙의 술법을 통째로 입수하여 잘근잘근 씹어 먹을 거야.'

이것이 이탄의 음흉한 속셈이었다.

피우림은 상대의 이런 속셈도 모르고 간절하게 술법 교환을 원했다.

마침내 이탄이 시원하게 거래를 승낙했다.

[에엣. 좋습니다. 내가 좀 손해 보는 것 같지만, 그래도 거래를 하죠.]

[진짜요?]

피우림이 얼굴을 활짝 폈다.

솔직히 피우림은 이번 교환이 자신에게 큰 이득이라고 확신했다. 그래서 만약 이탄이 거래를 꺼리는 눈치를 보이면 그에게 다른 술법을 더 얹어줘야 하나를 고민했다.

한데 이탄은 통 크게 교환에 응했다.

[선배, 오늘 협상은 여기까지만 합시다. 그 다음 내일 이 시각에 다시 만나서 서로의 술법을 교환합시다. 나는 금강 수라종의 기초연공법에 20퍼센트의 오류를 집어넣어서 가 져오겠습니다. 선배는 암전에 작업을 해서 가져오세요.]

[알았어요. 내일 이 시각까지 여기로 올게요.]

피우림이 냉큼 대답했다. 피우림은 흥분된 감정을 숨기 려고 해도 잘 숨겨지지가 않았다. 그녀의 입꼬리가 씰룩씰 룩 움직였다. 피우림의 입장에서는 그만큼 이 교환이 기대 된다는 뜻이었다.

다음 날 오전.

이탄과 피우림은 이탄의 숙소에서 다시 만났다. 그 자리 에서 이탄은 금강수라종의 기초연공법이 담긴 스톤을 피우 림에게 건넸다.

[여기 있습니다.]

스톤에 술법을 기록하는 것은 동치원의 방식이 아니었 다. 이것은 흐나흐 일족의 지식 전수 방법이었다.

이탄은 동차원의 흔적을 남기고 싶지 않아 스톤에 술법 을 기록했다.

우연인지 필연인지, 피우림도 슭의 상급 술법인 암전을 스톤에 담아서 가져왔다.

[호호호. 우리가 서로 마음이 통했나 보네요.]

피우림도 이탄에게 암전이 담긴 스톤을 내주었다.

이탄은 조그만 돌을 손에 쥐고는 피우림을 바라보았다.

[사흘이면 충분하지 않겠습니까? 서로 교환한 술법에 문제가 있는지 없는지는 72시간이면 충분히 검토할 수 있을 겁니다.]

[아마도 그렇겠죠.]

피우림도 이탄의 말에 동의했다.

이탄이 희미하게 웃었다.

[하하. 그럼 사흘 동안 각자 교환한 술법을 검토해보시죠. 그 다음 술법에 이상이 없으면 이곳에서 다시 만납시다.]

[호호호. 사흘 뒤에 또 만나자고요?]

피우림이 요염하게 미소를 흘렸다.

이탄은 그 미소를 무시했다.

[당연히 또 만나야죠. 어디 이번 한 번으로 되겠습니까? 다른 술법들도 또 교류해야 할 것 아닙니까?]

[좋아요. 나도 동의해요.]

피우림은 대답과 동시에 등을 확 돌렸다. 그녀는 한시라도 빨리 돌아가서 금강수라종의 술법을 더듬어 보고 싶어서 안달이 났다.

[배웅은 하지 않겠습니다.]

이탄도 서둘러 피우림을 돌려보냈다.

침실로 돌아온 뒤, 이탄은 주변에 붉은 금속을 둘렀다. 그런 다음 붉은 금속 안에서 스톤을 손에 쥐고 앉았다.

"자, 그럼 슭의 술법은 어떤 것인지 한번 살펴볼까?"

이탄은 우선 마음을 차분하게 가라앉혔다. 그런 다음 기대 어린 눈빛으로 스톤에 기록된 문자들을 머릿속으로 끌어당겼다.

Chapter 9

스르르륵—.

스톤으로부터 흘러나온 문자열이 이탄의 뇌리에 차례로 박혔다. 이탄은 그 문자 하나하나를 곱씹으며 술법의 흐름부터 체크했다.

문자가 가리키는 본질을 머릿속에서 되살려서 술법의 전체적인 흐름을 파악하는 것이야말로 이탄만의 재능이었다.

이 과정을 거치면서 뭔가 어색한 문자들이 툭툭 걸러졌다.

이탄은 본질을 흐리는 문자들부터 우선 빼버렸다. 옥수수의 알갱이가 듬성듬성 빠져나가듯 이탄의 머릿속에서 문자 여러 개가 우수수 이탈했다.

그렇게 제외된 문자의 개수는 전체 술법의 20퍼센트가 훌쩍 넘었다. 거의 30퍼센트 이상의 문자들이 이탄의 머릿속에서 걸러졌다.

'피우림이 나를 속였나?'

피우림은 술법의 20퍼센트만 고치기로 약속했다.

그런데 이탄이 본질에서 어긋나는 문자를 골라내어 보니 30퍼센트 이상, 줄잡아 38퍼센트의 공백이 발생했다.

'이게 감히 나를 속여? 크우우―.'

이탄은 대뜸 피우림을 의심하고는 손가락에서 뿌드득 소리가 나도록 주먹을 말아 쥐었다.

한데 이내 이탄의 표정이 바뀌었다.

'어라? 피우림이 나를 속인 게 아니구나. 본질에서 크게 벗어난 문자는 20퍼센트에 불과해. 그리고 나머지 18퍼센트의 문자들은 본질에서 많이 벗어나지는 않았으되 미묘하게 그 뜻이 어긋나는 것들이네.'

이 말인즉슨, 피우림이 고친 문자가 20퍼센트, 암전 술법서 자체의 오류가 18퍼센트라는 뜻이었다.

'왜 이런 일이 발생했을까? 수만 년의 세월을 거쳐서 암전이 전승되어 내려오면서 조금씩 오류가 섞여 들어간 것일까? 아니면 이 술법을 만든 수도자들이 능력이 부족하여 불완전한 술법이 만들어진 것일까?'

어느 쪽이건 상관없었다. 중요한 것은, 이탄이 불과 30분 만에 암전 술법의 모든 오류를 파악했다는 점이었다.

이탄은 우선 술법의 오류들을 하나씩 제거했다. 그런 다음 전체적인 술법의 맥락을 살피면서 유추의 언령을 발휘했다.

문자와 문자 사이의 빈 공백에 새로운 문자들이 촤라라락 교대로 대입되었다. 그러다가 전체적인 술법의 흐름을 해치지 않는 최적의 문자가 발견되면, 이탄은 일단 그 문자로 공백을 메웠다.

이탄은 이와 같은 방식으로 초벌 교정을 보았다. 이어서 처음부터 전체 술법을 다시 읽어보면서 문자가 지닌 힘, 즉 문자의 본질을 꿰뚫어 보려고 애썼다.

이상의 과정을 거치자 이탄의 마음에 걸리는 곳 몇 군데가 발견되었다.

이탄은 껄끄러운 부분들을 집중적으로 살피면서 새로운 문자들을 하나씩 끼워 맞춰 보았다. 그렇게 이탄은 두 번째 교정을 끝내고 다시 세 번째 교정을 보았다. 이제 술법서 전체가 매끄럽게 읽혔다.

"휴우우—."

이탄이 허리를 펴고 일어섰다. 오전부터 시작한 작업이 길게 이어져서 어느새 캄캄한 밤이 되었다.

이탄은 고도의 집중력을 발휘하여 단 한 차례의 잡념도 일으키지 않고 술법을 재정비하는 데 심혈을 기울였다.

그 결과 이탄의 머릿속에는 슭의 고대 술법인 암전이 온전하게 들어차게 되었다.

아니, 이건 단순히 온전하다고 표현하는 것만으로는 부족했다. 이탄이 재구성한 암전은, 슭의 선조들이 대를 이어서 만들어낸 술법보다 훨씬 더 완벽했다.

"결국 암전의 핵심은 생명체의 파동과 관련이 있구나."

모든 생명체는 자체적으로 시계를 갖고 태어나기 마련이었다.

두근 두근 두근.

1초에 두어 번씩 규칙적으로 뛰는 심장박동이 시계 역할을 하기도 하고, 뇌에서 일어나는 자기 파동이 시계 역할을 맡기도 했다.

이러한 파동, 혹은 생체 리듬은 생명체의 인지능력과 관련이 깊었다.

예를 들어서 일반인은 1초에 30번 작동하는 시신경을 가지고 태어난다. 이 경우 일반인들의 눈은 1초에 30번 사진을 찍는 카메라와 같다고 할 수 있다. 1초 동안 눈에 맺힌 30장의 영상을 사람의 뇌가 순차적으로 이어 붙여서 하나의 연속된 동영상을 만들어 내는 것이다.

만약 하늘에서 번개가 내리쳐서 이 일반인의 머리를 때린다면?

번개의 속도는 30분의 1초보다 훨씬 더 빠르므로, 일반인의 눈에는 구름 속에서 번쩍이는 전하의 영상이 한 장 맺히고, 이어서 다음 순간에는 그 전하가 번개가 되어 자신의 머리를 때리는 장면이 맺힐 것이다.

일반인의 동체시력으로는 먹구름에서 떨어진 번개가 허공을 가로질러 내려오는 모습들을 볼 수가 없었다.

반면 수도자의 동체시력은 일반인보다 훨씬 더 뛰어났다.

암전 술법서에 따르면, 이것은 수도자의 눈이 일반인의 눈보다 우수한 덕분도 있지만, 그것보다는 수도자의 생체 리듬, 혹은 신체 시계가 일반인의 시계보다 훨씬 더 빠른 덕분이라고 기술되었다.

만약 A라는 수도자가 1초에 3,000번 작동하는 신체 시계를 가졌다면, 그는 일반인은 도저히 볼 수 없는 장면들을 100배나 더 많이 볼 수 있었다.

만약 B라는 수도자가 1초에 30,000번 작동하는 신체 시계를 가졌다면, 그는 A 수도자보다 10배는 더 빠른 눈을 가진 셈이었다.

"결국 우리가 무언가를 본다는 행위는, 뇌 속의 시곗바늘이 째깍 째깍 움직일 때마다 눈에 맺힌 영상이 뇌로 전달된 결과물이란 말이지?"

이탄은 이 복잡한 내용을 쉽게 납득했다. 지금까지 북명의 그 어떤 대선인도 쉽게 받아들이지 못했던 개념을 이탄은 보자마자 곧바로 이해했다.

이탄이 타고난 천재라서 이해한 것이 아니었다. 이것은 이탄이 간씨 세가에서 주입 받은 물리학, 그리고 의학 지식 덕분이었다.

"햐아, 이거 참. 그때 간씨 세가에서 배운 게 또 이렇게 연결되네?"

이탄은 히죽 이빨을 드러내었다.

이어서 이탄이 술법서의 후반부로 넘어갔다. 술법의 전반부를 이해하고 나자 후반부의 이해는 한결 수월했다.

결국 암전이란 상대방의 뇌 속 시계를 흐트러뜨리는 것이 핵심이었다. 이렇게 적의 생체 시계에 공백을 만들면 적의 인지능력, 즉 적의 시각, 청각, 후각, 촉각, 심지어 육감에도 공백이 발생하였다.

"이게 바로 술법의 핵심이네. 우선 적에게 접근하여 적의 생체 리듬, 혹은 생체 시계와 나의 생체 시계의 리듬을 맞춰야 해. 그렇게 적과 주파수를 맞춘 다음, 공진을 일으켜서 적의 생체 시계의 박자를 빼앗는 것이지. 그럼 순간적으로 암전이 발생한 것처럼 적의 모든 감각을 깜깜하게 만들 수 있다고."

Chapter 10

이제 이탄은 술법에 대한 파악은 모두 마쳤다. 다음은 술법을 실제로 연습하여 몸에 체득할 차례였다.

이탄이 침실 밖으로 나가서 여노예 한 명을 붙잡아 왔다. 얼마 전 이탄이 시장의 D 구역에서 선물로 받은 노예였다.

여노예가 부들부들 떨었다.

[해치지 않을 것이니 거기 앉아라.]

이탄은 겁먹은 여노예를 푹신한 의자에 앉힌 다음, 그녀의 앞에 마주 앉아 상대의 생체 시계를 파악해보았다.

두근, 두근, 두근,

노예의 벌렁거리는 심장박동이 우선 이탄의 감각에 포착되었다. 이탄은 이 박동에는 크게 신경 쓰지 않았다.

이탄이 마음속으로 암전 술법을 읊으면서 법력을 일으켰다.

잠시 후, 여노예의 뇌에서 발산되는 아주 미약한 자기장 파동이 이탄의 감각에 잡혔다. 이 자기장 파동은 여노예의 뇌에서 흐르는 전류가 자기장으로 변환되면서 발현된 것이었다. 그 미약한 자기장이 여노예의 두개골을 통과하여 머리 주변에 퍼졌다.

'웃차.'

이탄은 여노예가 발산하는 파동들을 감지한 다음, 숨을 훅 들이쉬었다.

이탄의 뇌에서 발산되는 파동이 여노예의 파동과 겹쳤다. 두 파동은 서로 파장이 달라서 간섭하지 않았다.

하지만 이탄이 일부러 자신의 파동 주기를 조종하자 두 파동 사이에서 맥놀이 현상—진동수가 엇비슷한 2개의 파동이 서로 간섭을 일으켜서 파동의 세기가 강해졌다 약해졌다 하는 현상—이 발생했다.

처음에는 이 맥놀이 현상이 여노예의 머리 바깥쪽에서만 맴돌다 사라졌다.

'웃차.'

하지만 이탄이 한 번 더 숨을 훅 들이쉬자, 맥놀이 현상이 여노예의 뇌 안으로 쑤욱 밀려들어 갔다.

뚝!

순간적으로 여노예의 뇌 속 생체 시계가 제 박자를 잃었다. 순간적으로 여노예의 눈앞이 캄캄해졌다.

여노예의 시각뿐 아니라 청각과 후각도 차단되었다. 그 상태에서 이탄이 손가락 2개를 펴서 여노예의 눈앞에 보여 주었다.

잠시 후, 이탄은 손가락을 다시 거둬들인 다음 여노예의 생체 시계를 정상으로 되돌려 놓았다.

딱!

이탄이 손가락을 튕겼다.

[어엇?]

여노예가 당황하여 머리를 좌우로 흔들었다.

이탄이 여노예에게 물었다.

[조금 전에 무엇을 보았느냐?]

[네에?]

여노예는 어리둥절했다.

이탄이 다시 물었다.

[조금 전에 아무것도 보지 못했느냐?]

[네? 주인님, 무엇을 말씀하시는지요? 제가 뭔가를 봐야만 했습니까? 잘못했습니다. 용서하십시오.]

여노예가 울상이 되어 싹싹 빌었다.

이탄은 일단 여노예를 안심시켰다.

[아니다. 네가 잘못한 것이 없으니 그렇게 두려워할 것

없다.]

[아아, 네.]

여노예는 그제야 놀란 가슴을 쓸어내렸다.

그 후로도 이탄은 여노예를 대상으로 다양한 실험을 했다.

술법을 반복할수록 이탄의 숙련도는 올라갔다. 이탄은 좀 더 빠르게 상대방에게 암전 술법을 걸게 되었다. 여노예의 감각이 차단되는 시간도 점점 더 길어졌다.

이탄의 실험은 깊은 밤이 되어서야 끝이 났다. 여노예는 기진맥진하여 이탄의 침실에서 물러나왔다.

후들거리는 몸으로 벽을 짚고 겨우 걸어 나오는 여노예를 보면서 샤론의 부하들, 즉 여전사들은 침을 꼴깍 삼켰다.

[으으으.]

[내 이럴 줄 알았지. 이탄 님이 아침에는 피우림 님을 침실로 끌어들이고, 저녁에는 여노예를 들이셨어.]

[이 사실을 보고 받으시면 샤론 님께서 또 펄쩍 뛰실 텐데. 하아아. 이걸 어쩐담. 하아아아.]

여전사들은 절레절레 고개를 내저었다.

하지만 더 놀랄 일이 남아 있었다. 이탄이 덜컥 문 밖으로 나오더니 멀리서 지켜보고 있던 선임 여전사를 향해서 손을 까딱였다.

[네, 넵? 저 말입니까?]

선임 여전사가 화들짝 놀라서 몸서리를 쳤다.

이탄이 엄한 눈빛으로 고개를 끄덕였다.

[그래. 너.]

[저, 저를 왜 찾으십니까?]

선임 여전사는 놀라다 못해서 말까지 더듬었다.

이탄이 슬쩍 인상을 썼다.

[내가 그걸 너에게 일일이 말해줘야 하나? 어서 이리 들어오너라.]

[알겠……습니다.]

선임 여전사는 두려움 반, 기대심 반이 섞인 심정으로 이탄의 침실로 다가갔다. 나머지 여전사들이 별궁 모퉁이 뒤에 숨어서 발을 동동 굴렀다.

[이걸 어쩜 좋아.]

[샤론 님께 이 사태를 어떻게 보고한담?]

[아아아, 큰일 났네. 큰일 났어.]

여전사들이 입방아를 찧는 동안, 이탄은 선임 여전사를 침실 안 의자에 앉혔다. 그 다음 여노예에게 했던 실험을 처음부터 다시 반복했다.

여노예와 여전사는 수준이 달랐다. 여전사의 생체 시계는 1초에 수만 번을 상회하였다. 이탄은 새로운 도전을 하는 심정으로 여전사에게 뇌의 파동을 맞추고, 맥놀이 현상을 일으킨 다음, 그것을 선임 여전사의 뇌 속으로 집어넣었다.

처음에 몇 번의 실패를 거친 뒤, 마침내 여전사도 암전 술법에 걸렸다. 이탄은 상대를 암전 상태에 몰아넣은 뒤, 상대의 눈앞에서 두 손가락으로 V자를 그리기도 하고, 상대의 코끝을 손가락으로 튕기기도 해보았다.

암전에 걸린 선임 여전사는 이탄이 벌인 일들을 전혀 인지하지 못했다.

제5화
술법을 업그레이드하다

Chapter 1

자정부터 시작된 이탄의 술법 연마는 2시간 뒤에나 끝이 났다. 샤론의 부하들은 그때까지도 별궁 모퉁이 뒤에 숨어서 발만 동동 굴렀다.

새벽 2시 경, 마침내 이탄의 침실 문이 빼꼼 열렸다.

[드디어 끝났나?]

[무려 두 시간이나 걸렸어. 선임님께서는 아마도 녹초가 되셨을 거야.]

여전사들은 발갛게 달아오른 뺨을 두 손으로 감싸며 이렇게 중얼거렸다.

이윽고 여전사들의 눈이 토끼처럼 동그랗게 변했다. 저

멀리서 이탄이 그녀들을 향해서 손짓을 보낸 탓이었다.

[네에?]

[저희들도요?]

여전사들이 단체로 경기를 일으켰다.

[그래. 거기 있는 너희들 전부 다 이리 와.]

침실 문 틈새로 이탄이 손짓을 했다.

[아아아.]

[이걸 어째.]

흐나흐 족 여전사들은 휘청휘청 이탄의 침실로 향했다.

이탄은 무려 10명이나 되는 여전사들을 침대 위에 일렬로 쭉 앉혀 놓고는, 그녀들의 뇌에서 발산되는 희미한 파동을 감지하려 애썼다.

선임 여전사 한 명을 대상으로 술법을 걸 때는 쉬웠다. 그런데 10명의 뇌파를 동시에 감지하려니 꽤나 어려웠다.

'그래도 해내야지. 고작 한 명에게 써먹으려고 내가 이 술법을 연마하는 게 아니잖아. 암전 술법을 제대로 써먹으려면 다수에게 동시에 적용할 수 있어야 해.'

이것이 이탄의 결심이었다.

지금까지 북명의 그 어떤 대선인도 다수의 적을 상대로 암전을 건 역사가 없었다. 만약에 그들이 지금 이탄이 하는 행동을 보았다면 놀라서 까무러쳤을 것이다. 그만큼 이탄의 도전은 무모해 보였다.

한데 웬걸?

이탄의 시도는 조금씩 결실을 맺기 시작했다.

물론 처음에는 계속 실패했다. 그러다 새벽 5시가 될 무렵에는 여전사 2명이 동시에 암전에 걸렸다. 새벽 6시에는 동시에 암전에 걸린 여전사의 숫자가 3명으로 늘었다.

[후우우. 일단은 여기까지만 하지. 이따가 점심 이후에 너희들 모두 다시 내 침실로 오너라.]

이탄은 농부가 새떼를 쫓듯이 손을 휘휘 저었다.

[네에?]

[또 오란 말입니까?]

여전사들이 반발하듯 외쳤다.

[쓰읍.]

그 즉시 이탄이 인상을 썼다.

[네넵.]

여전사들은 다들 찔끔하여 입을 다물었다. 그녀들은 이탄이 밤새도록 자신들을 데리고 무슨 짓을 했는지 도통 알 수가 없어 답답했다.

하지만 한 가지는 확실했다.

'으으으. 이제 우리들은 다 죽었다. 샤론 님이 우리를 가만두지 않으실 거야.'

선임 여전사를 비롯하여 모든 여전사들이 부르르 몸서리를 쳤다.

여전사들의 예상이 딱 적중했다. 보고를 받은 즉시 샤론은 발작을 일으켰다.

[꺄아아아악—.]

쨍그랑!

샤론이 집어던진 꽃병 유리창을 박살 내고 궁전 밖으로 튀어나갔다. 이어서 내던진 크리스털 잔은 선임 여전사의 정수리에 정통으로 꽂혔다.

[나가 죽어. 다들 나가서 뒈지라고오오—.]

샤론은 주먹을 불끈 쥐고 악을 썼다.

[끄으으.]

선임 여전사가 이마를 바닥에 대고 바르르 떨었다. 선임 여전사의 머리에서는 뜨끈한 핏물이 주르륵 흘렀다.

다른 여전사들도 모두 납죽 엎드린 채 샤론의 처분이 내려지기만을 기다렸다.

한참을 씩씩거린 뒤, 샤론이 겨우 제정신을 차렸다.

[후욱, 후욱, 후우욱. 어디 한번 계속 말해보아라. 이탄님이 네년을 침실로 불러들인 다음, 뭘 어찌하시더냐?]

샤론의 이글거리는 눈동자 속에서는 두 남녀가 침대에서

뒤엉키는 모습이 그려졌다.

한데 선임 여전사의 답변은 전혀 엉뚱했다.

[샤론 님. 믿기 어려우시겠지만, 이탄 님께서는 저를 침실 안 의자에 앉혀 놓으시고는 계속해서 제 눈만 들여다보셨습니다.]

[뭬야?]

[정말이옵니다. 제 목숨을 걸고 맹세하옵니다. 이탄 님께서는 제 손끝 하나 건드리지 않으시고 두 시간 동안 저를 바라보기만 하셨습니다. 저는 영문을 몰라 진땀을 흘렸고, 깜빡깜빡 정신이 나간 듯도 싶었으나, 진짜로 다른 일은 없었습니다. 그 이후로 다른 아이들도 이탄 님의 부름에 다 함께 그분의 침실로 불려왔습니다.]

선임 여전사는 '나 혼자 죽을 수는 없지.'라는 마음가짐으로 부하들을 다 끌어들였다.

샤론의 고개를 휙 돌렸다.

[뭣이라? 이탄 님께서 너희들을 단체로 끌어들였다고? 침실로 말이더냐?]

'헉!'

'망했다.'

여전사들이 코를 바닥에 밀착했다. 그녀들은 선임이 너무나 원망스러웠다.

샤론이 버럭 역정을 내었다.

[내가 물었거늘 왜 답이 없어? 이년의 말이 사실이더냐?]

여전사들이 꾸역꾸역 대답을 했다.

[사, 사실이옵니다.]

[하오나 샤론 님, 믿어주시옵소서. 저희들도 아무 일이 없었나이다.]

[그렇사옵니다. 저희들은 밤새도록 이탄 님의 침대에 일렬로 앉아 있기만 했사옵니다.]

처음 몇 명은 이렇게 주장했다.

그런데 나머지 여전사들이 다른 주장을 펼쳤다.

Chapter 2

[샤론 님, 따지고 보면 진짜로 아무 일도 없었던 것은 아닙니다. 이탄 님께서는 저희들 앞에서 손가락으로 V자를 만들기도 하시고, 또 코를 톡 치시기도 하셨으며, 볼을 꼬집기도 하셨습니다. 하오나 그밖에 다른 행동은 없었사옵니다.]

이런 주장을 펼친 여전사들은 암전에 걸리지 않아 이탄

의 행동을 낱낱이 지켜본 목격자들이었다.

목격자들의 말에 일부 여전사들이 흠칫 놀랐다.

[뭐? 이탄 님이 우리의 코를 톡 치셨다고? 볼도 꼬집었고? 대체 언제?]

[그러게. 나도 못 느꼈는데? 대체 언제 그러셨대?]

이번에는 목격자들이 깜짝 놀랐다.

[뭐야? 그걸 못 느꼈다고? 너희들 돌았냐? 갑자기 왜 그래? 이탄 님이 분명히 너희들의 코를 건드리시고 또 볼을 꼬집으셨단 말이야.]

[그뿐만이 아니야. 이탄 님은 너희들 눈앞에 손가락을 들이밀기도 하셨어. 그런데 그걸 어떻게 까먹지?]

목격자들이 강하게 비난하자 암전에 걸렸던 여전사들이 펄쩍 뛰었다.

[거짓말.]

[말도 안 돼.]

암전에 걸렸던 여전사들은 정말로 억울했다.

부하들이 아옹다옹하자 결국 샤론이 개입했다.

[닥쳐라.]

샤론은 부하들을 향해 버럭 화를 내었다.

[흡!]

그 한 마디에 여전사들 전원이 손으로 입을 막았다.

샤론이 낮게 으르렁거렸다.

[다들 아가리 다물고 한 명씩 똑바로 말해. 횡설수설하면 모두 다 아가리를 찢어놓을 줄 알거라.]

[네넵.]

여전사들은 바짝 얼어붙었다.

그때부터 샤론은 한 명 한 명 차분하게 취조했다.

심도 깊은 취조 결과 2, 3명의 여전사들이 이탄의 침대 위에서 잠시 정신줄을 놓았다는 결론이 얻어졌다.

샤론은 고개를 갸우뚱했다.

'대체 이탄 님이 얘네들을 데리고 무슨 짓을 하신 거지? 내가 처음에 생각했던 그런 야한 짓을 하신 건 분명 아닌데, 대체 무슨 장난질을 치신 거야? 도통 알 수가 없네.'

하여간 한 가지는 분명했다. 이탄은 여전사들을 육체적으로 농락하지는 않았다.

'그렇다면 혹시 이탄 님이 피우림 고년에게도 손을 대지 않으셨을까? 내가 괜한 걱정을 하는 것일까? 흐으응.'

어쨌거나 샤론은 기분이 한결 나아졌다.

그날 점심 무렵, 이탄은 10명의 여전사들을 또다시 자신의 침실로 끌어들여 침대 위에 일렬로 앉혀 놓았다.

이탄이 여전사들에게 술법을 발휘했다.

처음에는 3명이 동시에 암전에 걸렸다. 저녁 무렵에는 이 숫자가 5명으로 늘어났다. 밤이 되자 한꺼번에 9명이 암전의 영향을 받았다.

'우리가 지금 무슨 일을 당하는 거야?'

'어우, 미치겠다.'

여전사들은 까닭 모를 이탄의 실험에 정신이 피폐해졌다.

그러다 결국 자정이 넘어서 10명이 단체로 암전에 걸렸다.

"다들 잘 걸렸나?"

이탄은 나란히 앉은 10명의 여전사들의 오른쪽 뺨을 손등으로 투두두둑 건드리며 지나갔다.

여전사들은 아무것도 인식하지 못하고 멍하게 앞만 바라보았다.

이탄은 술법을 해제했다가 다시 한번 반복해서 걸었다. 이번에도 10명의 여전사들이 단체로 암전에 걸렸다.

"이번엔 멀리서 한번 시험해볼까?"

이탄은 침실 벽에 등을 밀착했다. 그리곤 침대 위의 여전사들에게 암전을 걸어보았다.

이탄은 거리가 제법 떨어진 곳에서도 여전사들의 뇌파를 정확하게 읽어내었으며, 그녀들의 뇌파에 자신의 뇌파를 맥놀이 시켜서 여전사들의 생체 시계에 엇박자를 만드는 데 성공했다. 10미터 이상 떨어진 곳에서도 암전이 잘 발휘된 셈이었다.

"오오오. 이거 잘 되네. 신통방통하여라."

이탄이 쾌재를 불렀다.

8월 25일.

피우림이 다시 이탄을 찾아왔다. 사흘 전 이탄이 그녀에게 건네준 금강수라종의 기초연공법은 틀림없는 진품이었다. 비록 거기에 20퍼센트의 오류가 섞여 있다고 해도, 술법의 신묘한 느낌은 감히 다른 술법들과의 비교를 불허했다.

피우림은 이제 이탄을 상당히 신뢰하게 되었다.

물론 아직까지 피우림은 이탄을 완벽하게 믿지는 못했다. 그럴지라도, 일단 이탄과의 교류가 본인에게 득이 된다는 사실은 피우림도 분명히 파악했다.

[어땠습니까? 내가 준 기초연공법 말입니다.]

이탄이 물었다.

피우림은 대답 대신 이탄에게 새로운 질문을 던졌다.

[기초연공법 다음이 응용연공법이라고 했죠?]

이탄이 고개를 끄덕였다.

[맞습니다. 기초연공 위에 응용연공을 쌓아야 비로소 피부를 다이아몬드처럼 단단하게 응결할 수 있죠.]

[나는 그걸 원해요.]

피우림이 솔직하게 속내를 밝혔다.

피우림은 노련한 여자였다. 그녀는 '이탄을 상대로 뜸을 들여 봤자 별로 소용이 없을 것'이라 판단했다. 차라리 그럴 시간에 정직하게 속마음을 밝히고 술법을 교환하는 편이 훨씬 더 나았다.

[내게는 금강수라종의 응용연공법과 교환할 만한 술법이 몇 개 있어요. 그 가운데 하나를 골라 봐요.]

피우림은 실론 가문의 대장로답게 가문의 5대술법을 모두 다 알고 있었다.

공격에 특화된 레드 존 디파이닝.

방어에 치중한 블루 존 디파이닝.

독특한 효과를 지닌 실버 존 디파이닝.

실론 가문의 시작이라 불리는 포그 레코드.

피우림의 주특기인 포그 클러.

이상의 5대술법 가운데 실제로 피우림이 연마한 것은 레드 존 디파이닝과 포그 클러, 이렇게 2개뿐이지만 피우림은 나머지 3개의 술법도 모두 머릿속에 담아두었다.

여기에 슭이 자랑하는 포지션 리플레이스먼트를 더하면

총 6개.

피우림은 이상 6개의 술법이라면 이탄도 관심을 보일 것
이라 자신했다.

Chapter 3

이탄은 6개의 술법 전체를 욕심내었다. 그중에서도 이탄
이 우선적으로 고른 술법은 다름 아닌 포그 레코드였다.

피우림이 고개를 주억거렸다.

[과연 이탄 님은 안목이 뛰어나네요. 내가 제시한 6개의
술법 가운데 실버 존 디파이닝과 포그 레코드가 가장 깊이
가 있죠. 그만큼 난해하기도 하고요.]

이건 빈 말이 아니었다. 실론 가문의 5대술법 가운데 실
버 존 디파이닝과 포그 레코드가 가장 깊이가 깊었다.

[하면 포그 레코드와 응용연공법을 교환할래요?]

피우림이 이탄의 뜻을 물었다.

이탄은 냉큼 화답했다.

[그러시죠.]

피우림은 한 발 더 나갔다.

[나는 어제 시간이 남아서 미리 작업을 해놓았어요.

포그 레코드에도 20퍼센트의 오류를 섞은 뒤, 스톤에 담아왔거든요.]

피우림의 손바닥 위에서 돌조각 하나가 둥실 떠올랐다.

[이 스톤 안에 포그 레코드가 담겨 있죠. 그러니 그쪽만 준비가 되면 오늘이라도 당장 교환할 수 있는데요.]

피우림이 이렇게 제안했다.

이탄은 하얗게 이를 드러내었다.

[하하하. 선배도 참 화끈하군요. 마침 나도 짬을 내서 작업을 좀 해놓았죠. 선배가 응용연공법에 관심을 가질 것 같아서 그 술법서를 통째로 스톤에 담아보았는데, 오늘 바로 맞교환을 하게 될 줄은 몰랐네요.]

이탄의 손바닥 위에도 스톤이 둥실 부유했다.

피우림은 스톤을 보자마자 반색했다.

[오호라. 그게 바로 금강수라종의 응용연공법인가 보죠?]

[맞습니다. 딱 20퍼센트의 오류를 가진 응용연공법이죠.]

[좋아요. 그럼 굳이 내일까지 교환을 미룰 필요가 없겠네요. 이 자리에서 곧바로 맞교환하죠.]

피우림이 이탄을 향해 손바닥을 내밀었다. 실론 가문의 술법이 담긴 스톤이 이탄을 향해 두둥실 날아왔다.

이탄도 응용연공법이 담긴 스톤을 피우림에게 보내주었다.

[그럼 다시 사흘 뒤에 봐요.]

피우림을 술법을 교환하자마자 곧장 자리를 떴다.

[그럽시다.]

이탄도 피우림을 붙잡지 않았다.

양측 모두 속마음은 똑같았다. 오늘 교환한 술법서를 서둘러 읽어보고 싶은 생각에 다른 것은 눈에 들어오지도 않았다.

"궁금하다. 궁금해. 포그 레코드는 또 어떤 술법일까?"

이탄은 침실로 돌아오자마자 붉은 금속으로 주변을 에워쌌다. 그런 다음 밀실 안에 바른 자세로 앉아서 포그 레코드의 맨 앞장부터 탐독하기 시작했다.

스톤으로부터 흘러나온 글귀들이 이탄의 뇌리로 스며들어 한 글자 한 글자 새겨졌다.

'어라? 또 이러네?'

이탄의 입가에 묘한 미소가 걸렸다.

솔직히 이탄은 신기했다. 이틀 전 암전을 처음 접할 당시 이탄은 '암전의 뿌리가 간씨 세가의 과학과 상당히 맞닿아 있구나.' 라는 생각을 품었다.

'북명의 수인족들은 대체 어떻게 이런 생각을 해냈을까?'

이런 의문이 덩달아 이탄의 머릿속에 자리를 잡았다.

한데 암전만 그런 것이 아니었다. 포그 레코드도 암전과 마찬가지로 과학과 연관성이 깊었다.

본디 안개라는 것은 물과 공기, 그리고 미세한 먼지들로 이루어져 있으며, 온도, 습도, 바람 등의 환경 조건에 따라 만들어지고 또 흩어지는 자연 현상의 일종이었다.

포그 레코드는 물과 공기의 근본 알갱이가 어떻게 구성되어 있는지, 그 물질들이 어떻게 서로 결합을 하는지, 그렇게 응결된 결합체가 미세먼지에 달라붙으면서 어떻게 증식되는지를 자세하게 다루고 있었다.

또한 포그 레코드는 바람과 온도, 습도를 자유롭게 조절하여 원하는 위치에 원하는 모양으로 안개를 만들어내는 것이 특징이었다.

여기까지만 보면 포그 레코드는 참으로 비효율적이었다. 왜냐하면 술법의 난이도에 비해서 지닌 바 위력이 그다지 신통치 않았기 때문이다.

세상에 안개를 소환하는 술법은 무수히 많았다. 안개를 다루는 마법도 별의 숫자처럼 헤아릴 수 없었다.

한데 안개와 관련된 술법이나 마법들은 대부분 아주 고난이도는 아니었다. 이것들은 오히려 쉬운 편에 속했다.

이와 반대로 포그 레코드는 물의 근본과 공기의 근본을

깊숙하게 독파해내어야 비로소 구현이 가능했다. 여기에 더해서 바람과 온도, 습도를 모두 자유롭게 다룰 수 있어야 포그 레코드가 완성되는 셈이었다.

이상의 다섯 요소들 가운데 한 가지만 제대로 익혀도 능히 대선인 소리를 들을 만했다.

물의 원리를 꿰뚫은 수도자.

공기의 원리를 꿰뚫은 수도자.

주변 온도를 자유롭게 통제하는 수도자.

바람을 가지고 노는 수도자.

세상을 구성하는 요소들을 근본까지 깨우친 수도자들은 동차원 전체를 통틀어도 그리 많지 않았다.

한데 포그 레코드를 제대로 연마하려면 이상의 네 가지 요소 외에도 습도까지도 통달해야만 했다.

그래서 지금까지 실론 가문의 선조들은 포그 레코드를 가장 난해한 술법으로 여겼다.

문제는 포그 레코드의 위력이었다.

갖은 노력 끝에 포그 레코드를 제대로 연마한들 무얼 하겠는가. 포그 레코드로 펼칠 수 있는 술법은 고작 안개를 소환하는 것뿐이었다. 이 정도는 하급 술법으로도 얼마든지 구현이 가능했다.

물론 포그 레코드로 만들어낸 안개는 하급 술법의 안개

와는 차원이 달랐으나, 그래 봤자 안개는 안개일 뿐이었다. 안개만 가지고 적과 싸우기란 여간 힘들지 않았다.

실론 가문의 역대 수도자들 가운데 상당수가 이런 생각으로 포그 레코드를 포기했다.

무지하게 어렵기만 하고, 익혀도 살상력이 그리 크지는 않은 술법.

이것이 포그 레코드에 대한 실론 가문 구성원들의 선입견이었다.

Chapter 4

그러나 여기서 끝이 났다면 포그 레코드가 실론 가문의 5대술법 안에 포함되지 못했을 것이다. 포그 레코드의 진정한 위력은 단순히 안개를 소환하는 게 전부가 아니었다. 물 분자에 술법식을 레코드(Record: 기록)하여 안개로 바꿔 버리는 것. 이것이 바로 포그 레코드의 진정한 가치였다.

예를 들어서 사람의 몸은 70퍼센트 가량이 수분으로 이루어져 있었다.

포그 레코드에 정통한 술법사는 적의 신체를 구성하는 수분에 술법식을 레코드하여 안개로 변환시키는 일이 가능했다.

혈관 속의 피가 안개로 변하는 순간 모든 생명체는 즉사하게 될 것이다.

덕분에 포그 레코드를 제대로 익힌 술법사는 그 존재 자체만으로도 대량학살이 가능한 재앙이 되었다.

물과 공기의 근본 원리로부터 출발한 이 근원적 술법을 막아낼 수 있는 방법은 그리 많지 않았다. 온몸이 금강체로 이루어져 있거나, 혹은 엄청난 마력으로 술법식을 막아내는 능력자만이 포그 레코드에 저항이 가능했다.

역대 실론 가문의 가주 중에 포그 레코드를 연마한 자가 존재했다.

오래 전 그 선조가 활동을 했을 당시, 북명의 모든 술법사들은 그의 눈길이 미치는 곳에 머무는 것을 꺼렸다. 그 선조가 의지만 일으켜도 상대방의 혈관 속 피가 증발하여 안개로 흩어지기 때문이었다.

동차원에는 알려지지 않은 사실이지만, 사실 피사노교는 동차원의 술법 가운데 여섯 가지를 선별해 두었다. 그 다음이 여섯 가지 술법들을 최우선적으로 명맥을 끊어 놓아야 할 '멸절 대상 술법'으로 지정해 놓았다.

남명 음양종의 양극합벽.

남명 금강수라종의 금강체(金剛體)

남명 금강수라종의 백팔수라 제6식.

남명 천목종의 미래안(未來眼).

북명 하버마의 카오스(Chaos: 혼돈).

북명 슭의 포그 레코드.

실론 가문의 수인족들은 알지 못하였지만, 그들이 보유한 5대술법 가운데 하나가 바로 이 멸절 대상 명단에 포함되었다.

실론 가문의 수도자들은 이러한 점도 모르고 자신들의 5대술법들을 모두 비슷한 등급으로 생각했다.

하지만 그들의 적인 피사노교에서는 실론 가문의 나머지 4개의 술법에는 신경도 쓰지 않았다. 피사노교는 오로지 포그 레코드만을 경계하여 음양종의 양극합벽과 같은 레벨로 지정해놓았다.

피우림은 포그 레코드가 이 정도로 가치가 높을 줄은 미처 몰랐다. 만약 피우림이 이 사실을 알았다면 이탄과 거래를 달리했을 것이다. 예를 들어서 그녀는 이탄에게 포그 레코드를 제공하면서 금강체와 관련된 술법 전체, 즉 응용연공법과 연단법, 연골법을 모두 내달라고 주장했을 것이다.

어쨌거나 포그 레코드는 이제 이탄의 손에 들어왔다. 이탄은 포그 레코드 술법에 깊숙이 몰입했다.

이탄이 술법을 익히는 방식은 이전과 동일했다.

우선 이탄은 뇌 속에 술법의 내용을 통째로 담은 다음, 전체 맥락에서 어긋나는 문자들을 걸러내었다.

이어서 이탄은 유추의 언령을 사용하여 빠진 공백을 하나씩 채워갔다.

이틀 전, 이탄이 암전을 재구성했을 때 그는 술법서 안에서 약 38퍼센트의 오류를 발견했다.

이 가운데 20퍼센트는 피우림이 일부러 집어넣은 오류였다. 나머지 18퍼센트는 술법서 자체가 지닌 한계라고 할 수 있었다.

이탄은 암전을 뜯어고치면서 20퍼센트의 큼지막한 오류만 바로잡는 데 그치지 않았다. 나머지 18퍼센트의 부족한 부분마저 수정하였다. 그 결과 원래의 암전보다 더 완벽한 술법이 만들어졌다.

오늘도 마찬가지였다. 이탄은 포그 레코드를 처음부터 끝까지 훑으면서 흐름에 어긋나는 문자들을 족집게처럼 뽑아내었다. 이러한 과정을 거쳐서 걸러진 문자들이 전체 술법서의 26퍼센트에 달했다.

26퍼센트 가운데 20퍼센트는 피우림이 일부러 집어넣은 오류였다. 이것들은 한눈에 보기에도 흐름에 맞지 않아 티가 확 났다.

반면 나머지 6퍼센트의 오류는 아주 미세하여 이탄이 아니라면 제대로 짚어내는 것이 불가능했다.

"암전은 18퍼센트의 불완전성을 지니고 있었지. 그에 비해서 포그 레코드의 불완전성은 고작 6퍼센트 정도인 셈인가?"

이탄은 이 6퍼센트의 불완전성을 마저 수정하여 포그 레코드를 보다 완벽한 술법으로 재탄생시켰다.

이제 온전한 술법을 손에 넣었으니 그 술법을 연마할 차례였다. 이탄은 본격적인 술법 연마에 돌입했다.

원래 포그 레코드는 난해하기 이를 데 없는 술법이었다. 연마에 시간이 오래 걸리는 것이 당연한 일일뿐더러, 술법에 대한 개념을 잡는 것도 여간 어렵지 않았다.

그런데 이탄은 이 장애물을 간단하게 뛰어넘었다. 간씨 세가에서 학습한 과학적 지식이 이탄에게 도움이 된 까닭이었다.

'어디 보자.'

이탄은 우선 물을 구성하는 수소와 산소, 그리고 공기를 구성하는 여러 가지 원자들을 머릿속에 떠올렸다.

이와 같은 과학적 지식에 포그 레코드의 내용을 접목시키자 이탄의 머릿속에 구체적인 개념도가 자리를 잡았다.

이탄은 이를 바탕으로 물 분자에 레코드를 새겨서 안개를 만들어내는 원리를 단숨에 깨우쳤다.

개념을 잡았으니 이제 연습을 통해 술법을 습득할 차례였다.

"후우우—."

이탄이 날숨과 함께 법력을 일으켰다. 이탄의 뇌에서 법력이 뭉텅이로 방출되었다. 이탄은 이 법력을 상고시대의 문자로 전환한 다음, 공기 중의 물 분자에 도장을 쾅 새겼다.

스스스스스.

투명한 문자가 기록되자 공기 중의 물 분자가 안개로 돌변했다.

여기에 이탄이 또 다른 힘을 보탰다. 주변의 온도와 습도, 그리고 공기 유동이 이탄에 의해서 통제되면서 뿌연 안개가 한층 더 짙게 끼었다.

이탄이 손바람을 일으켰다.

세찬 바람은 안개를 흩어버리게 마련이었다.

한데 이탄이 포그 레코드로 만들어낸 안개는 바람이 불어도 흩어지지 않았다. 이탄이 바람을 불면 불수록 오히려 반항이라도 하듯이 더욱 농밀하게 뭉쳐서 이탄의 주변을 에워쌌다.

이 끈적끈적한 안개는 일반적인 안개와는 차원이 완전히 달랐다. 안개 속에 파묻힌 것만으로도 숨이 턱 막혔다. 법력의 순환도 잔뜩 느려지는 느낌이었다.

Chapter 5

이런 기 현상이 발생한 원인은 간단했다. 안개 속 물 분자에 기록된 술법식이 독특한 권능을 발휘한 덕분이었다.

하급 안개 술법이 공기 중의 물 분자를 잔뜩 끌어모아서 안개를 만든다면, 포그 레코드는 물 분자 하나하나에 정성스럽게 술법 문자를 레코드하여 근원적 힘을 끌어내는 특징을 지녔다.

만급 수도자들은 평범한 안개 술법과 포그 레코드 안개의 차이를 구별하기 힘들지도 몰랐다.

하지만 만12등급을 넘어서 완1급에 올라선 수도자부터는 포그 레코드 안개에 갇힌 즉시 무언가 이상함을 느끼고 가슴이 철렁할 것이다.

만약 완급을 넘어서 선급의 수도자가 포그 레코드에 휩싸인다면?

그 수도자는 가슴이 철렁하다 못해 크나큰 두려움을 느낄 수밖에 없었다. 몸 속의 법력이 수도자의 뜻대로 움직이지 않고 끈적끈적한 아교에 파묻힌 듯 무거워지기 때문이었다.

바로 이게 포그 레코드의 첫 번째 무서운 점이었다.

이어서 포그 레코드의 두 번째 무서운 점은, 상대방의 피에 술법식을 레코드하여 안개로 변환시킬 수 있다는 것이었다.

"그걸 연습하려면 희생양이 필요하겠네."

이탄은 붉은 금속을 거두고 침실 밖으로 나왔다.

이탄의 침실 밖에는 흐나흐 족 여전사들이 경비를 서는 중이었다. 사실은 경비를 가장한 감시지만 말이다.

여전사들은 이탄이 갑자기 문을 벌컥 열자 화들짝 놀랐다.

[읍!]

[이, 이탄 님.]

이탄이 여전사들에게 심부름을 시켰다.

[혹시 별궁에서 가축을 키우고 있나?]

[가축 말입니까?]

[그래. 가축 몇 마리만 구해오너라. 살아 있는 채로 말이다.]

[네넵.]

여전사들은 의아해하면서도 이탄의 명을 받들었다.

잠시 후, 깃털이 길고 생김새가 우아한 가금류 세 마리가 여전사들의 손에 붙잡혀 왔다.

[수고했다.]

이탄은 가금류의 목을 틀어쥐고는 침실 문을 쾅 닫았다.

문 밖에서 여전사들이 서로를 마주 보며 어깨를 으쓱했다. 그녀들은 지금 이탄이 무얼 하는지 파악할 수가 없었다.

이탄이 방안에서 손바닥을 슥슥 비볐다.

"자아, 이제 시작해볼까?"

이탄은 본격적으로 술법을 연습하기 전 주변에 붉은 금속부터 둘렀다.

가금류들이 붉은 금속으로 만들어진 밀실 안에서 꼬꼬댁 꼬꼬댁 홰를 치며 돌아다녔다. 불안함을 느낀 탓인지 새들의 눈동자가 와르르 흔들렸다.

이탄이 그중 한 마리의 가금류를 지그시 바라보았다.

퍼억!

그 가금류가 갑자기 피 보라로 변했다. 가금류의 피가 안개처럼 퍼지면서 허공을 붉게 수놓았다. 비릿한 피 내음이 방 안에 진동했다.

이탄이 또 다른 가금류에게 정신을 집중했다.

퍼억!

두 번째 가금류도 어김없이 피 보라와 함께 붉은 안개로 변했다. 이 피 안개는 일반 안개와 달리 끈적끈적하면서도 기이한 술법의 힘을 내포하였다.

퍼억!

이어서 세 번째 가금류가 깃털과 살덩이만 남기고 증발했다. 가금류의 핏물은 붉은 안개 속으로 자연스럽게 유입되었다.

이 붉은 안개 속 핏물 분자들은 하나하나가 술법식을 품고 있었으며, 그로부터 신비로운 위력이 저절로 발산되었다.

비록 술법 문자들이 투명하여 눈에 보이지는 않았으되 이탄은 핏물에 새겨놓은 문자들을 똑똑히 보았다.

'술법 문자가 깔끔하게 잘 새겨졌구나.'

이탄이 히죽 웃었다.

다른 한편으로 이탄은 곰곰이 생각에 잠겼다.

'사물에 술법 문자를 새겨서 미증유의 위력을 발휘한다는 것은 어찌 보면 언령과 비슷하구나.'

문득 이런 생각이 이탄의 뇌리를 스치고 지나갔다.

언령이나 만자비문.

이런 것들이야말로 문자와 언어가 갖는 진정한 힘이라고 할 수 있었다. 그런 관점에서 보면, 북명의 선대 수도자들이 창안한 포그 레코드는 술법을 뛰어넘어 언령의 경지에 살짝 발을 걸친 것일지도 몰랐다.

"허어어, 대체 누가 이런 술법을 만들었을까?"

이탄은 포그 레코드를 처음 만들어낸 수도자가 누구인지 궁금했다.

포그 레코드는 사실 한두 사람의 노력만으로 만들어진 술법서는 아니었다. 이것은 북명 지역 다수의 대선인들이 대를 이어가며 지식을 집대성한 결과물이었다.

"나도 알아. 포그 레코드는 여러 명의 대선인들이 대를 이어가면서 발전시켜온 술법이겠지. 하지만 그래도 맨 처음 이 아이디어를 낸 천재가 있을 것 아냐?"

이탄은 그 천재 수도자에게 주목했다.

"언어의 힘을 사물에 레코드하여 술법을 구현한다는 것. 이 아이디어를 처음 제시한 수도자가 과연 누굴까? 남명에서도 생각해내지 못한 아이디어를 수인족 수도자가 이루어내다니. 그거 참 누군지 궁금하네."

이탄은 이제 확실히 깨달았다. 북명은 결코 남명에 못지않은 술법의 성지였다.

"아무래도 북명에 꼭 한번 다녀와야겠다."

포그 레코드를 접한 이후로 이탄의 머릿속에는 이러한 결심이 더욱 굳어졌다.

이탄은 북명에 대한 생각을 잠시 접어두고는 다시 술법에 집중했다. 이탄은 불과 30시간 만에 포그 레코드를 익혔으며, 여기서 한 발 더 나아가 변형까지 염두에 두었다.

"백팔수라를 펼치면 자연스럽게 먼지구름을 몰고 다니게 되잖아. 이 구름도 생성원리는 안개와 다를 바가 없는데, 혹시 백팔수라에 포그 레코드를 접목시킬 수는 없을까?"

이탄은 두 술법을 하나로 결합하여 파괴력을 더 높일 방법을 고민했다.

서로 다른 술법을 합치는 것은 대선인들도 쉽게 할 수 있는 일이 아니었다.

그러나 이탄은 백팔수라를 완전히 통달하였으며, 포그 레코드에 대한 깨달음도 높았다. 이탄의 높은 안목이 두 술법의 결합을 도왔다.

이탄은 붉은 금속 안에서 수라군림을 구현했다. 이탄의 머리가 18개로 늘어났다. 이탄의 팔다리는 각각 36개가 되었다. 이탄의 등 뒤로 청동으로 빚은 듯한 수라의 조각상이 실체처럼 뚜렷하게 떠올랐다.

Chapter 6

백팔수라 제2식 수라군림 작열!

붉은 금속으로 둘러싸인 공간 안에서 괴물수라가 무섭게

몸을 날렸다. 괴물수라의 허리 아래쪽에는 구름이 뭉게뭉게 피어올랐다.

한데 실패.

수라군림으로 구름을 일으키는 것까지는 성공이었으나, 그 구름 속 물 분자에 술법식을 새기는 것은 실패했다.

제아무리 이탄이 술법에 최적화된 천재라고 하여도 두 가지 난해한 술법을 동시에 구현하는 것이 쉽지만은 않았다.

"첫 술에 배가 부를 수는 없지."

이탄은 실망하지 않았다. 그는 실패를 두려워하지 않고 또다시 수라군림을 일으켰다. 이탄의 36개 발 밑에서 구름이 뭉게뭉게 일어났다.

"쳇. 또 실패잖아."

이탄은 제 자리로 돌아와서 다시 한번 수라군림을 일으켰다.

반복, 또 반복.

이탄은 식음을 전폐한 채 술법의 융합에 골몰했다.

하루가 지나고, 다시 또 반나절이 흘렀다.

마침내 이탄의 얼굴이 환하게 밝아졌다. 이탄은 지금 수라군림을 일으킨 상태였다. 그런데 수라군림으로 만들어낸 구름 속 물 분자 하나하나마다 포그 레코드로 새긴 술법 문자들이 정교하게 박혀 있었다.

덕분에 구름으로부터 풍기는 기세가 범상치 않았다. 수라군림으로부터 발생한 파괴적인 권능 위에 포그 레코드로부터 기인한 끈적끈적한 권능이 더해졌다. 이 끈적끈적한 권능은 적의 법력 순환을 느리게 만들고 적의 몸을 무겁게 하는 것이 특징이었다.

일단 두 술법을 융합한 이후에도 이탄은 쉬지 않았다. 그 후로도 이탄은 수십 차례를 더 반복하여 연습했다.

이탄이 노력을 하면 할수록 수라군림과 포그 레코드는 점점 더 톱니바퀴처럼 맞물려서 매끄럽게 돌아갔다.

그렇지 않아도 이탄의 수라군림은 금강수라종의 수라군림과는 결을 달리하는 이탄만의 독창적인 술법이었다.

그 술법이 포그 레코드를 만나서 한 단계 더 진화했다. 이탄은 진심으로 기뻤다.

"하하하하하."

이탄이 손으로 허리를 짚고선 호탕하게 웃었다.

8월 28일 새벽 4시에 벌어진 일이었다.

그날 오전 10시 무렵, 피우림은 약속 시간에 딱 맞춰서 이탄을 방문했다.

이번에도 피우림은 솔직하게 원하는 바를 밝혔다.

[응용연공법 다음이 연단법인가요, 아니면 연골법인가요? 어느 것을 먼저 봐야 하죠?]

[연단법이 다음 차례입니다.]

이탄이 솔직히 대답했다.

피우림은 배시시 눈웃음을 쳤다.

[에이, 그렇게 귀찮게 순서를 정할 필요가 있을까요? 그냥 둘 다 한꺼번에 넘기면 어때요? 대신 나도 슭의 술법 두 가지를 당신에게 건네줄게요.]

피우림은 5개의 스톤을 치맛자락 위에 주르륵 늘어놓았다.

이 스톤들 안에는 레드 존 디파이닝, 블루 존 디파이닝, 실버 존 디파이닝, 포그 클러, 그리고 포지션 리플레이스먼트가 담겨 있었다.

이탄이 품에서 스톤 하나를 꺼냈다.

[나도 스톤에 연단법을 담아왔습니다. 이것으로 선배의 실버 존 디파이닝과 교환하면 좋겠군요.]

[에게. 겨우 하나만 교환하려고요?]

피우림은 실망을 감추지 못했다.

이탄이 빙그레 웃었다.

[하하. 그럴 리가요. 마침 선배와 내가 뜻이 통했나 봅니다. 나도 연골법까지 함께 가져왔지요.]

이탄은 품속에서 스톤 하나를 더 꺼냈다.

피우림이 입술을 삐쭉였다.

[핏. 나를 놀렸군요. 그래도 뭐 좋아요. 연골법은 어떤 술법과 교환할 생각인가요?]

이탄이 피우림의 스톤들을 쭉 훑어보았다.

'실론 가문의 5대술법들 가운데 포그 레코드를 제외하면 실버 존 디파이닝이 가장 현묘하다지? 그럼 레드 존 디파이닝이나 블루 존 디파이닝은 실버에 비해서 가치가 떨어진단 소리잖아. 혹은 실버 존 디파이닝을 깊게 연구하다 보면 레드와 블루는 저절로 단서를 얻게 될지도 몰라.'

이것이 이탄의 판단이었다.

마찬가지로 이탄은 포그 레코드를 연마했으니 굳이 포그 클러까지 욕심을 낼 필요는 없었다.

결국 이탄의 눈길은 마지막 스톤에서 멎었다.

[포지션 리플레이스먼트. 이것으로 택하죠.]

[알았어요.]

피우림이 고개를 주억거렸다.

선택이 끝났으니 이제 술법을 교환할 차례였다.

이탄의 손에서 스톤 2개가 둥실 떠올라 피우림을 향해 날아갔다. 피우림의 치맛자락 위에서는 실버 존 디파이닝과 포지션 리플레이스먼트가 담겨진 스톤이 허공으로 둥실 떠올라 이탄을 향해 날아왔다.

'오오오, 좋아.'

이탄은 새로운 술법을 손에 넣는 기대에 가득 차서 눈을 반짝반짝 빛냈다.

피우림이 이탄에게 물었다.

[우리 6일 뒤에 다시 볼까요? 아니면 원래대로 3일 뒤에 볼까요?]

[5일 뒤는 어떻습니까?]

이탄이 새로운 날짜를 제시했다.

[알았어요. 5일 뒤에 다시 만나죠.]

피우림이 서둘러 자리를 떴다.

이탄은 '새로 입수한 2개의 술법 가운데 어느 것을 먼저 읽을까?'를 고민했다. 참으로 행복한 고민이었다.

결론적으로 말해서 실론 가문의 실버 존 디파이닝은 벨린다의 만랑회진과 일정 부분 흡사했다.

벨린다의 만랑회진은 검푸른 연기로 이루어진 영역을 설정하는 것이 술법의 시작이었다. 일단 적들을 검푸른 영역 안에 가둔 다음, 유령과도 같은 늑대들을 소환하고 늑대 두 개골이 빼곡하게 박힌 기둥으로 미로를 만들어 적을 공략하는 것이 바로 만랑회진이었다.

Chapter 7

일단 적들이 만랑회진에 갇히면 그것으로 끝.

만랑회진의 영역 안에서 적들은 지속적으로 구토와 두통을 느끼면서 생명력이 급속도로 저하되었다. 체력도 떨어졌다. 또한 만랑회진의 영역 안에서 적들은 법력도 제한되었다. 당연히 공포에 질려 정신력도 소모될 수밖에 없었다. 심지어 이 영역 안에서 적들은 부상도 잘 낫지 않았다.

실버 존 디파이닝도 '은의 영역(Silver Zone)'을 '설정(Defining)'한다는 면에서는 만랑회진과 비슷했다.

다만 효과는 사뭇 달랐다.

수도자가 실버 존을 설정하면, 그 안에서 수도자는 적의 물리 공격, 마법 공격, 술법 공격, 그리고 영력 공격에 대한 방어력이 44퍼센트를 상승했다.

100의 방어력을 가진 수도자가 실버 존 안에서는 방어력이 144로 상승한다는 뜻이었다. 그것도 물리 공격 한 가지에 대해서만 상승하는 것이 아니라 마법이나 술법, 영적인 공격에 대해서도 모두 높아졌다.

이것은 정말 큰 장점이었다.

한데 이게 전부가 아니었다.

방어력 상승에 더해서, 실버 존 안에서 수도자는 적의 공격을 저절로 되받아치는 효과를 받았다. 그것도 무려 적 공격의 20퍼센트를 반사했다. 만약에 실버 존 안에서 적이 100의 힘으로 수도자를 공격하면, 이 가운데 20이 적에게 되돌아간다는 의미였다.

"만랑회진은 적의 다섯 가지 요소, 즉 생명력, 체력, 법력, 정신력, 그리고 회복력을 삭감하는 효과가 있지. 그에 비해서 실버 존은 마치 반탄력이 좋은 은빛방패와 비슷하네. 나의 방어력을 44퍼센트 올려줄 뿐 아니라, 적에게 20퍼센트의 데미지를 반사시키는 셈이잖아?"

이탄은 이미 만랑회진을 통달한 상태였다. 따라서 실버 존 디파이닝을 익히는 게 그리 어렵지 않았다.

이탄이 몇 차례 연습하자 이탄의 주변에 곧장 실버 존이 형성되었다.

실버 존 디파이닝은 법력이 많이 소모되는 술법으로도 악명이 높았다. 하지만 이탄에게는 이 점이 아무런 문제도 되지 않았다. 오히려 이탄은 법력이 넘쳐나서 어떻게 다 써야 하나 고민할 정도였다.

"쳇. 그러면 뭐해. 나는 이미 금강체를 완성하여 온몸에 100층의 겹코팅을 둘렀잖아. 그것만으로도 내 방어력과 반탄력은 충분하다고. 쯧쯧쯧. 결국 나에게는 실버 존 디파이닝이 별 쓸모가 없겠구나."

이탄이 투덜거렸다.

그러다 이탄의 뇌에 새로운 아이디어가 떠올랐다.

"가만! 만랑회진과 실버 존 디파이닝은 기본 개념이 비슷하잖아. 혹시 만랑회진과 실버 존을 하나로 결합할 수는 없을까? 만랑회진으로 적의 다섯 요소를 삭감하면서, 동시에 유령 늑대나 두개골 기둥에 은빛방패를 입혀주는 거지. 그러면 유령 늑대 등이 적의 공격을 반사할 것 아냐."

신왕 프사이는 천랑회진을 만들면서 천랑회진의 늑대들에게 갑옷을 입혀주었다.

만랑회진에는 그 기능이 없어서 아쉬웠는데, 실버 존 디파이닝을 잘만 섞으면 괜찮은 모양새가 나올 것 같았다.

"좋아. 한번 시도해보자. 어차피 밑져야 본전이잖아."

이탄은 만랑회진을 업그레이드할 생각에 기뻐서 시간이 가는 것도 잊었다.

밤을 꼬박 새우고 다시 낮이 지나 밤이 되도록 이탄은 침실 안에 처박혀서 술법의 업그레이드에만 매달렸다.

그로부터 4일 뒤.

"휴우우, 되었다."

이탄이 손으로 얼굴을 쓸어내렸다. 이탄의 입가에 만족스러운 미소가 떠올랐다.

이탄은 지난 4일간 각고의 노력 끝에 만랑회진의 업그레이드에 성공했다. 만랑회진에 실버 존 디파이닝이 합쳐지면서 만랑회진 속 늑대 두개골 기둥들이 은빛으로 번쩍거렸다.

이 은빛으로 인하여 늑대 두개골 기둥들의 강도가 44퍼센트나 증가했다. 기둥으로부터 반탄력도 발휘되었다.

다만 한 가지.

만랑회진이 업그레이드되면서 술법 구현에 소모되는 법력의 양이 기존보다 두 배 가까이 증가했다.

하지만 이것은 이탄에게 아무런 장애요소가 아니었다.

"어차피 나는 법력이 넘쳐나잖아."

이탄이 자랑스레 뇌까렸다.

이탄은 만랑회진을 성공적으로 업그레이드한 이후에도 만족하지 않았다.

"얼른 다음 술법을 연구해 봐야지."

이탄은 곧바로 포지션 리플레이스먼트를 탐독하기 시작했다.

원래 포지션 리플레이스먼트는 '소나이' 라는 고대의 술법으로부터 비롯되었다.

이 신비로운 술법은 적과 나의 위치를 순간적으로 바꿔치기하는 것이 특징이었다. 따라서 포지션 리플레이스먼트

만으로는 적을 공격하지 못하지만, 전투 중 보조 수간으로
는 아주 안성맞춤이었다.

위기의 순간 적과 나의 위치를 바꿔치기하여 위험으로부
터 벗어난다거나, 적에게 뜻밖의 상황을 안겨주어 치명타
를 날리기에도 딱 좋았다.

어치 보면 신왕의 토템을 탈환할 때 삼신녀가 펼쳤던 마
법이 포지션 리플레이스먼트와 비슷했다.

이탄은 당시를 떠올리며 포지션 리플레이스먼트에 만족
했다.

포지션 리플레이스먼트는 뛰어난 장점을 지닌 대신 단점
도 존재했다.

우선 포지션 리플레이스먼트는 개념이 난해했다.

또한 위치를 갑자기 바꿔치기를 하다 보니 몸에 익숙해
지는 데에도 시간이 오래 걸렸다.

세 번째 단점으로는 포지션 리플레이스먼트에 소모되는
법력이 생각보다 꽤 많다는 점들 들 수 있었다.

다행히 이상 세 가지 단점은 이탄에게는 별 문제가 아니
었다.

이탄은 우선 법력이 넘쳐났다.

신체 반응도 남달라서 갑자기 적과 위치가 바뀌어도 크
게 혼란을 겪지 않았다.

게다가 이탄은 포지션 리플레이스먼트의 난해한 개념을 수월하게 이해해버렸다.

이번에도 간씨 세가의 지식이 도움이 되었다.

"하하하. 이거 참."

이탄이 어이가 없어서 실소를 흘렸다.

지금 이탄의 머릿속에는 슈뢰딩거의 고양이나 양자 얽힘과 같은 양자역학적인 지식들이 맴돌았다.

"간씨 세가의 탑에서 주입식으로 배운 물리학이 포지션 리플레이스먼트와 이렇게 연결될 줄은 또 몰랐네. 하하하."

알고 보니 포지션 리플레이스먼트는 양자역학과 비슷한 개념에서 출발했다.

이탄은 이를 바탕으로 빠르게 개념을 잡았고, 그 다음은 일사천리로 술법을 독파하였다. 불과 열여덟 시간 만에 포지션 리플레이스먼트를 완성한 것이다.

Chapter 8

"흐음. 이제 실제로 사용을 좀 해볼까?"

이탄이 창가로 다가갔다. 침실 밖 저 멀리 나뭇가지 위에 앉아 있는 부엉이가 이탄의 눈에 들어왔다.

딱!

이탄이 손가락을 튕겼다.

부엉이가 갑자기 이탄의 침실 안에 나타났다. 깜짝 놀란 부엉이는 날개를 퍼덕이더니 창문에 부리를 마구 부딪치며 침실 밖으로 나가려고 들었다.

한편 이탄은 부엉이와 자리를 바꿔서 창문 밖 높은 나뭇가지 위에 올라갔다.

"흐으음. 상쾌하구나."

이탄은 가느다란 가지 위에 뒷짐을 지고 서서 여유롭게 밤공기를 음미했다.

이탄이 손가락을 딱 튕겼다.

이번에는 정원 속 연못가에 웅크리고 있던 도롱뇽이 높은 나뭇가지로 올라왔다. 대신 이탄은 도롱뇽이 있던 연못 앞으로 자리를 옮겨 나무 위를 올려다보았다. 도롱뇽은 기절할 듯이 놀라서 나무에서 뚝 떨어졌다.

딱!

이탄이 다시 손가락을 튕겼다.

그 즉시 이탄의 몸뚱어리가 침실로 돌아왔다.

침실 안에서 미친 듯이 날아다니던 부엉이는 연못가 풀밭에 머리를 처박았다. 부엉이가 어리둥절하여 주변을 두리번거렸다. 부엉이의 동그란 눈은 공포에 질려 있었다.

"와아, 이거 쓸 만한데? 멀리 도망치는 적과 위치를 바꿔버리면 아마도 적들이 깜짝 놀라겠지? 하하. 이제 아무도 내 손에서 도망치지 못하겠어. 그래. 나에게는 바로 이런 술법이 필요했다고. 하하하."

이탄은 포지션 리플레이스먼트가 마음에 쏙 들었다.

9월 2일 아침.

피우림이 이탄을 찾아왔다.

오늘도 피우림은 마음이 잔뜩 들떠 있었다. 이탄과 술법을 교환할 생각 때문이었다.

한데 이탄이 연신 퇴짜를 놓았다.

[선배, 지난 며칠간 실버 존 디파이닝을 살펴보았었지요. 그랬더니 술법이 너무 난해할 뿐 아니라 나와 잘 맞지 않는 것 같더라고요. 레드 존 디파이닝이나 블루 존 디파이닝도 마찬가지라 생각됩니다. 나는 금강수라종의 백팔수라 제1식을 이 두 가지 술법과 교환할 마음이 없습니다.]

이탄이 몽니를 부리자 피우림이 당황했다.

[아니, 갑자기 왜 이래요. 레드 존 디파이닝은 내가 직접 익혔기에 그 위력을 잘 알거든요. 일단 이 술법으로 영역을 지정하면, 그 영역에 들어온 적들은 생명력이 지속적으로 깎일 뿐 아니라 독에 중독된 것처럼 급속도로 약해진단 말

이에요. 레드 존 디파이닝처럼 다수의 적을 해치울 수 있는 광역 술법이 어디 흔한 줄 알아요?]

[그래도 나와 맞아야 쓸모가 있을 것 아닙니까? 실버 존을 겪어보니 이런 계열의 술법들은 나와 잘 맞지가 않더라고요.]

이탄은 거짓말을 술술 했다.

사실 이탄은 실버 존 디파이닝으로 만랑회진을 한 단계 업그레이드했을 뿐 아니라, 술법의 가치도 높게 평가했다.

'하지만 거기서 끝이지. 이미 실버 존의 구축 방법을 알았으니 레드 존이나 블루 존은 나에게 그다지 쓸모가 없어.'

이탄이 튕기면 튕길수록 피우림은 더더욱 몸이 달았다.

[그럼 블루 존 디파이닝은 어때요? 이건 술법자 본인뿐 아니라 영역 내에 들어온 아군들을 단체로 힐링해주는 효과가 있다고요. 블루 존 안에서 모든 술법자들은 법력이 급격히 충전될 뿐 아니라 상처도 낫고 정신력도 굳건해지거든요. 내가 이런 말까지는 안 할려고 그랬는데, 블루 존 디파이닝은 정말 사기적인 술법이라고요.]

피우림은 정말 열심히 블루 존 디파이닝의 장점을 피력했다.

하지만 이탄은 요지부동이었다.

[선배의 말뜻은 알겠는데, 그래도 블루 존 디파이닝과 백팔수라 제1식을 교환하고 싶지는 않군요.]

이탄은 완강하게 교환을 거부했다.

피우림이 한숨을 포옥 내쉬었다.

[휴우우, 좋아요. 알았어요. 포그 클러도 마음에 들지 않겠죠?]

[맞습니다. 포그 클러도 백팔수라 제1식과 교환하기에는 약합니다. 차라리 내가 가진 다른 술법들과 교환하면 어떻습니까?]

이탄이 역으로 제안했다.

예를 들어서 이탄은 '은신공법'이라는 술법을 가지고 있었다. 마르쿠제 술탑이 위치한 랑무 대산맥에서 구매한 술법서였다. 이 은신공법은 적으로 하여금 나를 얕보게 만드는 아주 괴상한 기능을 지녔다.

피우림이 고개를 가로저었다.

[아뇨. 나는 꼭 백팔수라를 교환하고 싶어요. 하아아. 그러면 우리 이렇게 해보면 어떨까요?]

[어떻게 하자는 겁니까?]

[레드 존 디파이닝과 블루 존 디파이닝, 그리고 포크 클러를 다 얹어줄게요. 이상 세 가지 술법과 백팔수라 제1식을 교환해요.]

피우림이 눈을 질끈 감고 3대 1의 맞교환을 제안했다.

이번에도 이탄은 고개를 가로저었다.

[아뇨. 조금 전에도 말했다시피 선배의 술법들은 나와 맞지가 않는다니까요. 익히지도 못할 술법을 받아서 내가 뭘 하겠습니까?]

[하아아, 정말 힘들군요.]

피우림이 얼굴을 구겼다.

이탄은 두 손을 어깨 높이로 들었다.

[선배가 더 이상 제시할 것이 없으면 오늘 교환은 하지 말죠.]

[아니, 잠깐만요.]

피우림이 이탄을 붙잡았다.

이탄은 엉덩이를 반쯤 떼다가 말고 다시 앉아서 상대를 물끄러미 바라보았다.

피우림은 아공간 주머니를 열어서 주섬주섬 몇 가지를 꺼냈다.

이탄이 고개를 갸웃했다.

[선배, 이게 다 뭡니까?]

[이건 내가 그동안 모아놓은 고대의 술법서, 혹은 법보들이에요. 나와 잘 맞지 않아서 익히지 못했을 뿐이지, 사실 이 술법서들 하나하나가 상급 술법서에 못지않은 가치

를 지녔죠. 게다가 이것들은 복사본이 아닌 원본이라 오류
도 전혀 없어요.]

　[대신 이 술법서들은 고대 북명의 언어로 수록되어 있어
서 해독이 힘들겠지요.]

　이탄이 피우림의 약점을 찔렀다.

제6화

이탄의 무력

Chapter 1

피우림이 손으로 자신의 얼굴을 쓸어내렸다.

[맞아요. 해독이 어렵죠. 대신 해독만 하면 그 가치는 어지간한 상급 술법을 뛰어넘을 수도 있다고요.]

이렇게까지 하는 것을 보면 피우림은 정말 백팔수라가 간절한 듯했다.

[알겠습니다. 선배가 그렇게까지 말하니 한번 살펴는 보죠.]

이탄은 별로 탐탁지 않은 표정으로 피우림이 꺼내놓은 것들을 살폈다.

피우림은 주먹을 꼭 쥐고 이탄의 표정을 곁눈질했다.

첫 번째 술법서는 짐승의 가죽에 피로 기록된 상태였다.

술법서가 워낙 오래되어 보존 상태가 썩 좋지는 않았다. 중간 중간에 글씨가 보이지 않는 부분도 있을뿐더러, 이탄이 해독하지 못하는 언어로 기술되었다.

이탄은 고개를 내젓고는 첫 번째 술법서를 다시 탁자에 내려놓았다.

'쳇.'

피우림이 입술을 질끈 깨물었다.

이어서 이탄은 두 번째 술법서를 손에 잡았다.

이 술법서는 거북이 등껍질에 빼곡하게 문자가 새겨져 있었는데, 이 또한 중간에 누락된 곳이 많아 선뜻 내키지가 않았다.

'첫 번째 술법서도 그렇고 이 두 번째도 그렇게 다 갖고는 싶네. 하지만 백팔수라와 교환할 정도는 아니지.'

이탄은 또다시 고개를 가로젓고는 거북이 등껍질을 내려놓았다.

'하아.'

피우림이 속으로 한숨을 내쉬었다.

피우림이 꺼내놓은 세 번째 술법서는 대나무 속에 내용이 새겨진 상태였다.

앞의 두 술법서에 비해서 세 번째 술법서가 보존 상태는 가장 양호했다. 하지만 상고시대의 문자라 당장 해독이 어렵기는 마찬가지였다.

'이것도 궁금하기는 하네. 하지만 내용도 모르는 술법서와 백팔수라를 교환할 수는 없잖아? 안 되고말고.'

이탄은 대나무 술법서를 다시 제자리에 돌려놓았다.

이탄은 법보에는 눈길도 주지 않았다. 언제나 그렇듯이 법보는 이탄의 관심 밖이었다.

이탄이 3개의 술법서를 모두 거절하자 피우림이 아공간 주머니 속에서 하나를 더 꺼내놓았다.

[이건 술법서인지 아닌지도 모르겠어요. 그래서 빼놓았던 것인데 한번 가치를 가늠해 봐줘요.]

이번에 피우림이 꺼내놓은 것은 열여덟 장으로 이루어진 금속판 묶음이었다.

'엇? 저것은?'

이탄의 동공 깊은 곳에서 이채가 번뜩였다가 빠르게 사라졌다.

피우림은 이탄의 감정이 요동치는 것을 알지 못하고 제 할 말만 내뱉었다.

[사실 이 금속판은 오래 전 돌아가신 가문의 선조님으로부터 받은 유품이에요. 선조님도 이 금속판이 현묘한 기운을 품고 있는 것만 알아보았지 이 금속판이 술법서인지 아

닌지는 판별하지 못하셨어요.]

이탄이 금속판을 손에 들고 한 장 한 장 넘겨보았다. 이탄의 눈동자 깊은 곳에서 기이한 열기가 일렁거렸다.

'이 금속판은 광목목음(廣目木音)이다. 광목이 지은 나무의 음악, 광목목음!'

사실 이것은 술법서가 아니라 악보였다.

이탄은 그동안 다양한 경로를 통해서 광목이 남긴 악보 시리즈를 손에 넣었다. 가장 먼저 광목화음을 얻은 데 이어서 광목수음, 광목금음, 광목토음을 차례로 입수했다.

불, 물, 나무, 금속, 그리고 흙.

이상 다섯 가지 원소 가운데 이제 남은 것은 나무뿐이었는데, 그 광목목음이 오늘 이탄의 눈앞에 깜짝 선물처럼 등장했다.

'이 희귀한 악보가 연달아 내 손에 들어오는 것을 보면 악보 시리즈가 나와 인연이 깊다는 뜻이 아닐까?'

이탄은 어떤 운명 같은 것을 느꼈다.

'화수목금토. 광목목음만 채워 넣으면 광목의 악보 시리즈는 완성되는 거야. 이 악보는 내가 꼭 가져야 해.'

이탄은 어떻게든 광목목음을 가지기로 마음먹었다.

[흐음, 이거 참.]

광목목음을 가지고야 말겠다는 확고한 속마음과 달리 이

탄은 멈칫멈칫 하며 망설이는 듯한 행동을 보였다.

피우림은 속이 바짝 탔다.

[어떤가요? 그 금속판이 마음에 드나요?]

[흐으으음.]

이탄은 팔짱을 끼고 손가락으로 턱을 조몰락거렸다.

피우림이 답답함을 참지 못하고 주먹으로 자신의 가슴을 두드렸다.

[어유, 답답해. 그럼 이렇게 해요. 그 금속판에 마음이 끌린 것 같은데, 그것에 더해서 다른 술법서 가운데 하나를 더 얹어줄게요. 그렇게는 교환할 마음이 있나요?]

이탄이 한 가지 조건을 걸었다.

[선배도 알다시피 백팔수라 제1식은 익숙한 문자로 기술되어 있습니다. 비록 20퍼센트의 오류를 넣어놓기는 했지만요. 반면 이 금속판은 솔직히 술법서인지 아닌지도 잘 모르겠고, 나머지 3개의 술법서들도 모두 고대의 문자라 인연이 닿지 않으면 평생토록 해독이 불가능할지도 모릅니다. 게다가 일부 술법서들은 이미 풍화작용 때문에 삭아서 20퍼센트는 문자가 유실된 것도 같고요. 그러니 추가 수정 없이 원본 그대로 교환하는 게 공평할 듯합니다. 선배의 의견은 어떤가요?]

이탄의 말에도 일리는 있었다. 지금 피우림이 꺼내든 술법서들은 삭아서 보이지 않는 분량들이 제법 되었다. 게다가 문자 해독도 어려웠다.

피우림이 곰곰이 고민해 보았다.

'이미 술법서의 일부 문자가 유실되었는데, 거기에 더해서 추가로 문자들을 바꿔치기하여 오류를 집어넣겠다고 하면 당연히 상대방은 교환을 거절하겠지? 나 같아도 그런 교환은 하지 않을 게야.'

결국 피우림은 이탄의 조건을 받아들였다.

[일리가 있는 이야기네요. 하면 추가로 오류를 섞지 않고 원본 그대로 탁본을 떠드릴게요. 금속판의 탁복 하나, 그리고 나머지 3개 술법서 중 하나의 탁본. 이렇게 드리죠. 이탄 님은 어떤 술법서를 원하시나요?]

피우림이 이탄에게 물었다.

Chapter 2

이탄은 눈앞의 세 가지 술법서들을 스윽 훑어보았다.

가죽 술법서.

거북이 등껍질 술법서.

대나무 술법서.

이탄은 세 가지 가운데 망설임 없이 대나무 술법서를 선택했다. 이 술법서가 가장 보존 상태가 양호하기 때문이었다.

피우림은 쓴 미소를 입에 걸었다.

[그럴 줄 알았어요. 즉시 탁본을 뜨죠.]

피우림이 손가락을 튕기자 허공에 핏물처럼 붉은 액체가 한 방울 떠올랐다. 그 액체가 아주 얇게 펼쳐지면서 금속판에 음각된 내용을 고스란히 복사했다. 이어서 대나무 술법서도 복사하였다.

피우림은 이 붉은 액체를 스톤 2개에 나눠 심어서 이탄에게 전해주었다. 스톤 가운데 하나는 광목목음의 악보를 담았고, 다른 하나는 대나무 술법서의 내용을 담았다.

이탄도 피우림에게 스톤을 하나 건넸다. 백팔수라 제1식 수라초현이 담긴 스톤이었다. 물론 술법 가운데 20퍼센트의 오류가 섞여 있어 피우림이 이것만 보고 수라초현을 연마하는 것은 불가능했다.

'다만 백팔수라의 느낌을 음미하는 것만으로도 그녀가 깨달음을 얻어서 벽을 깰 수는 있겠지. 어차피 그런 발전은 그녀의 재능과 노력, 그리고 운에 달린 거야.'

이탄이 속으로 이렇게 중얼거렸다.

피우림은 백팔수라 제1식을 손에 넣어 무척 기뻐 보였다.

[이제 다 끝났죠?]

이탄이 오늘 교환을 마무리 지으려고 할 때였다. 피우림이 이탄을 붙잡았다.

[잠깐만요.]

[선배, 뭐가 또 남았습니까?]

이탄은 의문 어린 눈빛으로 상대를 바라보았다.

피우림은 턱으로 나머지 2개의 술법서를 가리켰다.

[혹시 가죽 술법서와 거북이 등껍질 술법서에 관심이 있나요?]

[흠.]

이탄은 일어나려다 말고 다시 자리에 착석했다.

[솔직히 말해서 관심이 전혀 없지는 않죠. 저 고대의 술법서를 내가 깨우칠 수 있다고는 보지 않지만, 저런 고대의 유품들은 수집할 가치가 있으니까요. 하지만 백팔수라 제2식과 교환할 마음은 절대로 없습니다.]

이탄은 단호하게 속마음을 밝혔다.

피우림이 입술을 삐죽였다.

[피잇. 그건 나도 알고 있으니까 그렇게 강조하지 않아도 되어요. 내가 묻는 이유는, 저 두 가지 술법서와 교환할 만한 다른 술법이 있냐는 거예요. 백팔수라 말고요.]

[호오? 그렇다면 이야기가 달라집니다만.]

이탄이 반색을 했다.

이탄은 잠시 고민하다가 은신공법을 내놓아 보았다.

당연히 피우림은 펄쩍 뛰었다.

[뭐예요? 적으로 하여금 나를 얕보게 만드는 술법이라고요? 지금 나를 바보로 아는 거예요? 어디서 그런 괴상한 술법을 꺼내나요?]

[하하. 역시 싫으시군요. 사실은 나도 이것을 혼명 지역에서 속아서 사서 말이죠. 하하핫.]

이탄이 계면쩍게 웃었다.

[흥. 다시는 은신공법 이야기도 꺼내지 말아요.]

피우림은 마뜩지 않은 듯 얼굴을 찌푸렸다.

결국 이탄은 다른 것을 꺼내들었다.

[좋습니다. 그럼 이건 어떻습니까?]

[뭔데요?]

피우림은 호기심이 동한 듯 고개를 쭉 빼고 이탄이 꺼낸 것을 보았다.

[사실 이건 술법서는 아닙니다. 금강수라종이 보유한 진법서죠.]

[오! 진법서라고요?]

피우림이 대번에 눈을 반짝였다.

물론 수도자에게는 술법서가 가장 중요했다.

하지만 수도자 개인이 아니라 실론 가문 입장에서는 술법서보다도 오히려 집단 전투에 도움이 되는 진법서가 더 유용할지도 몰랐다. 피우림은 그 관점에서 이탄의 이야기에 귀를 기울였다.

이탄이 부연설명을 보탰다.

[칠채공작진이라고, 금강수라종에서 정말 아끼는 진법서를 알고 있습니다. 이 진법서에 20퍼센트의 오류를 섞어서 드릴 수 있지요.]

[오! 좋아요. 고대의 술법서 2개와 칠채공작진을 바꾸죠.]

피우림은 퍼뜩 달려들었다.

[잠시만요.]

이탄이 피우림을 저지했다.

[왜요?]

피우림이 찌푸린 눈으로 이탄을 바라보았다.

이탄은 천천히 자신의 의견을 설명했다.

[금강수라종 입장에서 칠채공작진은 아주 귀한 진법서입니다. 비록 백팔수라보다는 중요성이 약간 못 미치겠지만, 그 가치는 결코 무시할 수 없습니다.]

[그럼 어쩌자는 게죠? 고대의 술법서 두 권 외에 뭘 또 원하나요?]

피우림이 조급하게 다그쳤다.

이탄은 턱끝으로 스톤 하나를 가리켰다.

[고대의 술법서 두 권에다가 블루 존 디파이닝을 얹어주시죠.]

[뭐라고요?]

피우림은 말도 안 된다는 듯이 인상을 썼다.

반면 이탄은 침착했다.

[내가 장담하건대 칠채공작진은 그럴 만한 가치가 있습니다. 심지어 금강수라종은 이 진법을 사용하여 피사노교의 침입자들에게 큰 타격을 입힌 적도 있지요. 그것도 어중이떠중이 마졸들이 아니라 피사노교의 수뇌부인 피사노 쌀라싸가 직접 진두지휘하는 적 정예병들에게 타격을 입힌 겁니다.]

[헉! 피사노 쌀라싸?]

피우림이 깜짝 놀랐다.

이탄은 피우림에게 생각할 시간을 주었다.

잠시 고민을 한 뒤, 피우림이 이탄에게 다시 물었다.

[그 말이 진짜인가요? 금강수라종이 칠채공작진으로 피사노 쌀라싸를 물리쳤었다고요?]

[진짜입니다. 금강수라종의 명예를 걸고 맹세합니다.]

이탄이 진지하게 대답했다.

'금강수라종의 명예를 입에 담은 이상, 이것은 진심일 게야. 남명의 수도자들은 종파의 명예를 목숨보다 더 소중하게 생각하니까 말이야. 그렇다면 칠채공작진이 정말 강력하다는 뜻일 텐데.'

피우림은 이렇게 판단했다.

Chapter 3

마침내 피우림이 거래에 응했다.

[좋아요. 이탄 님의 말을 믿죠. 20퍼센트의 오류가 섞인 칠채공작진을 내게 주세요. 나는 그 대가로 20퍼센트의 오류가 섞인 블루 존 디파이닝과, 고대의 술법서 2권의 복사본을 넘기지요.]

[역시 선배는 화끈하군요.]

이탄이 씨익 웃었다.

이탄과 피우림은 한 차례 더 스톤을 주고받았다. 교환의 결과 피우림은 칠채공작진을 손에 넣었다.

이탄도 그에 상응하는 대가를 받았다.

각자 원하는 바를 입수하였기에 둘 다 만족했다.

피우림이 돌아간 뒤, 이탄은 고대의 술법서 세 권을 차례로 꺼내서 살폈다.

"쳇, 문자가 해독되지 않아 이 술법들을 당장 익힐 수는 없겠네. 하지만 남명으로 돌아가면 이 문자들을 해독할 길이 있을 거야."

이탄은 긍정적으로 생각했다.

이어서 이탄은 광목목음을 살폈다.

광목화음, 광목수음, 광목목음, 광목금음, 광목토음으로 이어지는 악보 시리즈가 이탄의 뇌리에 차례로 들어와 박혔다.

이 악보로 바로 연주를 해볼 수는 없을 듯했다.

"어지간한 악기로 연주를 시도했다가는 괜히 악기만 망가질 것 같아. 이건 아몬의 현을 찾아서 아몬의 토템을 재현한 다음에나 시도해보자."

이탄은 광목이 지은 악보 시리즈를 일단 나중으로 미뤄두었다.

이제 남은 것은 블루 존 디파이닝이었다.

"블루 존 디파이닝이라."

이탄은 침대 위에 편하게 자리를 잡고 앉아서 술법의 내용을 훑었다.

피우림의 설명이 맞았다. 블루 존 디파이닝은 크게 네 가지 효과를 지녔다.

첫째, 블루 존 영역 안에서 아군의 생명력 49퍼센트 버프.

둘째, 블루 존 영역 안에서 아군의 치유력 49퍼센트 제공.

셋째, 블루 존 영역 안에서 아군의 법력 충전 속도 49퍼센트 증가.

넷째, 블루 존 영역 안에서 아군의 정신력 49퍼센트 버프.

여기서 핵심은 '블루 존의 범위가 얼마나 크냐?' 였다.

만약 블루 존이 고작 직경 10 미터 이내에서만 발휘된다면 이건 별 효과가 없는 셈이었다. 만약 블루 존이 수 킬로미터에 걸쳐서 펼쳐진다면 이건 정말 획기적이었다. 대규모 전투에서 블루 존만 있으면 아군의 사기가 엄청나게 올라갈 것이었다.

"그런데 블루 존의 크기는 술법사의 법력에 달렸단 말이지? 법력이 부족한 술법사는 고작 1 미터 영역만 블루 존으로 지정할 수 있을 테고, 법력이 풍부하면 블루 존의 크기가 무한정이라고?"

단, 이 술법에는 단점도 존재했다.

"다만 이 블루 존의 효과는 오로지 생명체에게만 미치는구나. 만랑회진의 유령 늑대라든가 늑대 두개골 기둥은 블루 존의 효과를 볼 수 없어. 또한 내게도 치유 효과가 없지. 나는 생명체가 아니니까. 큭큭큭."

이탄이 자조적으로 웃었다. 그러다 갑자기 버럭 신경질

을 내었다.

"에잇. 더러운 세상. 오로지 생명체만 치료해주다니, 그럼 나 같은 언데드는 어찌하란 말이냐?"

비록 짜증은 났지만, 이탄은 일단 블루 존 디파이닝을 익혀보기로 마음먹었다.

"내게는 별 쓸모가 없더라도 내 동료나 아군에게는 이 술법이 도움이 될 거야. 게다가 그리 어려운 술법도 아니잖아. 실버 존 디파이닝을 연마하면서 한 번 영역 디파이닝 술법에 대한 개념을 익혀두었으니 하루면 완성할 수 있을 테지."

이탄은 아무렇지도 않게 뇌까렸다.

만약 피우림이 이탄의 말을 들었으면 놀라서 뒷목을 잡았을 것이다. 실론 가문에서 천재라 불리는 수인족 수도자들도 블루 존 디파이닝을 제대로 연마하려면 수백 년 이상, 혹은 수천 년도 넘게 고생을 해야만 했다.

이탄은 그 어려운 술법을 불과 하루 만에 뚝딱 해치웠다.

이탄과 피우림은 더 이상 술법을 교환하지 않았다. 사실 이탄에게는 아직 백팔수라 제2식부터 제6식까지가 남아 있었다. 다만 안타깝게도 피우림이 그 귀한 술법과 교환할 만한 것이 없었을 뿐이었다.

그 후로도 피우림은 이탄에게 몇 번 더 교환을 구걸(?)했다.

이탄은 냉정하게 피우림의 청을 거절했다.

결국 피우림은 교환을 포기하고는 별궁을 떠났다.

피우림이 별궁에서 나왔다는 소식에 샤룬이 한달음에 달려왔다.

샤룬은 애인을 이탄에게 빼앗긴 것이 못내 분하고 비참했다. 그러면서도 샤룬은 감히 이탄에게 달려들 용기는 없었다. 그렇다고 피우림에게 보복할 수도 없었다. 샤룬은 지금이라도 피우림을 되찾고 싶을 뿐이었다.

하지만 샤룬이 달려왔을 때는 이미 피우림이 지하도시를 떠난 뒤였다.

샤룬은 피우림이 어디에 사는지, 어느 종족인지 알지 못하였다. 그저 피우림이 내킬 때만 샤룬을 찾아올 뿐이었다.

[나중에라도 그녀가 마음이 동하면 다시 내 곁으로 돌아오겠지? 피우림은 원래 바람 같은 여인이 아니던가. 아무리 잡으려 해도 잡히지 않는 바람 말이다. 큭큭큭.]

샤룬이 비참하게 웃음을 토했다.

한편 샤론은 안도의 한숨을 내쉬었다.

[피우림, 고년이 이탄 님의 곁을 떠났단 말이지? 휴우우, 다행이로다.]

이렇게 안심을 하면서도 샤론은 마음 한구석이 불안했다.

그동안 샤론은 몇 차례나 별궁으로 이탄을 찾아와 차를 한 잔 마시자고 청하였으나 그때마다 거절을 당했다.

이탄이 술법을 연마하느라 바빴던 탓이었다.

샤론은 [왜 피우림은 되고 나는 안 되는데?]라고 절규했으나, 그 절규는 이탄에게는 닿지 않았다.

그 결과 샤론은 피우림에 대한 깊은 패배감을 곱씹게 되었다.

[피우림이 언제 또 나타날지 몰라. 마그리드, 고 쌍년도 안심할 수 없고 말이야. 그 전에 어떻게든 이탄 님을 내 편으로 확실하게 붙들어 두어야 할 텐데……. 뭔가 뾰족한 수가 없을까?]

샤론은 열심히 머리를 쥐어짜 보았다.

[끄으응.]

샤론이 아무리 애를 써도 당장 묘수가 떠오르지는 않았다. 결국 샤론은 자신의 머리만 꽉 감싸 안았다.

한데 의외의 사태가 벌어져 샤론에게 한 줄기 희망의 빛을 드리웠다.

Chapter 4

쿠와아앙!

하늘이 무너지고 땅이 붕괴하는 굉음이 샤룬, 샤론 남매의 지하도시를 강타했다. 도시를 떠받치는 거대한 지반이 우르르 뒤흔들렸다.

[꺄아악.]

[대지진이 터졌다.]

2억 명이 넘는 지하도시 주민들이 비명을 지르며 집 밖으로 튀어나왔다. 흐나흐 일족 주민들이 느끼기에 이것은 대지진과 같은 자연재해가 분명했다.

한데 도로로 나와 보니 지진이 아니었다. 지하도시 천장에 직경 수십 킬로미터에 달하는 구멍이 뻥 뚫렸다. 이어서 그 구멍 속으로 거대한 눈알이 쑥 접근했다.

[허억?]

[씨클롭이닷.]

흐나흐 족 주민들이 기겁을 했다.

그릇된 차원의 몬스터들은 자신들보다 강자를 만나면 몸이 굳는 게 특징이었다. 흐나흐 주민들도 지하도시 천장을 들여다보는 거대한 눈알을 보자마자 얼음조각처럼 몸이 굳었다.

이 현상은 샤룬, 샤론 남매에게도 마찬가지로 나타났다.

[씨클롭의 초강자가 또 등장하다니.]

샤룬이 넋을 잃었다.

[아아아, 이걸 어쩜 좋아.]

샤론은 발을 동동 굴렀다.

두 남매의 시선이 별궁으로 향했다. 이탄이 나서서 씨클롭의 초강자를 막아주기를 바라는 게 이들 남매의 솔직한 심정이었다.

빠카카카캉!

직경 수 킬로미터가 넘는 거대한 눈알이 붉은색 뇌전을 뿜었다.

굵기가 수백 미터나 되는 뇌전이 강타할 때마다 지하도시를 보호하는 마법의 보호막이 찢어질 듯 뒤흔들렸다. 지하도시의 밑바닥에 금이 쩍쩍 갔다.

[저희에게 왜 이러십니까?]

샤론이 죽음을 각오하고 씨클롭의 초강자에게 물었다.

노란 눈알의 주인은 답이 없었다. 노란 거대 눈알에서 다시 한번 수백 미터 굵기의 붉은 뇌전이 튀어나왔다.

빠카카캉!

무시무시한 소리와 함께 지하도시의 보호막이 소멸되었다. 여섯 갈래로 갈라진 뇌전이 지하도시의 여섯 부위를 강타했다.

그 즉시 6개의 건물이 잿더미로 변했다.

노란 거대 눈알은 끔뻑 눈꺼풀을 감았다 뜨더니, 다시금 새빨간 뇌전을 눈알 주변에 응집했다.

쩌저적, 쩌저적 소리를 내면서 노란 전하가 모여들었다. 그 전하가 뭉쳐서 수백 미터 굵기의 뇌전 다발 수십 개를 만들었다.

저 뇌전 다발이 동시에 쏟아지면 그것으로 2억 명의 지하도시는 끝. 도시 전체가 통째로 잿더미가 될 것 같았다.

샤론은 손을 등 뒤로 돌려서 은밀하게 팔찌를 매만졌다.

후오옹!

샤론의 손목에 채워진 팔찌로부터 음차원의 마나가 뭉텅이로 일어났다. 팔찌 한복판에 박힌 최상급 음혼석이 막대한 양의 마나를 샤론에게 공급해주었다.

샤론은 음차원의 마나를 이용하여 은밀하게 금빛 뇌전을 일으킬 준비를 마쳤다.

물론 이 뇌전은 싸우기 위한 용도가 아니었다. 샤론은 바보가 아니기에, 금빛 뇌전으로 씨클롭 초강자와 맞부딪칠 마음은 없었다. 그녀는 그저 금빛 뇌전을 두른 영력여우를 소환하여 탈출로를 뚫을 생각이었다.

'일단은 내 목숨부터 건지고 봐야지.'

샤론은 지하도시를 버리고 도망칠 궁리를 했다.

오빠인 샤룬도 여동생과 비슷한 마음이었다. 샤룬은 목걸이를 손으로 꽉 잡았다. 목걸이에 박힌 최상급의 음혼석이 마나를 잔뜩 일으켰다. 샤룬은 그 마나를 움직여서 주홍빛 실을 만들었다.

씨클롭의 초강자 몰래 조심조심.

샤룬은 주홍색 실로 정이십면체를 만들어서 몸을 보호할 요량이었다.

이들 남매를 제외한 지하도시의 다른 귀족들은 감히 붉은 뇌전을 막거나 피할 엄두도 내지 못했다. 흐나흐 귀족들은 그저 '우리에게 왜 이런 재앙이 닥쳤을까?'를 원망하며 머리카락을 쥐어뜯을 뿐이었다.

쩌저저저적!

그 순간에도 새빨간 전하는 점점 더 많이 뭉쳤다. 지하도시 천장에 뚫린 수십 킬로미터의 구멍이 온통 시뻘건 전하로 가득 찬 듯 보였다.

꽈릉!

마침내 그 막대한 전하가 붉은 뇌전이 되어 도시 상공에 내리꽂혔다.

[으아아아아—.]

흐나흐 족 주민들이 악을 썼다.

[끄으윽.]

흐나흐 족 전사들은 두 눈을 질끈 감았다.

샤론은 온몸에 주홍색 정이십면체를 뒤집어썼다.

샤론은 금빛 뇌전으로 둥그런 보호막을 만들었다.

그 위기의 순간, 백금으로 치장된 별궁에서 한 줄기 빛이 솟구쳤다.

다름 아닌 이탄이었다.

이탄은 등장과 동시에 분신을 수도 없이 불러냈다. 무려 1,000명에 달하는 분신들이 거신강림대진을 구성했다. 동시에 이탄은 백팔수라의 술법도 발휘했다.

거신의 삼중핵이 우선적으로 만들어졌다. 거신의 육체가 그 위에 자리를 잡았다. 거신의 무력을 담당하는 머리가 형성되어 지하도시 천장을 무섭게 노려보았다. 거신의 상체에는 거신의 갑주가 둘러졌다.

18개의 머리를 가지고, 36개의 팔과 36개의 다리를 가동하면서 고대의 거신이 무섭게 일어났다.

거신이 구부렸던 몸을 펴는 것만으로도 지하도시 천장이 허물어졌다.

다행히 천장의 낙하물들은 지하도시로 직접 떨어지지 않았다. 그것들은 거신의 몸에 꽉 끼어서 주변부로 튕겨 나갔다.

거신의 발도 지하도시를 짓밟지 않았다. 거신의 발아래

구름이 거창하게 일어나면서 거신을 허공으로 떠받쳤다.

구름을 구성하는 물 분자와 먼지 알갱이에는 술법 문자들이 정교하게 레코드 되어 있었다. 이 문자들이 포그 레코드 특유의 끈적끈적한 권능을 발휘했다.

이탄이 만들어낸 괴물수라는 거대한 거신의 몸뚱어리를 가진 채 위로 날아올라 단숨에 지상으로 뚫고 나갔다. 그다음 씨클롭 초강자의 목줄기를 그대로 틀어쥐었다.

Chapter 5

[크헉?]

씨클롭 초강자는 정말이지 자지러지게 놀랐다.

씨클롭 초강자는 얼마 전 흐나흐 족의 행성을 공격했던 동료의 행방을 찾아서 이곳에 와봤을 뿐이었다. 그는 흐나흐 족의 지하도시를 좀 때려 부순 다음, 벌벌 떠는 흐나흐 여우 녀석들을 닦달해서 동료의 행방을 알아볼 생각이었다.

한데 갑자기 듣도 보도 못한 괴물이 나타나 자신의 목을 꽉 붙잡으니 씨클롭의 초강자가 기겁을 할 수밖에.

게다가 힘은 어찌나 센지 상대에게 목이 한 번 붙잡히자 씨클롭 초강자의 온몸에서 힘이 쪽 빠졌다.

그뿐만이 아니었다. 상대의 주변에서 휘몰아치는 구름이 씨클롭 초강자의 법력의 흐름을 느리게 만들었다. 전투력도 저하시켰다.

하지만 씨클롭의 초강자 또한 나름 왕의 재목이었다. 그는 상대가 누구건 간에 이대로 허무하게 당할 생각은 없었다.

[이놈, 죽어랏.]

빠카카카캉!

씨클롭의 초강자는 벼락처럼 외눈에서 뇌전을 쏘았다. 이 뇌전에 담긴 에너지는 대도시 하나를 단숨에 불태울 수 있는 분량이었다.

[흥. 어딜 감히.]

놀랍게도 거신은 이 뇌전을 손등으로 쳐서 튕겨내었다.

[허억?]

씨클롭의 초강자는 머릿속이 아득해졌다.

[이리 와.]

거신의 36개 팔이 씨클롭 초강자의 팔과 다리, 어깨와 머리, 몸뚱어리와 허리를 빈틈없이 붙잡았다.

[크아악, 넌 뭐냐?]

씨클롭의 초강자가 악을 썼다. 초강자의 노란 눈에서 붉은 뇌전이 빛다발처럼 휘황찬란하게 뿜어졌다.

거신은 상대의 공격을 손바닥으로 가볍게 막았다.

[이럴 수가!]

씨클롭의 초강자가 기겁을 했다.

놀란 와중에도 씨클롭의 초강자는 거대한 눈알로 환각을 일으켰다. 온 하늘이 붉게 물들었다. 그 속에서 끔찍한 악령 같은 것들이 날개를 퍼덕이며 무수히 내려와 거신에게 달려들었다.

악령의 수는 수천만, 아니, 수억 마리에 달하는 듯했다.

[흥.]

거신이 코웃음을 쳤다. 거신은 환각을 그냥 무시했다.

당연히 무시해도 되는 것이. 거신이 곧 이탄이고, 이탄이 곧 거신이었다. 이탄의 피부에는 이미 100층의 겹코팅이 탄탄하게 쌓인 터라 저따위 날파리 같은 적들이 환각이건 실체건 두렵지 않았다.

이탄은 방어도 일절 없이 상대의 목을 조르는 일에만 집중했다.

사실 이탄에게는 이게 더 어려웠다.

솔직히 이탄이 마음만 먹으면 씨클롭 초강자를 72조각으로 찢어 죽이는 깃은 일도 아니었다.

'하지만 그래선 안 되겠지? 그렇게 상대를 너덜너덜하게 찢어 죽이면 시체의 값어치가 떨어지더라고. 이번에는 마구 찢어버리지 말고 예쁘게 죽여줘야지.'

이탄은 최대한 상대의 시체가 상하지 않도록 세심하게 힘 조절을 했다.

꾸득, 꾸득.

이탄이 아주 살짝만 힘을 주었는데도 이탄의 손가락 몇 개가 씨클롭 초강자의 피부를 찢고 살점 속으로 뭉클 파고들었다.

[이크. 미안, 미안. 내가 좀 더 힘 조절을 잘 해볼게. 네 피부가 상하지 않도록 조심스럽게 죽여줘 볼게. 너도 괜히 반항하지 말고 협조 좀 해줘라.]

[크어억? 그게 무슨 미친 소리냣? 끄어어억.]

씨클롭의 초강자는 기겁을 하며 마구 몸부림을 쳤다.

그럴수록 거신의 손가락은 상대의 살 속으로 마구 파고들었다. 이탄의 입장에서 이건 마치 진흙 인형을 짓누르면서 진흙 속으로 손가락이 파고들지 않도록 애쓰는 것보다 더 힘들었다.

결국 이탄이 짜증을 버럭 냈다.

[어우 쌰. 나 안 해.]

이탄은 상대를 상처 하나 없이 죽이는 것을 포기했다. 이러다 울화통이 터질 것 같아서였다.

견딜 수가 없어진 이탄이 팔에 힘을 살짝 더 가했다.

[어어엇?]

부우웅―.

씨클롭의 초강자가 위로 번쩍 치켜 들렸다. 씨클롭의 초강자는 단숨에 구름을 뚫고 흐나흐 일족 주행성 상공 까마득한 높이까지 올라갔다.

거신은 그렇게 상대를 머리 위로 치켜든 다음, 좌우로 찢었다.

[끄왑!]

부왁―!

씨클롭의 초강자가 몸이 좌우로 나뉘었다. 초강자의 거대한 몸에서 터져 내린 피가 거신의 몸뚱어리를 흠뻑 적셨다. 후두둑 쏟아진 씨클롭 초강자의 내장이 거신의 몸뚱어리를 타고 주르륵 흘러내렸다.

다행히 씨클롭의 초강자는 몸이 양쪽으로만 찢어졌을 뿐 다른 부위는 멀쩡했다. 하여 중간만 잘 꿰매면 그럭저럭 써먹을 만할 것 같았다.

"어우, 속이 다 시원하다. 진즉에 이렇게 할 것을 내가 뭔 부귀영화를 누리겠다고 온전한 시체를 만들려고 했더냐? 앞으로도 시원시원하게 쭉쭉 찢어주마. 으하하하."

이탄이 통쾌하게 웃었다.

단숨에 상대를 찢어 죽인 뒤, 이탄은 전리품을 주섬주섬 챙겼다.

"우선 이 시체부터 챙겨야지. 알고 보니 그릇된 차원에서는 시체가 참 비싸더라고. 녀석은 왕의 재목쯤은 될 테니까 가격이 쏠쏠할 거야."

이탄은 씨클롭 초강자의 시체부터 아공간 박스 속 네 번째 슬롯에 넣었다.

이탄의 아공간에는 총 8개의 슬롯이 있는데, 이 가운데 첫 번째 슬롯은 이탄이 다른 차원으로 통로를 뚫기 위한 최상급 재료만 모아놓은 장소였다.

이어서 두 번째 슬롯은 차원 이동을 위한 상급 재료들을 위한 공간이었다.

세 번째 슬롯은 차원 이동에 사용은 되지만 상대적으로 희귀성은 떨어지는 재료들을 보관하는 장소였다.

네 번째 슬롯은 아직까지 이탄이 용도를 정하지 못한 희귀물품들의 보관 장소였다.

Chapter 6

다섯 번째 슬롯은 휴대용 플래닛 게이트를 넣어두는 곳.

여섯 번째 슬롯은 이탄이 크라포 시스템의 신분패를 넣어둔 곳.

그리고 일곱 번째 슬롯은 이탄에게는 별로 필요가 없지만 물물교환을 위한 재료들을 위한 공간.

마지막으로 여덟 번째 슬롯에는 술법서를 비롯하여 동차원의 물품들을 위한 공간이었다.

이탄은 씨클롭 초강자의 두 쪽 난 시체를 네 번째 슬롯에 욱여넣은 뒤, 씨익 웃었다.

"먼저 해치웠던 녀석은 제법 많은 보물들을 가지고 있던데, 이 녀석은 과연 어떨까?"

이탄은 씨클롭 초강자의 머리에서 티아라를 쑥 뽑았다. 은으로 치장된 티아라가 곧 아공간 아이템이었다.

이탄은 티아라의 자물쇠를 강제로 개방한 다음, 아공간 속의 물건들을 살폈다.

씨클롭은 그릇된 차원 5대강족 가운데 하나였다. 그런 강족에서 왕의 재목 노릇을 할 정도라면 당연히 진귀한 보물도 잔뜩 쌓아놓고 있을 게 뻔했다.

"룰루룰루~."

이탄은 콧노래를 흥얼거리면서 전리품들을 살펴보았다.

온전하게 보관된 구아로 일족 왕이 재목의 시체.

"오오오, 좋아. 먼저 번에는 리노 일족 왕의 재목 시체가 나왔는데, 이번에는 구아로의 시체로구나. 이게 웬 떡이냐."

이탄은 유리관 속에 잘 보관된 시체를 냉큼 자신의 아공간 박스 속으로 옮겨 담았다.

이어서 두 번째로 튀어나온 것도 역시 시체였다. 씨클롭 일족 왕의 재목 시체가 아공간 티아라 속에서 툭 튀어나왔다.

"녀석. 동족의 시체도 가지고 있었구나. 그래. 이것도 꽤 비싸지."

이탄은 흡족하게 고개를 주억거렸다.

세 번째 전리품도 또 시체였다.

"먼저 녀석도 그러더니, 씨클롭 일족은 뭐 이렇게 시체만 모아놓는대? 거 참."

이탄은 가볍게 투덜거렸다.

이번 시체는 뽈브 일족 왕의 재목의 시체였다. 문어처럼 생긴 뭉클거리는 시체가 유리관 속에서 눈을 꼭 감고 떠다녔다.

이탄은 이 유리관도 자신의 아공간 속으로 옮겨놓았다.

네 번째 전리품은 뽈브 일족의 최상급 눈물이었다. 그것도 무려 190 밀리리터나 되었다.

"햐아아. 녀석도 참. 이 비싼 것을 잘도 가지고 있었구나."

이탄은 이미 뽈브 일족의 최상급 눈물을 10 밀리리터 보

유했다. 거기에 190 밀리리터가 더해지자 이탄의 보유량이
순식간에 200 밀리리터로 늘어났다.

아공간 티아라 속에서는 최상급 리노 일족의 뿔도 2개나
나왔다.

"룰루룰루루루~."

이탄은 거듭 콧노래를 흥얼거렸다.

그 다음으로 이탄이 건진 것은 묵직한 상자였다.

"여긴 또 뭐가 들었을까나?"

이탄은 기대를 품고 상자 뚜껑을 개봉했다.

상자 안에 들어 있는 것은 적금이었다. 무게로 보건대
400 킬로그램은 거뜬할 듯싶었다.

"좋구나, 좋아."

이탄은 어깨를 들썩였다.

또 다른 상자에서는 백금 400 킬로그램이 쏟아졌다.

세 번째 상자 속에는 적린석 110개가 들어 있었다.

"적금도 있고, 백금도 있고, 적린석도 있고. 녀석, 착실
히도 보물들을 모아놓았네. 기특해. 기특해. 죽지만 않았더
라면 내가 녀석의 머리라노 쓰다듬어주었을 텐데."

이탄이 죽은 씨클롭을 칭찬해주었다.

다음으로 이탄이 확보한 아이템은 둥그런 신분패 하나와
눈알이 4개 달린 도마뱀 가면이었다.

이탄이 입술을 동그랗게 오므렸다.

"흐으음. 이 녀석도 크라포 시스템의 회원이었구나. 이제 보니 크라포 시스템이 아주 유명한가 보네. 씨클롭 왕의 재목들이 모두 가입할 만큼 크라포 시스템의 규모가 큰가 봐."

이탄은 신분패와 가면을 아공간 박스 속 여섯 번째 슬롯에 넣었다.

나중에 이탄이 이 신분패를 어떻게 사용할 것인지 아직 계획은 없었다. 그래도 이탄은 일단 챙겨 넣고 보았다.

다음으로 등장한 아이템은 은은하게 붉은 빛이 도는 창이었다. 창대에는 눈알 7개가 박혀서 흉측하게 끔뻑거렸다. 창대에 박힌 눈알들은 모두 주홍색이었으되, 창날에 박힌 여덟 번째 눈알은 영롱한 노란색이었다.

"주홍색 눈알은 씨클롭 귀족의 것, 노란 눈알은 씨클롭 왕의 재목의 것인가?"

이탄은 눈알 달린 붉은 창도 아공간 박스 속 네 번째 슬롯에 집어넣었다.

이제 아공간 티아라에는 그럴듯한 아이템이 남지 않았다. 별로 가치도 없는 것만 나뒹굴 뿐이었다.

이탄의 등 뒤에는 어느새 샤룬, 샤론 남매가 등장했다. 이들 남매는 거신으로 변한 이탄을 올려다보며 침만 꼴깍 삼켰다.

이탄이 18개의 머리를 돌려 뒤를 돌아보았다.

[이, 이탄 님······.]

샤룬이 말을 더듬었다.

오빠에 비해서 동생인 샤룬의 반응은 한결 침착했다.

[아아아. 이번에도 이탄 님께서 저희 일족을 또 도와주셨군요. 정말 이탄 님은 저희의 은인이십니다.]

샤룬은 두 손을 꼭 모은 채 이탄을 추켜세웠다.

무슨 생각을 했는지 이탄이 샤룬을 빤히 굽어보았다.

[이탄 님.]

샤룬이 한 번 더 침을 꼴깍 삼켰다.

이탄은 36개의 거대한 손 가운데 하나를 앞으로 움직이더니 샤룬을 향해서 아공간 티아라를 내밀었다.

[이거, 필요한가?]

[네에?]

샤룬의 눈이 휘둥그레졌다.

저 아공간 티아라는 존재 자체만으로도 값어치가 나가는 아이템이었다. 샤룬의 머리가 영민하게 돌아갔다.

'물론 티아라 속 보물들 가운데 중요한 것들은 이미 이탄 님이 챙기셨겠지. 하지만 남은 잔부스러기만 해도 어디야? 게다가 이탄 님이 나에게 무언가를 선물을 하셨다는 것 자체가 상징적인 의미가 있어.'

[네, 필요합니다. 혹시 저에게 주실 수 있으신가요?]

샤룬이 커다란 눈을 매혹적으로 깜빡였다.

'아뿔싸. 내가 한발 늦었구나.'

샤룬이 여동생의 발빠른 행동을 질투했다.

[그래? 그럼 네가 가져라.]

이탄이 샤룬에게 아공간 티아라를 휙 던져주었다.

Chapter 7

씨클롭의 초강자가 머리에 쓰고 있던 아이템이라 티아라
의 크기는 여간 거대하지 않았다. 타원형 타이라의 장축 방
향 길이는 무려 10 킬로미터나 되었다. 단축 방향으로도 8
킬로미터가 넘었다.

그 거대한 티아라가 이탄의 손을 떠나자마자 조그맣게
줄어들었다. 샤룬이 손으로 받았을 때, 티아라의 크기는 샤
룬의 머리에 딱 맞을 정도로 축소되었다.

[이탄 님, 고맙습니다.]

샤룬이 이탄을 향해서 무릎을 살짝 굽혔다가 폈다. 샤룬
은 이 티아라의 아공간 속에 어떤 보물이 남아 있을지 궁금
했다.

물론 이탄이 보는 앞에서 아공간 티아라를 열어볼 정도로 샤룬이 생각이 없지는 않았다.

한편 샤룬의 표정은 급격히 어두워졌다.

'젠장. 이탄 님은 샤룬이 마음에 들었나?'

샤룬이 미래를 걱정하는 사이, 이탄은 거신강림대진을 해제하고 다시 본래 모습으로 돌아왔다.

이탄이 지하도시 천장에 뚫린 거대한 구멍 안으로 몸을 날렸다.

[이탄 님, 같이 가요.]

샤룬이 냉큼 그 뒤를 쫓았다.

한편 샤룬도 씁쓸하게 머리를 가로저은 다음, 저 아래 지하도시를 향해 날아 내렸다.

그 날 샤룬은 이탄에게 전공 점수 10,000점을 추가로 정산해 주었다.

[자네, 그 소문 들었어? 글쎄 어제 정오 무렵에 씨클롭의 초강자, 즉 왕의 재목이 우리 흐나흐 일족 주행성으로 쳐들어왔대.]

[나도 들었어. 그런데 샤룬 님과 샤룬 님이 모셔온 외계 성역의 초강자가 씨클롭의 초강자를 단숨에 해치우고 흐나흐 일족 지하도시를 보호해 주었다지?]

[허어 참. 그런 초강자를 모셔 오다니. 이제 다시 샤룬 님과 샤론 님의 시대가 도래하려나?]

[당연하지. 씨클롭은 우주의 5대강족 가운데 하나잖아. 그곳의 왕의 재목을 단숨에 해치울 정도라면 누가 감히 그 외계 성역의 초강자를 감당할 수 있겠어?]

[맞아. 제아무리 마그리드 님의 세력이 강대하다지만 그런 초강자 앞에서는 태풍 앞의 촛불 신세지.]

이러한 소문들이 흐나흐 일족 주행성 전체에 쫙 퍼졌다. 여왕이 다스리는 제1 지하도시, 즉 흐나흐 일족 수도에도 이와 같은 소문들이 파다했다.

[흐으으으음. 그렇단 말이지.]

황금으로 이루어진 대전 안에서 흐나흐 일족 여왕이 손에 턱을 괴고 뜻 모를 신음을 흘렸다.

원래 여왕은 3명의 후계자들 가운데 마그리드의 손을 들어줄 요량이었다. 그런 다음 마그리드의 뒤에 서서 안락하게 노후를 보내기로 마음먹었다.

[한데 나의 계획에 수정을 하게 생겼단 말이지. 이탄이라는 외계 성역의 초강자는 벌써 두 번이나 씨클롭의 왕의 재목을 해치웠잖아. 이런 실력자를 등에 업고 있다면 샤룬, 샤론 남매가 마그리드보다 오히려 더 유리하다고.]

문제는 이탄의 속마음이었다.

[과연 이탄 님은 누구의 편일까? 샤룬? 샤론? 아니면 둘 다? 그것도 아니면 아직 이탄 님이 마음을 바꿀 가능성도 남아 있을까?

이대로 이탄이 샤룬과 샤론 남매의 편에 선다면 차기 후계자는 확정된 것이나 다름없었다. 여왕과 마그리드는 역사의 뒷길로 물러날 테고, 샤룬과 샤론 남매의 시대가 화려하게 열릴 것이 뻔했다.

[한데 만약 이탄 님이 두 남매 가운데 어느 한쪽 편만 든다면? 만약 두 남매가 이탄 님을 사이에 두고 갈라선다면?]

그럼 여왕이 개입해볼 여지가 남아 있었다.

[혹은 이탄 님이 변심하여 갑자기 마그리드를 후원한다면?]

그러면 다시 권력의 행방은 마그리드에게 쏠릴 수밖에 없었다.

[아니면 이탄 님이 혹시라도 내 편을 들어준다면?]

이 말을 중얼거릴 때 여왕의 볼에 붉은 홍조가 어렸다. 사실 여왕이 가장 바라는 바가 이것이었다.

흐나흐 여왕은 한 가닥의 희망을 마음속에 품었다.

[만약 이탄 님만 내 편을 들어준다면 굳이 내가 뒷방으로 처량하게 물러날 필요가 없을 텐데 말이야. 비록 내가 날이 갈수록 쇠약해지기는 하겠지만, 내 옆에 이탄 님이 버티고

있으면 누가 감히 나를 건드리겠어? 샤룬, 샤론, 마그리드, 모두 다 어림도 없지.]

물론 여왕은 자신의 희망을 쉽사리 남에게 노출할 생각은 없었다. 그러다 이탄이 그녀의 편을 들어주지 않으면 오히려 그녀의 목숨마저 위태로운 탓이었다.

[어쨌거나 강력한 변수가 생긴 것은 사실이야. 이런 변화가 나에게 꼭 나쁘지만은 않지. 호호호호호.]

흐나흐의 여왕이 깔깔거리며 웃었다.

오늘따라 여왕의 머리가 바쁘게 돌아갔다.

탄신일 축제의 총책임자

Chapter 1

머리를 굴리는 이는 비단 흐나흐 여왕만이 아니었다. 마그리드도 이것저것을 계산하느라 골머리를 싸맸다.

얼마 전 마그리드는 이탄에 대해서 뒷조사를 하기 위해 피우림을 파견했었다.

한데 피우림이 별반 정보도 캐내지 못하고 쫓겨나다시피 돌아왔다.

피우림의 말에 따르면, 이탄에게 은밀히 접근하다가 거꾸로 공격을 당해 죽을 뻔했다나 뭐라나.

심지어 피우림은 마그리드에게 [그렇게 위험천만한 자에게 나를 보내다니요. 마그리드 님, 이탄이라는 자가 그렇게

까지 강하다는 말은 없었잖습니까. 이건 분명히 계약 위반입니다.]라고 항의를 했다.

사실 피우림의 말은 새빨간 거짓말이었다. 피우림은 이탄에게 쫓겨 온 게 아니라 술법만 잔뜩 거래하고 돌아왔을 뿐이었다.

마그리드는 피우림이 거짓말을 했으리라고는 꿈에도 생각하지 못했다. 하여 마그리드는 오히려 피우림에게 미안하다고 사과까지 했다.

마그리드가 깜빡 속을 수밖에 없는 것이, 이탄의 무력은 실제로 피우림이 호들갑을 떨 정도로 무시무시했다.

이탄의 손에 씨클롭 일족 왕의 재목이 단숨에 죽임을 당했다는 소문이 퍼지자 마그리드는 피우림에 대한 미안한 마음이 한층 커졌다.

[어휴, 피우림이 펄쩍 뛸 만도 해. 그런 괴물의 뒷조사를 요청했으니 하마터면 피우림도 죽을 뻔했지 뭐야. 제기랄. 그나저나 이 사태를 어쩐다? 샤룬, 샤론 남매가 진짜로 이탄 님을 등에 업었으면 어떻게 하지?]

당장 마그리드에게 충성을 맹세했던 흐나흐 귀족 가문들이 동요하는 눈치였다. 아직까지는 귀족 가문들이 마그리드의 진영에서 이탈하려는 움직임은 없었으나, 시간이 좀 더 흐르면 어떤 일이 벌어질지 장담 못 했다.

[하루빨리 돌파구를 찾아야 해. 사태를 이대로 방치하다 간 큰일 나겠어.]

마그리드는 불안한 듯 제자리에서 맴돌았다.

9월 17일은 흐나흐 일족에게 특별한 날이었다. 아주 오래 전 흐나흐 족에게 최초로 왕이 탄생한 날이 바로 9월 17일인 것이다.

그 왕은 지금의 여왕과는 차원이 달랐다. 지금 흐나흐 여왕은 사실 왕이 아니라 왕의 재목이었다.

그릇된 차원에서 귀족과 일반 전사가 하늘과 땅 차이듯이, 왕과 왕의 재목 사이의 격차는 말로 표현할 수 없을 정도였다.

오래 전 진정한 왕이 흐나흐 일족을 다스렸을 당시, 흐나흐의 명성은 무려 수십만 개의 행성을 떨어 울렸다. 당시 여우머리를 형상화한 흐나흐 일족의 깃발은 수만 개의 행성에 나부꼈다.

왕이 죽은 이후로 흐나흐 일족의 번영은 중단되었다. 흐나흐의 세력 범위는 다시 축소되었고, 지금은 뻘브 일족에 기대어 살아가는 중간 종족으로 전락했다.

물론 완전히 쪼그라든 알블—롭 일족에 비하면 흐나흐는 충분한 강족이었다.

하지만 한 때 화려했던 과거를 그리워하는 자들에게 지금의 흐나흐는 아쉬움이 많은 상태였다.

그래서 흐나흐 일족은 매년 9월 17일마다 최대한 성대한 행사를 개최했다. 과거의 영광을 기억하고, 미래의 번영을 다짐하기 위해서라도 흐나흐 일족은 9월 17일을 마음속 깊숙이 기렸다.

오늘은 9월 7일.

왕의 탄신일이 되려면 아직도 열흘이 남았다.

하지만 9월 7일부터 이미 흐나흐 일족의 모든 도시들은 축제 분위기였다. 왕의 탄신일인 9월 17일을 중심으로, 앞뒤로 9일씩 총 19일 동안 축제가 벌어지는 덕분이었다.

[내일이 축제의 시작이다. 9월 8일부터 19일 간 펼쳐지는 축제를 최대한 성대하게 열어야 하느니라.]

흐나흐의 여왕이 직접 이렇게 선포했다.

여러 행성에 퍼져 있는 흐나흐의 귀족 가문들은 축제 준비에 재물을 뭉텅이로 쏟아 부었다. 흐나흐 일족과 거래가 잦은 인근 종족들도 벌써부터 흐나흐 주행성으로 축하사절단을 보냈다.

왕의 탄신일은 여왕이 직접 주관하는 행사였다.

하지만 일족의 여왕이 처음부터 끝까지 모든 일에 끼어들어서 감 놔라 배 놔라 할 수는 없었다.

따라서 흐나흐 여왕은 대리인을 한 명 지정하여 그에게 축제의 총책임자 자리를 위임했다.

최근 20여 년 동안 총책임자 자리는 마그리드의 차지였다. 마그리드는 축제를 통해 자신의 부와 권력을 뽐내었으며, 반대로 샤룬과 샤론 남매는 위축되었다.

이런 일이 매년 반복되자 점점 더 많은 귀족 가문들이 마그리드의 치맛자락 아래로 기어들어갔다.

[올해는 총책임자 자리를 마그리드에게 내줄 수 없지.]

샤룬이 이렇게 주장했다.

[당연하죠. 그 계집에게 더는 축제의 총책임자를 맡길 수 없어요.]

샤론도 오빠의 주장에 맞장구를 쳤다.

샤룬과 샤론 남매는 순백색 털을 가진 긴 허리 여우를 타고 여왕이 머무는 황금탑으로 달려갔다.

당연히 두 남매는 이탄에게도 동행을 부탁했다. 샤룬, 샤론 남매는 이탄을 앞세워서 여왕을 압박할 요량이었다.

'이탄 님이 우리의 곁에 머무시는 한 총책임자 자리를 우리 남매에게 돌아올 게야.'

샤론은 이렇게 확신했다.

[그래? 그럼 같이 가보지.]

이탄도 흔쾌히 남매를 따라나섰다. 나들이 겸 황금탑을

다시 한 번 둘러보겠다는 것이 이탄의 생각이었다.

순백색의 긴 허리 여우 두 마리가 질풍처럼 도시와 도시 사이를 가로질러 황금탑 199층에 도착했다.

이번에는 친위대장 고이칸도 감히 샤룬, 샤론 남매의 앞을 가로막지 못했다.

[오셨습니까? 폐하께서 안에서 기다리고 계십니다.]

막기는커녕 고이칸은 오히려 정중히 허리를 숙여 이탄과 샤룬, 샤론 남매를 영접했다.

[흥.]

샤룬은 도도하게 턱 끝을 치켜들고 대전 문 안으로 들어갔다. 샤론도 또각또각 당당하게 발을 내디뎠다. 이탄은 남매의 뒤쪽에서 뒷짐을 지고 어슬렁어슬렁 움직였다.

고이칸과 친위대 전사들은 이들 3명이 자신들의 앞을 지나갈 때까지 함부로 숨도 쉬지 못하였다. 특히 그들은 이탄이 자신들의 앞을 지나갈 때 가장 긴장했다.

Chapter 2

대전 안에는 여왕뿐 아니라 마그리드도 함께 기다리는

중이었다. 샤룬, 샤론 남매가 대뜸 눈을 찌푸렸다.

[쳇. 저 재수 없는 계집이 왜 여기에 있어?]

샤룬이 들으라는 듯이 대놓고 불평을 했다.

샤론도 오빠의 말에 맞장구를 쳤다.

[그러게 말이에요. 정말 꼴도 보기 싫어.]

샤룬, 샤론 남매의 벌레 씹은 표정을 보고도 마그리드는 눈 하나 깜짝하지 않았다. 마그리드는 여왕보다 한 계단 아래에 고고하게 앉아서 살랑살랑 부채질을 했다.

마그리드의 앞쪽에는 흑색 의자 3개가 빙 둘러 자리했다.

여왕이 자리에서 일어나 두 손을 살짝 벌렸다.

[어서 오세요. 이렇게 은인님을 다시 뵈니 반갑네요. 호호호.]

여왕은 샤룬, 샤론 남매가 아닌 이탄에게 먼저 인사했다.

마그리드도 자리에서 일어나 이탄에게 가볍게 목례를 했다.

[어머. 저도 은인님께 감사드려요. 이탄 님이 아니었으면 우리 일족은 큰 피해를 입을 뻔했지 뭐예요. 정말 이탄 님이 우리 곁에 계셔서 다행이랍니다.]

여왕과 마그리드, 두 여우의 혀는 기름칠을 한 듯이 매끄러웠다.

샤룬과 샤론은 마그리드가 못마땅했다. 여왕도 덩달아 밉상이었다.

하지만 남매는 이탄이 보는 앞에서 난동을 부릴 수는 없었기에 미소로 그 말을 받았다.

[고마우신 말씀이군요. 폐하의 말씀처럼 이번에도 이탄 님의 활약이 대단했습니다. 암, 그렇고말고요.]

샤론이 먼저 맞장구를 쳤다.

샤론도 냉큼 이탄에 대한 찬사를 보냈다.

[호호호, 씨클롭의 초강자가 아주 무섭더라고요. 하지만 이탄 님에 비해서는 아무 것도 아니었지요. 폐하도 한 번 이탄 님의 활약을 보셨어야 했는데요.]

연이은 칭찬에도 불구하고 이탄은 표정의 변화가 없었다.

[어디가 내 자리요?]

이탄이 검은색 의자들을 휙 둘러보았다.

[호호호. 여기 앉으시겠어요?]

여왕은 상아로 만든 왕좌 맞은편의 의자를 가리켰다.

이탄이 그 자리에 털썩 앉자 여왕도 왕좌에 앉아 이탄을 마주했다. 이탄의 오른쪽은 마그리드의 차지였다. 샤론은 이탄의 왼쪽 의자에 냉큼 착석했다. 그러다 보니 이탄으로부터 가장 멀리 떨어진 자리는 샤룬이 앉을 수밖에 없었다.

'이것들이 진짜.'

샤룬은 속이 부글부글 끓었으나 꾹 참을 수밖에 없었다.

그들 사이에 가벼운 담소가 몇 마디 오가고, 본격적인 힘겨루기가 시작되었다. 샤룬, 샤론 남매는 작정을 하고 축제의 총책임자 자리를 요구했다.

남매 중 오빠인 샤룬이 먼저 공격의 포문을 열었다.

[축제의 내용이 매년 그게 그거라 식상하다는 말이 돌더군요. 여왕폐하, 이 점을 고려하셔야 합니다.]

여동생인 샤론이 곧장 맞장구를 쳤다.

[맞습니다. 폐하, 이미 20년도 넘게 한 명이 축제의 총책임자를 맡다보니 문제가 크지요. 원래 물이 오래 고여 있으면 썩은 내가 나는 법이랍니다.]

빠직!

마그리드의 이마에 핏대가 섰다.

하지만 의외로 마그리드는 반발하지 않았다. 그저 물끄러미 여왕만 바라볼 뿐이었다.

사실 마그리드는 영리한 여인이었다.

'샤룬, 샤론 남매가 별일 수작은 뻔히지. 이탄 님의 위세를 등에 업고서 축제의 총책임자 자리부터 노릴 게야. 흥! 그깟 총책임자 자리야 너희 연놈들에게 넘겨줘도 그만이지. 대신 나는 다른 것을 얻어내면 돼.'

마그리드는 이런 생각을 품고 여왕을 미리 찾아왔다. 마그리드의 설명을 들은 뒤, 여왕도 그녀의 뜻에 동조했다.

여왕이 샤룬에게 물었다.

[총책임자를 바꾸자는 뜻인가요? 축제의 시작을 고작 하루 앞둔 이 시점에서요?]

[여왕폐하, 시기가 무슨 문제겠습니까.]

샤룬이 당당하게 대답했다.

이번에는 여왕의 시선이 샤론에게 머물렀다.

[샤론, 그대도 같은 생각인가요?]

[폐하, 그렇습니다. 이 참에 책임자를 바꾸셔야 합니다.]

샤론은 당차게 말을 받았다.

여왕이 빙그레 웃었다.

[좋아요. 그렇게 하죠.]

[네?]

[폐, 폐하?]

여왕이 축제 총책임자의 교체를 선뜻 승낙하자 샤론과 샤룬이 눈을 동그랗게 떴다. 두 남매는 여왕이 이렇게 쉽게 총책임자 자리를 바꿔줄 것이라고는 예상하지 못했다.

여왕이 갑자기 소매를 탁탁 털어 자세를 바로잡고 표정을 엄숙히 하더니 지엄한 명을 내렸다.

[나는 우리 흐나흐 일족의 여왕의 이름으로 샤룬, 샤론을

탄신일 축제의 공동 총책임자로 임명하는 바예요. 오늘부터 샤룬과 샤론은 본인들의 명예를 걸고 열과 성을 다하여 이 중대한 임무를 수행해주세요.]

[폐하, 현명하신 판단이시옵니다.]

샤룬이 의자에서 벌떡 일어나 여왕을 향해 한쪽 무릎을 꿇었다.

[폐하의 말씀처럼 열과 성을 다하겠나이다.]

샤론도 냉큼 명을 받들었다.

여왕이 명을 계속했다.

[그대들은 오늘 이 시간부로 총책임자가 되었어요. 그러니 축제가 완료되는 시점까지 이곳 황금탑으로 숙소를 옮기도록 하세요. 지금까지 역대 축제의 총책임자들이 그래왔던 것처럼 두 책임자들은 이곳 황금탑에 머물면서 탄신일 축제의 시작부터 끝까지 완벽하게 진두지휘를 해줄 것이라 믿어요.]

[저희 남매가 어찌 폐하의 당부를 거부하오리까.]

[마땅히 폐하의 말씀을 따를 것이옵니다.]

샤룬, 샤론 남매가 여왕을 향해 한 번 더 머리를 조아렸다.

왕의 탄신일이 시작되면 축제의 총책임자는 눈코 뜰 새 없이 바빠질 수밖에 없었다. 다른 종족에서 찾아오는 축하

사절단을 맞이하는 것이 우선 총책임자의 몫이었다. 축제의 진행 상황을 챙기는 것도 총책임자의 몫이었다. 그 밖에도 혹시 모를 사고에 대비하는 일, 백성들에게 선물을 나눠주는 일, 기념식 행사에서 축사를 하는 것 등등이 모두 다 총책임자의 책무였다.

하여 지난 20여 년 간 마그리드는 총 19일 간의 탄신일 축제를 마치고 나면 녹초가 되곤 했다.

Chapter 3

'흥. 이번에는 그 바쁜 업무를 너희 남매가 맡아보라지. 그렇게 너희들이 안방을 비워놓은 사이에 나는 본격적으로 이탄 님에게 접근해 보련다.'

그동안 마그리드는 이탄과 단독으로 만나고 싶어도 샤룬, 샤론 남매의 견제 때문에 뜻을 이루지 못했다.

하지만 두 남매가 바빠진다면 마그리드에게도 기회가 올 것이다. 마그리드는 이러한 속셈으로 축제의 총책임자 자리를 샤룬, 샤론 남매에게 기꺼이 넘겼다.

'어차피 이탄 님이 샤룬, 샤론 남매의 편에 서있는 한 내게는 승산이 없어. 총책임자의 자리를 저들 남매에게 넘겨

주는 대신, 그 사이에 형세를 역전시키기 위해서 승부수를
한 번 걸어봐야지.'

마그리드가 각오를 단단히 다졌다.

한편 여왕도 마그리드와 비슷한 생각을 품었다.

'축제 기간 동안 총책임자가 가장 바쁘지. 그에 비해서
여왕인 나도 얼마든지 짬을 낼 수 있다고. 이 기회에 이탄
님과 단독으로 면담을 하여 그의 본심을 확인해야 해. 혹
시라도 이탄 님의 지지만 얻어낼 수 있다면 무엇이 두렵겠
어? 그 일만 성사시킨다면 내가 굳이 후계자에게 왕좌를
물려주고 뒷방으로 물러나지 않아도 돼.'

이 순간 흐나흐 여왕의 마음속에서는 권력에 대한 욕심
이 다시금 싹을 틔웠다.

흐나흐 일족을 대표하는 4명의 왕의 재목, 즉 여왕과 마
그리드, 샤룬과 샤론이 각자의 계획에 골몰해 있는 사이,
이탄은 지루한 눈빛으로 여왕의 대전을 둘러보았다. 그러
다 마그리드가 나눠준 축제 일정표를 보고는 이탄의 마음
이 요동쳤다.

마그리드는 심싯 분한 표정으로 축제 일정표에 대해서
샤룬, 샤론 남매에게 설명했다.

[지난 20년 동안 이 일정대로 축제를 진행해왔지. 올해
부터는 너희 남매가 일정을 마음대로 바꿔도 내가 할 말은

없지만, 그래도 이 세 가지 요점에는 신경을 좀 써야할 거야.]

마그리드가 언급한 첫 번째 요점은 바로 마켓이었다.

예로부터 흐나흐 일족은 부유하기로 유명했다. 비록 우주의 5대강족들과 비교할 수는 없겠지만, 흐나흐 일족은 그 다음 수준은 될 정도로 상거래가 활발했다.

그런 흐나흐 일족이 성대하게 축제를 벌이는 판국이었다. 이 기간 동안 다른 종족의 사절단도 구름처럼 몰려들 터였다.

돈에 민감한 상인들이 이런 대목을 놓칠 리 없었다. 덕분에 아주 오래 전부터 흐나흐 일족의 축제는 여러 종족들이 모여서 물건을 거래하는 거대한 마켓이 형성되었다. 그리고 흐나흐 일족의 총책임자는 마켓의 질서를 관리한다는 명목으로 상인들로부터 상당한 양의 재화를 거둬들였다.

사실 샤룬, 샤론 남매가 마그리드로부터 축제의 총책임자 자리를 빼앗아온 데는 마켓의 이권을 차지하겠다는 속셈도 포함되었다.

샤론이 마그리드에게 톡 쏘아붙였다.

[어머나, 마그리드. 설마 우리가 마켓을 소홀히 할까봐 그러는 거야? 그런 염려는 전혀 하지 않아도 돼. 네가 주도했을 때보다 훨씬 더 성황리에 마켓을 운영할 테니까 두고

보라고. 흥.]

　[흐응. 어련히 알아서 하시겠어?]

　가시 돋친 샤룬의 말에 마그리드가 어깨를 으쓱했다. 이어서 마그리드는 두 번째와 세 번째 요점도 언급했다.

　[두 번째로 축제 기간 동안 우리의 상급 족인 뻘브 일족에서 높으신 분이 행차하실 거야. 그분을 잘 챙기는 것도 총책임자의 임무지.]

　[그것도 우리가 알아서 할 것이다. 너는 훼방이나 놓지 마라.]

　이번에는 여동생 대신 샤룬이 마그리드에게 쏘아붙였다.

　마그리드는 분개한 듯 주먹을 꼭 쥐고는 세 번째 요점을 읊었다.

　[마지막 세 번째는 격투장이지. 축제의 총책임자는 우리 흐나흐 일족뿐 아니라 각 사절단의 전사와 귀족들이 참여할 수 있는 격투장을 운영해야 해. 각 종족들로 하여금 원초적인 무력을 뽐내게 할 수 있는 격투야말로 축제의 꽃이라고 할 수 있거든.]

　[그것 또한 우리 남매가 알아서 힐 일이다. 미그리드, 네가 신경 쓸 필요는 없어.]

　샤룬이 마그리드를 향해 손바닥을 들었다. 시끄러우니까 그만 주절거리라는 뜻이었다.

[흥.]

마그리드가 발을 쾅 굴렀다. 그 다음 그녀는 자리에서 벌떡 일어나 여왕에게 목례를 했다.

[여왕폐하, 저는 다른 일이 있어서 그만 물러날까 합니다.]

이렇게 아뢴 뒤, 마그리드는 여왕의 윤허가 떨어지기도 전에 등을 홱 돌려 대전 밖으로 나갔다.

'흥. 고소해라.'

샤룬, 샤론 남매는 공통적으로 이런 생각을 품었다.

하지만 그들 남매는 대전 밖으로 나가는 마그리드의 입가에 미소가 살짝 걸린 것을 보지 못했다.

한편 이탄은 축제에서 벌어질 여러 가지 행사들을 훑어보았다. 특히 마켓과 격투장이 이탄의 머리에 각인되었다.

'이제 약 3분의 1만 더 모으면 차원이동 통로를 뚫을 수 있어. 조금만 더 재료를 모으면 되는데 마침 커다란 마켓이 열린다고? 오호라. 내게 운이 따르는구나.'

이탄은 속으로 쾌재를 불렀다.

그느라 이탄은 샤론의 뇌파도 제대로 듣지 못했다.

[이탄 님, 이탄 님.]

샤론이 다시 이탄을 불렀다.

[응? 지금 뭐라고 했나?]

이탄이 멀뚱멀뚱 샤론을 보았다.

샤론이 배시시 웃었다.

[아유, 이탄 님도 참. 축제 기간 동안 저는 황금탑에 머물러야 하거든요. 그래서 이탄 님을 위한 안락한 공간을 이곳 황금탑 안에 마련해 드리려고요. 어디가 편하시겠어요? 이왕이면 제 근처에 계셔야 제가 살뜰하게 챙겨드릴 수 있을 텐데요.]

[그런 건 알아서 하고, 나는 축제 기간 동안 이곳저곳을 기웃거려볼 생각이니 나를 귀찮게 하지는 마라.]

이탄의 말에 샤론은 가슴이 철렁했다.

'아뿔싸.'

샤론은 그제야 총책임자의 단점을 깨달았다.

'이제부터 나는 19일이나 되는 기간 동안 축제를 진두지휘하느라 눈코 뜰 새 없이 바쁠 판국인데, 그 사이에 누가 이탄 님에게 접근이라도 한다면 어떻게 하지? 설마 마그리드 고년이 이 점을 노렸을까? 끄으으으응.'

샤론의 심장이 갑자기 불길하게 두근두근 뛰었다.

제8화
두 번째 블랙마켓 I

Chapter 1

흐나흐 일족의 명절인 왕의 탄신일 축제가 본격적으로 시작되려 했다. 우주 곳곳에서 축하사절단이 흐나흐 일족 주행성으로 밀려들었다.

샤룬과 샤론 남매는 각 종족의 사절단을 만나서 인사를 나누느라 눈코 뜰 새 없이 바빴다.

과한 업무에 매몰되기 전, 샤론은 이탄의 곁에 여전사들을 붙여주었다.

[내가 바쁘니 너희들이 이탄 님을 모셔라. 이탄 님께 귀찮은 일이 발생하지 않도록 너희가 그분의 주변을 살피란 말이다.]

[옙, 샤론 님.]

여전사들이 냉큼 대답했다.

샤론이 뇌파를 보냈다.

[또한 이탄 님 주변에 날파리들이 꼬이지 않도록 철저히 경계해야 한다. 만에 하나 그런 잡 것들이 나타나걸랑 그 즉시 내게 보고해.]

[명심하겠습니다.]

여전사들이 한 목소리로 샤론의 명을 받들었다.

샤론은 최악의 경우 축제를 망치는 한이 있더라도 이탄을 최우선적으로 챙길 요량이었다.

하지만 이런 저런 대비책에도 불구하고 샤론의 눈동자 깊은 곳에서는 그녀의 불안한 심경이 엿보였다.

'왜 이렇게 내 마음이 조마조마하지? 하아아. 도저히 안 정이 안 돼.'

솔직히 샤론은 불안해서 미칠 것 같았다.

같은 시각.

이탄은 황금탑 내부의 숙소에 앉아서 흥미로운 안내문을 읽는 중이었다. 이탄의 손아귀에서 크라포 시스템의 신분 패가 띠링 띠링 알림을 토했다.

[어쩌다 언데드님께 드리는 특별 찬스. 그거 아세요? 지

금 어쩌다 언데드님이 계신 곳으로부터 10,000 킬로미터 이내에 마켓이 열릴 예정이라는 거? 만약 이번 마켓에 참여할 계획이시면 다음 절차에 따라주세요.]

이탄은 둥그런 신분패에 알람이 뜨자마자 반색을 했다.

"설마 크라포 일족이 축제 기간 동안 이 근처에 블랙마켓(Black Market: 암시장)을 열 생각인가? 하하하. 내가 구하는 재료들이 워낙 희귀하여 일반 마켓보다는 블랙마켓을 통해서나 구할 수 있는데, 이거 잘 되었구나."

이탄은 기대감에 손바닥을 슥슥 비볐다.

이윽고 크라포 시스템의 둥그런 신분패로부터 홀로그램 글씨가 떠올랐다.

<<마켓 오픈 안내문>>

1. 개최 일시: 9월 14일부터 9월 16일까지 딱 3일.

2. 개최 장소: 마켓 참여희망 회원께만 장소를 귀띔해 드림.

3. 참여 조건:

— 비밀 유지 서약

— 가면 착용 필수

— 물건도 사지 못할 가난뱅이는 꺼져.

4. 마켓 운영 방식:

— 크라포 점포에서 물품 구매

— 이번 마켓 기간에는 회원 간의 자유로운 물물교환은 없음.

5 주의할 점: 없음.

자! 어쩌다 언데드님께서는 이 특별한 찬스를 잡아보시겠습니까? 다음 괄호 안의 두 가지 가운데 하나에 손가락을 접촉해서 선택해주세요.

(예 / 아니오)

이상의 홀로그램 설명문은 이탄에게 익숙했다.

다만 이탄이 이전에 참여했던 블랙마켓은 기간이 일주일이었다. 또한 회원 간의 물물교환도 허용되었다.

한데 이번 블랙마켓은 오로지 크라포 직영점만 운영될 모양이었다.

"그래도 참석해야지. 어차피 회원 간 거래보다 크라포 직영점이 더 쓸모 있는 보물이 많더라고."

이탄은 홀로그램 상의 '예'라는 글씨를 손가락으로 꾹 눌렀다.

[빰빠라밤!]

그 즉시 둥그런 패가 팡파르를 터뜨렸다.

이 점도 예전 블랙마켓 때와 똑 같았다.

[어쩌다 언데드님의 현명하신 선택을 축하드립니다. 마켓은 기회가 왔을 때 잡는 것이 진리. 어쩌다 언데드님께 마켓의 개최장소와 초대장을 보내드리겠습니다. 당일 마켓이 열리는 곳으로 초대장을 가지고 오시면 참석 가능하십니다. 당연히 가면을 써야 마켓에 입장이 됩니다. 초대장 가격은 저렴하게 상급 음혼석 3개로 모시겠습니다. 물론 어쩌다 언데드님께 불가피한 사정이 생겨서 마켓에 참석 못하실 경우에도 절대 환불은 없습니다. 또한 이번에도 초대장은 선불입니다.]

"거 참, 이 자식들 너무하네."

이탄이 투덜거렸다.

대부분의 내용은 지난 번 블랙마켓과 동일했으나. 지난번에는 상급 음혼석 한 개이던 입장료가 이번에는 3개로 뻥튀기 되었다.

"휴우, 그래도 어쩔 수 없지. 초대장을 살 수밖에."

이탄은 신분패 위에 상급 음혼석 3개를 탑처럼 쌓아놓았다.

지이잉—.

3개의 음혼석이 감쪽같이 사라졌다. 대신 금빛 초대장이 둥그런 신분패 위에 불쑥 나타났다.

"쳇. 이 초대장 한 장에 상급 음혼석 3개라니, 완전히 바가지야."

이탄은 연신 투덜거렸다.

Chapter 2

잠시 후, 블랙마켓의 개최지가 이탄에게 전달되었다. 놀랍게도 블랙마켓이 열리는 장소는 흐나흐 여왕이 머무는 수도 한 복판이었다.

"허어어. 크라포 녀석들, 배짱도 좋아. 축제가 벌어지는 이곳 한 복판에서 암시장을 연단 말이야? 흐나흐 일족에게는 허락도 받지 않고서?"

말은 이렇게 하였지만, 사실 이탄은 크라포 상인들의 전략에 감탄했다.

지난번처럼 도시에서 멀리 떨어진 외딴 곳에서 블랙마켓을 열면 다른 이들에게 들킬 염려는 없어서 좋았다.

대신 아주 부유한 회원들의 참여도는 떨어질 수밖에 없었다.

반면 이번처럼 축제가 벌어지는 도시 한복판에서 블랙마켓을 열면 부자 회원들의 참여도가 높아지는 게 당연했다.

물론 이 경우에는 블랙마켓의 적발 가능성은 감수해야만 했다.

"어차피 위험을 감수해야 수익도 높아지는 거지. 인생 뭐 있어? 화끈하게 지르고 보는 거야."

이탄은 신나게 중얼거리다가 갑자기 흠칫했다.

"아차, 나는 인간이 아니지. 그러니까 인생이 아니라 언데드생이라고 해야 맞겠지. 그런데 자꾸 그 사실을 까먹는단 말이야. 쩌업."

이탄이 멋쩍게 뒤통수를 긁었다.

왕의 탄신일 축제가 시작되자 흐나흐 일족의 수도는 온통 축제 분위기로 들떴다. 흐나흐 백성들은 거리로 몰려나와 흥청거렸다.

이탄은 축제가 시작되었음에도 불구하고 황금탑 안에만 머물렀다. 이탄이 실내에서 꿈쩍도 하지 않자 샤론은 오히려 안심했다.

요 며칠 사이 마그리드가 은밀하게 이탄을 찾아왔다. 마그리드는 샤론이 이탄 곁에 붙여 놓은 심복들을 교묘하게 따돌리고는 이탄과 직접 만나려 들었다.

이탄이 마그리드의 방문을 거절했다.

마그리드는 내심 실망하였으나, 그래도 한 가닥의 희망을 잃지는 않았다. 이탄이 남긴 뇌파 덕분이었다.

[지금은 바쁘니 탄신일이 지난 이후에나 다시 오시오.]

이탄이 방문 밖의 마그리드에게 이렇게 전했다.

[알겠어요. 이탄 님, 그럼 나중에 다시 연락을 드릴게요.]

마그리드는 순순히 이탄의 뜻에 따랐다.

한편 여왕도 이탄과 접촉하려 들었다. 여왕은 황금탑 안의 비밀스러운 통로를 통해서 이탄에게 자신의 시녀를 보냈다.

이탄은 여왕의 시녀에게도 마그리드에게 했던 이야기를 그대로 전했다.

여왕도 마그리드와 비슷한 반응을 보였다.

'당장 이탄 님을 만나지 못한 것은 아쉬우나, 그래도 가능성이 전혀 없는 것은 아니라 다행이구나.'

여왕은 애타는 마음을 이렇게 다독였다.

그러는 사이 시간이 흘러 9월 13일이 되었다. 이탄은 13일 밤이 깊어지자마자 황금탑에서 빠져나갔다.

그 전에 이탄은 미리 명령을 내려놓는 것을 잊지 않았다. 저녁 무렵 이탄은 자신의 시중을 드는 시녀들과 샤론의 부하들을 한 자리에 모아 놓고 단단히 당부했다.

[오늘부터 며칠 간 방 안에서 중요한 수련을 할 것이다. 누구도 근처에 접근하지 말아야 할 것이야.]

이탄의 엄중한 경고 한 마디에 이탄이 머무는 곳 주변이 완전히 폐쇄되었다.

이탄은 밀폐된 방에서 시간을 조금 보낸 다음, 자정이 가까워질 즈음에 무한의 언령을 발휘했다.

째깍, 째깍, 째까악, 째까아아악, 째까아아아아—아아악.

이탄 주변의 시간이 급속도로 느려졌다.

그러다 아예 시간이 멈추다시피 하였다.

모든 것이 멈춘 세상 속에서 이탄이 홀로 방에서 나와 황금탑을 벗어났다. 이탄은 울상 짓는 스켈레톤 가면과 둥그런 신분패를 품에 넣고는 크로포 족 상인들이 개최하는 블랙마켓 장소로 빠르게 몸을 날렸다.

이번 블랙마켓은 흐나흐 일족 수도의 지하에서 개최되었다.

흐나흐 일족의 수도는 원래 지하에 세워진 대도시인데, 이 대도시의 지하에는 흐나흐의 귀족들도 알지 못하는 은밀한 공간들이 몇 개 존재했다. 흐나흐 일족을 다스리는 여왕도, 흐나흐의 제1 권력자인 마그리드도 이 공간들에 대해서는 알지 못하였다.

이탄은 하수구 구멍을 통해 지하로 내려온 뒤, 블랙마켓 개최장으로 이동했다.

이탄이 처음 하수구 안으로 내려왔을 때는 하수구 통로가 비좁고 지저분하여 눈살이 절로 찌푸려졌다.

하지만 미로와도 같은 하수구를 지나 블랙마켓이 개최되는 지하 시설에 도착하자 이탄은 혀를 내두를 수밖에 없었다.

"햐아, 크라포 족 상인들은 보면 볼수록 대단하단 말이야. 어떻게 이런 일이 가능하지? 허어 참."

이탄의 눈에 비친 블랙마켓은 차라리 하나의 도시 같았다. 그것도 흐나흐 수도의 시장보다도 더 규모가 큰 중소 규모의 도시였다.

이탄은 놀라움을 금치 못한 채 블랙마켓에 들어섰다.

〈다음 권에 계속〉

DREAMBOOKS★